문학이
사랑한
꽃 들

문학이 사랑한 꽃들

1판 1쇄 발행 2015년 3월 17일
1판 4쇄 발행 2018년 9월 20일

지은이 김민철
펴낸이 김성구

단행본부 류현수 이은정 고혁 구소연
디자인 한아름 문인순
제 작 신태섭
마케팅 최윤호 나길훈 유지혜 김영욱
관 리 노신영

펴낸곳 (주)샘터사
등 록 2001년 10월 15일 제1-2923호
주 소 서울시 종로구 창경궁로35길 26 2층 (03076)
전 화 02-763-8965(단행본부) 02-763-8966(마케팅부)
팩 스 02-3672-1873 이메일 book@isamtoh.com 홈페이지 www.isamtoh.com

© 김민철, 2015, Printed in Korea.

ISBN 978-89-464-1894-3 03810

이 도서의 국립중앙도서관 출판시도서목록(CIP)은 서지정보유통지원시스템 홈페이지(http://seoji.nl.go.kr)와
국가자료공동목록시스템(http://www.nl.go.kr/kolisnet)에서 이용하실 수 있습니다.(CIP제어번호: CIP2015007313)

값은 뒤표지에 있습니다. 잘못 만들어진 책은 구입처에서 교환해 드립니다.

문학이
사랑한
꽃 들

김민철 지음

샘터

한국소설을 수놓은
우리 야생화의 빛과 향

문학 속에는 수많은 꽃들이 있다. 그냥 스쳐 지나가는 꽃도 있지만 나라의 국화(國花)나 학교의 교화(校花)처럼 그 작품을 대표하는 꽃도 많다. 이 책은 소설 속에 등장하는 이런 꽃들에 주목한 책이다.

예를 들어 김애란의 《두근두근 내 인생》은 남들보다 빨리 늙는 조로증(早老症)에 걸려 투병하는 열일곱 살 아름이 이야기다. 아름이가 역시 불치병에 걸린 동갑내기 여자친구 서하와 이메일을 주고받는 이야기가 나오는데, 아름이가 서하를 그리워할 때 도라지꽃이 상징으로 나오고 있다. 도라지꽃이 아름이의 '첫사랑이자 마지막 사랑'을 상징하기 때문에《두근두근 내 인생》을 대표하는 꽃으로 손색이 없다.

이처럼 이 책은 제목 그대로 '문학이 사랑한 꽃들' 이야기다. 주인
공이나 줄거리 대신 주요 소재나 상징으로 쓰인 야생화를 중심으로
문학에 접근한 책이다. 소설의 어떤 대목에서 야생화가 나오는지, 그
야생화가 어떤 맥락으로 쓰였는지, 그 야생화는 어떤 꽃인지 등을 소
개했다.

박완서 소설《그 많던 싱아는 누가 다 먹었을까》에는 제목부터 싱
아가 나오지만, 싱아가 무엇인지 아는 사람은 많지 않다. 소설의 어떤
대목에 싱아가 나오는지, 소설에서 싱아가 어떤 역할을 하는지 소개
하면서, 내가 겪은 싱아에 관한 에피소드와 추억의 먹거리 식물들은
어떤 것들이 있는지 등을 담아보았다.

여기에다 윤후명의 〈둔황의 사랑〉에서 소녀의 얼굴에 피었다는
'자귀나무 꽃빛의 홍조'는 어떤 빛깔인지, 권지예의 〈꽃게 무덤〉에 나
오는 함초는 어떻게 생겼는지, 은희경의《새의 선물》에 나오는 사과
꽃 향기는 어떤 향기인지 등과 같이 소설을 읽다가 마주치는 궁금증
들을 풀어보았다. 이 책을 쓰면서 새삼 꽃은 문학을 더욱 풍성하게
하고, 문학은 꽃의 '빛깔과 향기'를 더욱 진하게 하고 있다는 것을 실
감했다.

《문학 속에 핀 꽃들》 두 번째 이야기

이런 식으로 다시 33편의 국내 소설과 100여 개의 야생화를 모았다. 비슷한 형식으로, 2013년 봄《문학 속에 핀 꽃들》을 낸 지 2년 만이다.《문학 속에 핀 꽃들》은 기대 이상의 성원을 받았다. 이 책을 읽고 야생화에 관심을 갖기 시작했다는 분들, '어떤 소설이기에 이렇게 썼나' 궁금해 해당 소설을 사 보았다는 분들이 적지 않았다. "정말 읽고 싶은 책이었는데 내주어서 고맙다"는 얘기도 들었다. 또 많은 매체들이 이 책을 소개하면서 "꽃을 통해 소설에 접근한 책은 처음"이라며 "과하지도 덜하지도 않게 꽃과 소설을 결합시켰다"고 칭찬해 우쭐한 기분이 들기도 했다. 이 과정에서 "다음 책은 언제 나오느냐"는 질문도 많이 받았다. 격려성 질문인 줄 알면서도, 이 같은 질문에 힘입어 이 책을 쓰는 용기를 내보았다. 전작을 능가하는 후속작은 드물다지만 설레는 마음으로 이 책을 세상에 내보낸다.

《문학 속에 핀 꽃들》에 나오는 소설은 국내 고전 또는 명작 위주였다. 그러다 보니 요즘 활발하게 활동하는 작가들 소설을 많이 소개하지 못한 아쉬움이 있었다. 이 책에서는 김애란, 성석제, 김연수, 박민규, 정이현, 윤성희, 전경린 등 젊은 작가, 중견작가들의 소설 위주로 골랐다.

소설을 고를 때 기왕이면 작가의 대표작을 고르려고 했다. 대표작이 아니면 문학상 등을 받아 검증받은 작품을 우선적으로 골랐다. 어떤 경우든 내가 읽고 좋은 느낌을 받은 소설을, 그리고 무엇보다 꽃이 주요 소재나 상징으로 나오는 소설을 고르는 것을 원칙으로 했다.

흔해서 더 반가운 꽃과 나무

이렇게 꽃과 소설을 고르다 보니 주변에 흔한 꽃과 식물이 많았다.

소설은 현실을 반영하는 만큼 주변에 많은 꽃과 식물이 소설에 등장하는 것은 자연스러운 일이다. 전작인《문학 속에 핀 꽃들》에 나오는 꽃들도 '특별하지 않은 꽃들이라 더 좋았다'는 분들이 있었다.

7대 잡초, 5대 길거리 꽃, 7대 가로수에 대해 정리해놓은 것은 이 책의 자랑거리 중 하나다. 야생화 공부의 시작은 무엇보다 주변에 있는 식물에 관심을 갖는 것이다. 그런데 주변을 둘러보면 가장 많이 보이는 것이 이들 잡초와 길거리 꽃, 가로수들이다. 이 주변 식물들을 그것들이 나오는 소설을 매개로 소개하고자 했다. 이름과 식물을 잘 매치시키지 못해서 그렇지, 이름도 식물도 각각 낯익은 것들이 대부분일 것이다. 전작과 이 책을 합치면 주변에서 흔히 볼 수 있는 꽃과 식물은 거의 망라하지 않을까 싶다.

다만 주변에 흔한 꽃이 많다 보니 환상적인 우리 야생화를 많이 소개하지 못한 아쉬움이 남는다. 그런 점에서 현기영의 〈순이삼촌〉에서 청미래덩굴, 이혜경의 〈피아간〉에서 조팝나무, 김향이의 《달님은 알지요》에서 배초향 등을 발견하고 정말 기뻤다. 이런 야생화를 기본으로, 사람들이 알았으면 하는 야생화를 소개해 이 책이 야생화 입문서 역할도 할 수 있도록 했다. 사람들이 이 책에 나오는 꽃들을 시작으로 야생화에 관심을 가져 변산바람꽃, 처녀치마, 털중나리, 금강초롱꽃, 자주쓴풀과 같이 예쁜 우리 꽃의 세계로 입문하면 좋겠다.

읽고 싶은 책도 보고 싶은 책도 많아지기를

이 책을 쓰려고 참고할 만한 책을 뒤졌지만 어느 것도 큰 도움을 주지 못했다. 그래서 이 책은 《문학 속에 핀 꽃들》과 함께 한국 소설을 야생화 관점에서 접근한 유일한 책이다. 이처럼 야생화와 문학의 접점을 찾아내는 일이 세상에 새로운 것을 내놓는 작업이라는 자부심도 갖고 있다.

이 책에서는 꽃 사진을 최대한 키워 편집했다. 전작을 읽은 독자들이 꽃 사진이 좀 작은 것이 흠이라고 지적한 것을 개선한 것이다. 여기에다 QR코드를 이용해 바로 원본 사진을 볼 수 있도록 했다. 이 자리를 빌려 내가 미처 담지 못하거나 제대로 담지 못한 사진을 제공한 야사모 알리움 님께 감사드린다. 예술작품 같은 사진이 들어가니 책 품질이 확 높아진 느낌이다.

나에게 자꾸 "아빠, 이게 무슨 꽃이야"라고 묻고, 자라면서 다양한 꽃에 얽힌 얘깃거리를 만들어준 두 딸은 이제 여고생이다. 이 책 곳곳에도 두 딸과 함께해온 꽃 이야기들이 담겨 있다. 이 책도 두 딸에게 이야기해주는 기분으로 쉽게 쓰려고 했다. 누구보다도 두 딸이 이 책을 재미있게 읽었으면 좋겠다.

《문학 속에 핀 꽃들》에 대한 반응 중 "책을 읽고 나니 읽고 싶은 책도, 보고 싶은 꽃도 많아져 행복하다"는 말이 참 듣기 좋았다. 이 책도 국내 문학에 대한 관심을 높이는 데, 이 땅의 야생화를 사랑하는 데 조금이라도 도움을 준다면 정말 기쁘겠다.

2015년 3월
김민철

1부

꽃,

청춘을 기억하다

버스커버스커의 노래 〈벚꽃 엔딩〉처럼, 대개 '봄바람 휘날리며 흩날리는 벚꽃 잎이' 퍼지는 거리를 연인과 함께 걸어본 추억이 있을 것이다. 4년 전에 호기롭게 헤어졌지만 둘 다 외로움을 느끼고 있으니 막 피기 시작한 벚꽃에 더욱 마음이 싱숭생숭했을 것이다. 더구나 두 사람 다 청춘이 훌쩍 가버리고 서른에 이른 것을 아쉬워하는 처지다.

'벚꽃 새해'에 만난 연인들

김연수 〈벚꽃 새해〉

벚꽃이 피기 시작했으니
말하자면 오늘은 벚꽃 새해.

우리나라 봄은 벚꽃과 함께 찾아온다고 봐야 할 것이다. 벚꽃보다
먼저 피는 꽃이 없지 않지만, 남녘 경남 진해의 벚꽃 소식이 들려야
한반도에 봄이 다가온 것을 느끼고, 서울 여의도 윤중로에 벚꽃이 만
개한 것을 보아야 비로소 봄이 서울에 온 것을 체감할 수 있다.

2013년 3월 말 꽃 소식에 안달이 나 아내와 함께 전남 구례·광양

벚꽃 ©알리움

에 갔다. 광양 매화마을은 흰색 물감을, 구례 산수유마을은 노란색 물감을 뿌려놓은 듯했다. 매화 꽃잎이 흩날리고 산수유 색이 조금씩 바래가고 있는 것과는 달리, 벚꽃은 절정이었다. 섬진강 벚꽃길은 흰 뱀이 꿈틀대는 듯 흰색 물결로 뒤덮여 있었다. 이곳을 지나는 여인들은 꽃향기에 취한 듯 볼에 홍조가 피어올랐다. 한 이십 대 아가씨는 "벚꽃이 솜털처럼 뽀송뽀송한 것이 꼭 엠보싱 같다"고 했다.

김연수의 단편 〈벚꽃 새해〉 배경은 경주 남산에 벚나무 꽃그늘이 '귀부인의 하얀 양산'처럼 암자 기와 위로 드리워진 때였다. 그러니까 서울에도 '막 벚꽃이며 개나리며 목련이 터져 나오고 있는' 시기였다.
사진작가인 성진은 경주 남산에서 봄 풍경을 찍는데, 4년 전 헤어진 '구여친' 정연한테서 시계를 돌려달라는 문자를 받는다. 그녀가 예전에 선물한 명품 시계인 태그호이어(TAGHeuer)를 돌려받고 싶다는 것. 그러나 대통령선거가 있던 지난겨울 어느 날, 선거 결과 때문에 만취했을 때 그 시계는 고장 났다. 한동안 시계 없이 지내다가 시계 수리점이 있는 것을 보고 찾아갔다가 삼십만 원에 팔아버리고 며칠 후, 연락을 받은 것이었다.
성진이 시계를 되찾으러 갔을 때 주인은 시계는 짝퉁이라고 화를 내며 이미 다른 곳에 팔았다고 말한다. 성진은 그 시계가 가짜일 수 있다는 생각은 한 번도 해본 적이 없어 당황스럽다. 반면 정연은 자신이 홍콩에서 3000달러에 산 진품이 맞다고 목소리를 높인다. 어쩔 수 없이 다시 얽힌 두 사람은 시계방 주인이 일러준 서울 황학동 가게로 태그호이어를 찾으러 가기로 했다. 서울에 막 벚꽃이 필 때였다.

> 성진은 하늘을 올려봤다. 푸른 하늘을 배경으로 벚나무 가지가 뻗어 있고, 그 가지들마다 하얀 꽃들이 피어 있었다. 이렇게 아름다운 풍경 속에 서 있는데 외롭지가 않다니 신기하다고 성진은 생각했다. 뷰파인더로 아름다운 풍경을 볼 때마다 외로움을 느꼈는데 말이다. 벚꽃이 피기 시작했으니 말하자면 오늘은 벚꽃 새해.

벚꽃이 피기 시작했으니 '벚꽃 새해'라는 논리는 신선하다. 우리나라에서 벚꽃이 한창인 4월 13일은 태국의 설날(쏭끄란)이기도 하다. 작가는 한 인터뷰에서 "쏭끄란은 실제 내 생일 무렵"이라며 "벚꽃이 만개하는 생일 무렵이면 항상 다시 태어난다고 생각해오던 차에 쏭끄란을 알게 됐다"고 말했다. '벚꽃 새해'라는 제목은 체호프의 희곡 〈벚꽃 동산〉을 참고한 제목이 아닐까 생각도 해보았다.

버스커버스커의 노래 〈벚꽃 엔딩〉처럼, 대개 '봄바람 휘날리며 흩날리는 벚꽃 잎이' 퍼지는 거리를 연인과 함께 걸어본 추억이 있을 것이다. 4년 전에 호기롭게 헤어졌지만 둘 다 외로움을 느끼고 있으니 막 피기 시작한 벚꽃에 마음이 더욱 싱숭생숭했을 것이다. 더구나 두 사람 다 청춘이 훌쩍 가버리고 서른에 이른 것을 아쉬워하는 처지다.

"이렇게 아름다운데 외롭지 않다니."

두 사람이 찾아간 황학동 가게 노주인은 그런 시계는 없다고 했고, 대신 자신의 아내에 대한 사연을 들려준다. 노인은 진시황 병마용 모형 때문에 무식하다는 모욕을 당한 다음, 매일 낮 동안 가게에서 진시황 책, 사마천의 《사기》 등을 읽는다. 그리고 밤에 불을 끄고 누워서 낮에 읽은 내용 중 흥미로운 대목을 고단한 아내에게 들려주었다는 얘기였다. 노부부는 중국 시안(西安)과 그 너머 사막을 함께 여행하기로 약속했지만 아내는 병으로 죽었다.

여기에 두 사람이 함께 여행한 태국 고도(古都) 아유타야에서의 경험도 오버랩된다.

아유타야를 침략한 버마군이 불상들의 목을 자를 때 떨어진 불상의 머리 중 하나를 보리수의 뿌리가 감싸안았고, 오랜 시간이 흐르는 동안 그 머리는 마치 원래 거기에 있었던 것처럼 뿌리와 하나가 됐다. 둘은 나란히 서서 그 뿌리 속 부처님 얼굴을 바라봤다.

내 세속적 호기심은 이 두 사람이 재결합할까, 아닐까였다. 구여친과 재결합하기를 바라는 듯한 말과 태도가 곳곳에 나오고, 주인공도 외로움을 느끼고 있기 때문이다. 두 사람이 만나기 전엔 그렇지 않을 것이라는 느낌을 준다. 성진은 "그건 '다시' 사랑하는 일은 없으리라는 뜻이었다. 그건 한번 우려낸 국화차에다 다시 뜨거운 물을 붓는 짓이나 마찬가지니까. 아무리 기다려봐야 처음의 차 맛은 우러나지 않는다. 뜨거운 물은 새로 꺼낸 차에다만"이라는 생각을 갖고 있기 때문이었다. 그러나 후반부에 '둘이서 같이 걸어온 길이라면 헛된 시간일 수 없는 것'이라는 문장이 나와 결말을 궁금하게 했다.

농담 혹은 재치 속에 진지한 문제의식

이런 잔잔한 스토리인데도 이 소설이 잘 읽히는 이유는 액자처럼 담긴 황학동 노인 사연, 아유타야의 불상 머리 이야기 등과 함께 김연수 특유의 재치 있는 농담이 곳곳에 있기 때문이 아닐까 싶다. 예를 들어 시계를 팔아버렸다고 고백했을 때 정연이 대꾸가 없자 '뭐지, 이 폭풍전야의 고요는? 성진은 궁금했다'와 같이 불안해하는 대목이 그렇다. 이 같은 농담 혹은 재치, 너스레 속에 진지한 문제의식과 생각해볼 거리가 담겨 있는 것이 김연수 소설의 특징인 것 같다.

되찾지 못한 시계는 청춘의 열정적인 사랑을 의미하는 것으로 읽혔다. 성진이 구여친에게 "배신도 이런 배신이 있을까나. 나는 청춘의 순정을 다 바쳤는데, 그게 짝퉁이었다네, 그것도 모르고 나는 열심히 차고 다녔네. 스물일곱 살에서 서른두 살까지 이 소중한 청춘의 5년 동안 말이야"라고 말하는 것에서 짐작할 수 있다.

경주 남산의 목 잘린 불상, 아유타야의 불두를 감싼 보리수 등 비슷한 이미지가 반복해서 나온다. 작가는 한 인터뷰에서 "중국 시안과 경주에서 실제로 목 잘린 불상들을 보았는데 '목들은 다 어디 갔을까' 하는 단순한 호기심이 들었다"며 "그런데 어느 날 아유타야 불상의 머리를 감싼 보리수 사진을 보고 이상한 안도감 같은 것이 들었다"고 말했다.

이런 것들의 의미를 고민할 필요 없이 그냥 소설을 읽으며 느끼는 그대로 받아들이면 좋을 것 같다. 작가도 2009년 이상문학상 작품집에 쓴 '문학적 자서전'에서 "누군가 나의 의도를 알게 되면 그건 완전

한 실패"라고 했다. 그냥 편하게 읽어달라는 뜻으로 들렸다.

이 소설은 김연수의 소설집 《사월의 미, 칠월의 솔》에 나오는 작품이다. 표제작 〈사월의 미, 칠월의 솔〉은 아름다운 문장에다 농담과 유머도 가득해 참 좋았다. 젊었을 때 영화감독과 제주도로 사랑의 도피 행각을 벌인 파멜라 이모가 미국에서 살다 다시 제주도에 돌아와 정착하는 이야기다. 시적인 제목은 이모가 서귀포로 사랑의 도피 행각을 했을 때 '함석지붕집이었는데, 빗소리가 얼마나 좋았는지 몰라. 우리가 살림을 차린 사월에는 미 정도였는데, 점점 높아지더니 칠월이 되니까 솔 정도까지 올라가더라'라는 문장에서 온 것이다.

작가 김연수(1970년생)는 견고한 고정 독자층을 갖고 있는 작가 중한 명이다. 젊은 작가군에 속하지만 1993년 시로 등단했으니 벌써 작가 경력 이십 년이 넘었다. 소설집 《내가 아직 아이였을 때》,《나는 유령작가입니다》, 장편소설 《군빠이, 이상》,《밤은 노래한다》,《원더보이》 등이 있다. 문단 수상 경력도 화려하다. 2년 간격으로 2001년 동서문학상, 2003년 동인문학상, 2005년 대산문학상, 2007년 황순원문학상, 2009년 이상문학상 등을 받았다. 문학평론가 신형철 씨는 한 서평에서 "2000년 이후, 김연수는 뒤로 간 적이 없다. 그의 대표

작은 늘 그의 최근작"이라고 했다. 경북 김천 출생으로, 성균관대 영어영문학과를 졸업했다. 소설가 김중혁과 동향으로, 초등학교 6학년 때부터 죽마고우다.

벚꽃 · 매화

이 꽃은 벚꽃일까, 매화일까?

벚나무는 전국적으로 가장 많이 심어놓은 가로수다. 전국 각 지
방자치단체들이 벚꽃 축제를 하기 위해 앞다투어 벚나무를 심
었기 때문이다.

매화와 벚꽃은 비슷한 시기에 하얀 꽃이 핀다. 그래서 두 꽃이
헷갈린다는 사람들이 많은데, 매화가 지기 시작하면서 벚꽃이
피기 시작한다. 매화는 아직 춥다 싶은 2~3월에, 벚꽃은 봄기
운이 완연한 3~4월에 핀다.

벚꽃

매화와 벚꽃을 구분하는 가장 쉬운 방법은 꽃이 가지에 달린
모습을 보는 것이다. 매화는 꽃이 가지에 달라붙어 있지만, 벚
꽃은 가지에서 비교적 긴 꽃자루가 나와 꽃이 핀다. 나중에 열
매가 달리는 모습을 상상하면 쉽게 이해할 수 있다. 매화나무는
줄기에 바로 붙어 매실이 열리고, 벚나무는 긴 꼭지 끝에 버찌
가 달리기 때문이다. 꽃잎 모양도 매화는 둥글둥글하지만, 벚꽃
은 꽃잎 중간이 살짝 들어가 있다. 매화는 향기가 진한데 벚꽃
은 향이 약한 편이다.

매화 ⓒ알리움

벚나무는 잎이 나기 전에 꽃이 피고, 꽃이 무더기로 피는 것이
특징이다. 도시에 흔히 많이 심는 화려한 벚나무는 대부분 왕벚
나무다. 왕벚나무는 꽃자루와 꽃받침통에 털이 많다. 여의도에
있는 벚꽃들도 대부분 왕벚나무다. 왕벚나무 원산지는 제주도다.
산에서 피는 산벚나무는 꽃이 피면서 잎도 같이 나고, 무더기로
피지 않고 가지에 꽃이 한두 개 핀다. 수양벚나무는 가지가 수
양버들처럼 아래로 늘어지는 것이 특징이다. 겹꽃이 피는 겹벚
나무도 흔히 볼 수 있다.

도라지꽃을 바탕화면으로 깐 아이

김애란 《두근두근 내 인생》

아빠가 요새 대체요법에 관심이 많거든.
근데 거기 스님이 나더러
도라지꽃같이 생겼다고 하더라.

김애란의 장편소설 《두근두근 내 인생》을 읽다가 도라지꽃을 발견하고 너무 반가웠다.

이 소설은 남들보다 빨리 늙는 조로증(早老症)에 걸린 열일곱 살 남자아이 아름이의 투병 이야기다. 여기에 열일곱에 애를 낳아 지금은 서른네 살인 어린 부모가 아름이를 돌보며 성숙해가는 이야기, 아름이가 역시 불치병에 걸린 동갑내기 여자친구와 이메일을 주고받는 이야기가 주요 줄거리다.

이 소설에서 도라지꽃은 두 번 나온다. 집안 형편상 더 이상 병원비를 마련할 길이 없자 아름이는 성금 모금을 위해 다큐멘터리 프로그램에 출연을 자청한다. 이를 계기로 골수암에 걸린 동갑내기 소녀 서하와 이메일을 주고받는다. 아름이는 이를 통해 조심스럽게 마음을 열어가고, 태어나 처음으로 이성에 대한 설렘을 느끼며 가슴이 두근거린다. 한 번도 만나보지 못해 얼굴도 모르는 서하와 주고받은 메일들은 너무 예쁘면서도 가슴을 아릿하게 만든다.

어느 날, 서하는 아름이에게 다음과 같은 이메일을 보낸다.

> 요 며칠 아빠랑 절에 있었어.
>
> 아빠가 요새 대체요법에 관심이 많거든.
>
> 근데 거기 스님이 나더러 도라지꽃같이 생겼다고 하더라.

서하는 어떻게 생겼기에 스님이 도라지꽃 같다고 했을까. 아름이는 이 도라지꽃에 대해 관심을 갖지 않는 듯 보인다. 그러나 얼마 후 다큐멘터리 프로듀서 승찬 아저씨가 문병을 왔을 때 노트북을 켜둔 아름이와 다음과 같은 대화를 나눈다.

"근데 넌 바탕화면이 그게 뭐냐."

"뭐가요?"

"걸그룹도 많은데 웬 도라지꽃이니. 늙은이같이."

"왜요, 뭐가 어때서요?"

도라지꽃을 노트북 바탕화면에 깔 정도로 오매불망 서하 생각을 한 것이다. 도라지꽃이 다시 한 번 둘 사이의 우정 또는 사랑의 상징으로 선명하게 드러나기를 바라며 책을 읽었으나 작가는 더 이상 이꽃을 등장시키지 않았다. 그러나 도라지꽃은 아름이가 유일하게 비밀을 나눈 아이, '첫사랑, 혹은 마지막 사랑'이었던 서하를 그리워할 때 등장한 꽃이어서 이 소설을 대표하는 꽃으로 손색이 없을 것 같다.

세 개의 별을 가진 도라지꽃

'심심산천에' 피는 도라지꽃은 6~8월 보라색 또는 흰색으로 피는데, 별처럼 다섯 갈래로 갈라진 통꽃이 기품이 있으면서도 아름답다. 우리가 흔히 보는 도라지꽃은 밭에 재배하는 것으로, 나물로 먹는 것은 도라지 뿌리다.

도라지꽃에는 여러 가지 꽃 이야기가 있다. 그중 '도라지'라는 이름을 가진 예쁜 처녀가 뒷산에 나물을 캐러 갔다가 만난 총각을 사모

하다가 상사병에 걸려 죽은 자리에서 피어난 꽃이라는 이야기도 있다. 그래서인지 꽃말이 영원한 사랑이다.

문일평은 꽃 이야기 책 《화하만필(花下漫筆)》에서 "도라지꽃으로 말하자면 잎과 꽃의 자태가 모두 청초하면서도 어여쁘기만 하다"며 "다른 꽃에 비해 고요히 고립을 지키고 있는 그 모습은 마치 적막한 빈산에 수도하는 여승이 혼자 서서 있는 듯한 느낌"이라고 했다.

도라지꽃을 별에 비유하는 글들이 많은데, 가만히 보면 도라지꽃에는 세 개의 별이 있다. 먼저 꽃이 벌어지기 직전, 오각형 꽃봉오리가 별같이 생겼다. 도라지꽃은 개화 직전 누가 바람을 불어넣는 풍선처럼 오각형으로 부풀어 오른다. 이때 손으로 꾹 누르면 '폭' 또는 '펑' 하는 소리가 나면서 꽃이 터져 어릴 적 재미있는 놀잇거리 중 하나였다.

두 번째로, 꽃잎이 활짝 펼쳐지면 통으로 붙어 있지만 다섯 갈래로 갈라진 것이 영락없는 별 모양이다. 그런데 꽃이 벌어지고 나면 꽃잎 안에 또 별이 있다. 꽃 안쪽에 조그만 암술머리가 다섯 갈래 별 모양으로 갈라진 채 뾰족하게 내밀고 있는 것이다.

아름이는 자신으로 인해 잃어버린 부모의 청춘을 돌려주고 싶다. 그래서 부모의 만남과 사랑부터 자신이 태어날 때까지 이야기를 글

도라지꽃 ⓒ알리움

로 써서 부모에게 선물하는 것으로 소설이 끝난다. 이메일을 주고받은 서하가 누구인지에 대한 반전이 있다.

꽃과 식물에 관심을 갖고 소설을 읽다 보니 다음과 같은 문장도 좋았다.

> 어디선가 까르르 박꽃 같은 웃음이 터져나왔다. 돌아보니 젊은 레지던트 하나가 간호사들에게 농담을 걸고 있었다. 나는 내 속 단어장에서 '추파'라는 낱말을 꺼내 만져보았다. 가을 추, 물결 파. 가을 물결.

> 나이 많은 플라타너스 한 그루가 서 있었다. 수천 장의 잎사귀를 나부끼며 고독하고 풍요롭게. 한 나무가 다른 나무에게로, 그 나무가 또 건너 나무에게로, 쉼없이, 은근하게. 그러고 봄 추파는 사람만 보내는 게 아닌 모양이었다.

음담패설 잘했던 여고생 김애란

이 소설은 2014년 영화로도 만들어졌다. 강동원과 송혜교가 열일곱 어린 나이에 자식을 낳은 부모 역할을 맡았다. 아쉽게도 영화에서는 도라지꽃에 얽힌 사연이 나오지 않았다. 누적 관객 수 162만 명으로, 크게 흥행하지 못했지만 잔잔한 여운을 남겼다는 평가를 받았다.

《두근두근 내 인생》은 김애란의 첫 장편이다. 김애란은 특유의 젊은 감각, 신선한 문체와 스토리로 문단의 기대를 한 몸에 받고 있는 작가다. 1980년생이어서 신세대 작가라고 할 수 있지만, 등단한 지 벌써 십 년이 넘은 중견작가이기도 하다.

그의 글은 발랄하고 재미있다. 《두근두근 내 인생》 곳곳에도 읽다가 절로 웃음이 나오는 구절이 많다. '엉뚱한 듯하지만 정곡을 찌르는' 문장이 흡인력 있다. '슬픈 이야기를 누구보다도 경쾌하게 풀어내는 작가'라는데, 《두근두근 내 인생》에 딱 맞는 평인 것 같다. 이 소설에서도 아름이의 희망은 '세상에서 제일 재밌는 자식이 되는 것'이다. 문학평론가 신형철은 "김애란을 사랑하지 않는 것은 도대체 가능한가"라고 했다.

장편 《두근두근 내 인생》, 소설집 《달려라, 아비》, 《침이 고인다》로 한국일보문학상, 오늘의 젊은 예술가상, 신동엽창작상, 이효석문학상, 김유정문학상 등을 휩쓸었고, 2013년 단편 〈침묵의 미래〉로 역대 최연소로 이상문학상도 받았다.

김애란의 《두근두근 내 인생》과 도라지꽃 이야기를 야생화 사이트 중 하나인 '인디카'에 올린 적이 있다. 그랬더니 어느 분이 다음과

백도라지꽃

같은 댓글을 올렸다. 김애란을 이해하는 데 도움이 될 것 같아 여기에 간단히 소개한다.

김애란 작가는 제가 담임을 맡았던 반 반장이었어요. 서산여고를 졸업했지요. 여기서 애란이의 이름을 듣게 되니 무척 반갑네요. 작가들이 다 그럴 테지만 글을 쓸 때 많이 수척해지더군요. 정신줄을 뽑아서 옷을 짜는 것 같다는 느낌입니다. 암튼 재밌고 음담패설도 잘했던 녀석이었습니다. (중략) 한번은 애들이 이르더군요. "샘 반장 이상해요. 야한 얘기만 해요. 변태예요~~" 하길래, "담임 닮아서 그래~"라고 했습니다. 우리 반 벽에 '애란이 변태'라고 쓴 낙서가 여러 개 있었지요.

《두근두근 내 인생》을 읽어보면, 그리고 〈달려라, 아비〉를 읽고 왜 그런 제목을 붙였는지를 알면 김애란이 왜 '재밌고 음담패설도 잘했던 녀석'인지 짐작할 수 있을 것이다.

산처녀 가슴처럼 부풀어 오르는 꽃봉오리

도라지는 초롱꽃과에 속하는 여러해살이풀이다. 우리나라 전국의 산에서 볼 수 있으며, 일본과 중국에도 분포한다. 보통 40~100센티미터 정도 자라고 잎이나 줄기를 자르면 흰 유액이 나온다. 흰색 또는 보라색으로 피는데, 두 색 사이에 중간색 같은 교잡이 없다는 것도 특이하다. 한여름에 오각형의 풍선처럼 부풀다가 다섯 갈래로 갈라진 통꽃이 고개를 옆으로 돌리며 피어난다.

도라지꽃

도라지꽃이 개화하기 직전, 부풀어 오른 꽃봉오리가 산처녀의 봉긋한 가슴 같다는 사람도 있지만, 서양 사람들한테는 이게 풍선처럼 보인 모양이다. 그래서 도라지의 영어 이름은 'Balloon flower(풍선꽃)'이다.

도라지꽃의 암술머리는 다섯 개로 갈라져 있는 특이한 모습이다. 꽃이 필 때 수술 꽃가루가 먼저 터져 날아간 다음에야 암술이 고개를 내미는데, 자기 꽃가루받이를 피하기 위한 전략이다. 해바라기도 수술 꽃밥이 먼저 터지고 하루 이틀 지난 다음, 암술대가 올라와 다른 개체의 수술 꽃가루가 오기를 기다린다. 반대로 천남성과 식물들은 암술이 먼저 나오는 '암술 먼저' 식물이고, 소나무는 암술머리가 수술보다 높은 위치에 있어서 같은 나무의 꽃가루가 암술머리로 옮겨지는 것을 막는다.

도라지는 보통 2년생 또는 3년생을 수확한다. 삼 년을 넘기면 속에 노란색 또는 검은색의 심이 박혀 상품성이 떨어진다고 한다. 수확 시기는 특별히 정해져 있지 않은데, 잎과 줄기가 다 진 가을에 수확하면 향과 쓴맛이 강하고, 봄·여름에 수확하면 겉껍질이 얇아 연한 맛을 즐길 수 있다고 한다.

무규칙 이종 작가가 선택한 쥐똥나무

박민규 《삼미 슈퍼스타즈의 마지막 팬클럽》

결국 한 그루의 쥐똥나무만 한 스트레스가
서로의 마음속에 자라나 버렸고.
급기야 서로가 어우러진 울창한 쥐똥나무의 숲이
형성되어 버렸다.

박민규의 《삼미 슈퍼스타즈의 마지막 팬클럽》은 독특하다. 프로야구 초창기 최하위 성적을 기록한 삼미 슈퍼스타즈 스토리를 바탕으로 경쟁을 강요하는 사회와 이를 거부하는 사람들 이야기를 담고 있다. 이런 이야기가 작가 특유의 톡톡 튀면서 유머러스한 문장과 형식으로 쓰여 있다.

인천에 사는 '나'는 '엘리트' 교복을 입고, '소년이여 야망을 가져라'
는 아버지의 격려 속에 중학교에 입학한다. 그해(1982년) 프로야구가
출범하면서 '나'는 친구 조성훈과 함께 삼미 슈퍼스타즈 어린이 팬클
럽에 가입한다. 그러나 삼미는 1할 2푼 5리의 승률이라는, 전무후무
한 패배 기록을 세우고 머지않아 사라졌다. 삼미 잠바를 입은 '나'는
다른 구단 어린이 회원들로부터 키득거리는 모욕을 당하기도 했다.
이런 경험은 사춘기 소년에게 큰 상처를 입혔다. 삼미를 통해 프로 세
계의 냉혹함을 체감한 '나'는 열심히 공부해 일류대에 합격했다.

　일류대에 들어갔지만 '정체불명의 이질감'을 느꼈다. '나'는 삼미
슈퍼스타즈 팬으로, '최하위라는 심리적 문신'을 지녔기 때문이라고
생각한다. 대학 생활이 겉돌 수밖에 없고 그렇다 보니 너무 따분하다.

　그즈음 '나'는 홍대 앞 카페에서 아르바이트를 하다 술을 좋아하는
두 살 연상의 여대생을 사귄다. 그녀는 삼미 슈퍼스타즈 얘기만 해주
면 '허리가 휘어질 정도'로 웃음을 터트리며 좋아했다. 둘은 술을 마
시며 젊음을 탕진했다. 그 부분에 쥐똥나무가 나온다.

　3월의 시작과 함께, 나는 첫발이 미끄러지듯 새 학기의 시작
이 주는 쥐꼬리만 한 스트레스를 조르바에게 털어놓았다. (중
략) 그래서 그날은 조금 과하게 술을 마셨다. 그럴 수 있는 일

이었고, 물론 그녀와 함께였다. 다음 날엔 그녀가 졸업 학기의 시작이 주는 쥐똥만 한 스트레스를 나에게 털어놓았다. 이거야 원, 다음 날 학교를 결석할 만큼의 술을 마시게 되었다. 그런 일들이 자꾸만 생겨났다. 나와 그녀에게 아무 일이 없으면 조르바가 쥐며느리만 한 스트레스를 털어놓고, 마치 왈츠의 리듬처럼 그다음 날엔 조르바의 친구가 쥐방울만 한 스트레스를 털어놓았다. (중략) 결국 한 그루의 쥐똥나무만 한 스트레스가 서로의 마음속에 자라나 버렸고, 급기야 서로가 어우러진 울창한 쥐똥나무의 숲이 형성되어 버렸다. 결국 그해의 봄은 엉망진창이 되어갔다.

열매는 쥐똥처럼 생겼지만 꽃향기는 좋은 나무

쥐똥나무는 이름이 재미있는 나무다. 쥐똥나무 열매를 보면 왜 이 같은 이름이 붙었는지 짐작할 수 있다. 가을에 달리는 둥근 열매의 색이나 모양, 크기까지 정말 쥐똥처럼 생겼다. 독특한 이름 때문에 한번 들으면 쉽게 기억할 수 있다. 작가가 여러 나무 중 이 나무를 선택한 것도 아마 재미있는 이름 때문이었을 것이다. 북한에서는 '검정알나무'라고 부른다는데, 북한 이름이 더 나은 것 같다.

좀 지저분한 나무 이름과 달리, 봄에 피는 흰 꽃은 제법 아름답고

쥐똥나무 열매와 꽃

은은한 향기도 아주 좋다. 5~6월 유백색 꽃송이에서 나는 진한 향기는 지나가는 사람들을 멈추게 할 정도다. 산에서도 볼 수 있지만, 도심에서 울타리용으로 심은 이 나무를 흔히 볼 수 있다. 막 잘라도 다시 가지에서 싹이 잘 나오고, 공해에도 강해 울타리용으로는 적격인 나무다. 박상진 경북대 명예교수는《궁궐의 우리 나무》에서 "쥐똥나무는 자동차 매연에 찌들어버린 대도시의 도로와 소금 바람이 몰아치는 바닷가에서도 거뜬히 버티므로 생울타리로 심기에 가장 적합하다"며 "아예 생울타리로 쓰이기 위해 태어난 나무라고 해도 과언이 아니다"라고 말했다.

'나'는 졸업 후 국내 최대 대기업에 취직하고 가정도 꾸렸다. 여느 대기업 직장인처럼《가정을 버려야 직장에서 살아남는다》는 책을 읽으며 새벽 다섯 시에 집을 나와 자정 무렵 들어가는 생활을 했다. 그러나 돌아온 것은 IMF로 인한 실직에다 '결혼 생활에 의미가 없다'는 아내로부터의 이혼 통보였다. 1998년 그는 삼진아웃을 당한 것이었다.

그러나 이때 다시 나타난 조성훈은 그에게 삼진아웃을 당한 것이 아니라 포볼을 고른 것이라고 말한다. 그러면서 삼미가 보여준 진짜 야구를 해보자면서, 삼미 슈퍼스타즈의 팬클럽을 결성하고 실제 야구단도 만든다. 삼천포로 전지훈련을 다녀와 실제 경기도 하는데, 그것은 '치기 힘든 공은 치지 않고 잡기 힘든 공은 잡지 않는' 야구였다. 예를 들면 외야수 '프로토스'는 야구공을 찾다가 발견한 노란 들꽃이 너무 아름다워서 공을 던지지 않는 식이다. '나'는 다시 취직했지만 하루 여섯 시간만 일하는, '나의 삶을 확보할 수 있는 직장'이었다.

스포츠를 통한 인생론 탁월한 '무규칙 이종(異種) 작가'

이 소설에서 읽을거리는 프로야구와 삶을 대비시키는, '스포츠를 통한 인생론'이다. 삼미가 프로야구의 세계에서 꼴찌를 도맡아 하면서 사람들의 비웃음을 산 이유는 무엇일까. 삼미 선수들도 안타를 칠 만큼 치고, 도루도 하고, 가끔 홈런도 쳤다. 그런데도 형편없는 성적을 기록한 것은 삼미가 평범한 야구를 했다는 것, 즉 프로의 야구가 아니었다는 점 때문이라고 작가는 보고 있다. 작가는 프로야구 원년의 종합 팀 순위를 다음과 같이 표현했다.

6위 삼미 슈퍼스타즈: 평범한 삶

5위 롯데 자이언츠: 꽤 노력한 삶

4위 해태 타이거즈: 무진장 노력한 삶

3위 MBC 청룡: 눈코 뜰 새 없이 노력한 삶

2위 삼성 라이온즈: 지랄에 가까울 정도로 노력한 삶

1위 OB 베어스: 결국 허리가 부러져 못 일어날 만큼 노력한 삶

프로의 세계에서는 평범하게 살면 치욕을 겪고, 꽤 노력해도 마찬가지고, 무작정, 눈코 뜰 새 없이 노력해야 중간인 3~4위 정도로 하는 것이고, 허리가 부러져 못 일어날 만큼 노력해야 잘한다는 소리를 들을 수 있다는 것이다. 1982년 22연승을 기록한 OB의 선발투수 박철순은 허리 부상으로 다음 해 저조한 성적을 내지 않았는가. 작가는 이렇게 분석하면서 무한경쟁시대, 경쟁력 강화만 들리는 시대에는, '필요 이상으로 바쁘고, 필요 이상으로 일하는' 세계에는 인생은 존재하지 않는다고 단언한다. 요즘 말로 하면 '저녁이 있는 삶'에 대해 애기하고 싶은 것 같다.

작가 박민규는 1968년 울산에서 태어나 중앙대 문예창작과를 졸업했다. 2003년 《지구영웅전설》로 문학동네 신인작가상, 《삼미 슈퍼스타즈의 마지막 팬클럽》으로 한겨레문학상을 한꺼번에 받으며 등단했다. 또 단편 〈근처〉로 2009년 황순원문학상, 단편 〈아침의 문〉으로 2010년 이상문학상을 받았고, 소설집 《카스테라》, 장편 《핑퐁》, 《죽은 왕녀를 위한 파반느》 등을 냈다.

박민규에 따라붙는 것이 '무규칙 이종(異種) 작가'라는 수식어다. 문학평론가 김형중씨는 2010년 《작가세계》 겨울호에서 "박민규 소설이 대중적으로나 평단에서나 지지와 인기를 한 몸에 누리는 것은 염세와 편집증과 하위문화와의 장르 횡단, 그리고 유머가 결합된 특유의 이종격투기적 글쓰기 덕분"이라고 했다. '이종격투기적 글쓰기'에는 '그랬거나 말거나', '나 원, 참' 같은 냉소적인 표현들, 강조하고자 하는 부분에서 갑작스러운 줄 바꾸기 같은 독특한 형식 등을 포함하고 있을 것이다.

책을 읽으며 이런 글쓰기를 어떻게 받아들여야 할지 좀 난감했다. 다만 그의 다소 가볍고 건방져 보이는 글을 읽고 나면 애잔함이 남고, 이 시대 모순이 비교적 자연스럽게 드러나고 있다는 점은 동의할 수 있다. 또 그의 소설은 한번 잡으면 계속 읽게 만드는 흡인력도 좋은 편이었다. 작가의 이런 장점들 때문에 문단의 호평과 고정 독자를 유지하고 있을 것이다.

2003년 화려하게 등단하기 전까지, 그에게도 긴 '루저' 시절이 있었던 것 같다. 그는 2005년 기자간담회에서 "그동안 썼던 서른 편의 단편을 신춘문예에 여러 번 냈는데 예심을 통과한 것은 〈카스테라〉 뿐이었다"며 "그런데 등단하고 나니까 신춘문예에 떨어진 작품들이

주요 문학상 후보작에 올랐다. 세상의 시스템은 그렇게 돌아갈 뿐이
다"라고 말했다. 점잖게 표현했지만 세상에 대한 큰 야유처럼 들렸다.

쥐똥나무 · 화살나무 · 회양목 · 주목

생울타리로 쓰는 나무들

쥐똥나무는 우리나라에서 생울타리로 가장 많이 심는 나무다. 사철나무, 화살나무, 회양목, 탱자나무, 눈주목 등도 생울타리로 많이 쓰는 나무다.

사철나무는 주로 남부지방에서 자라지만, 요즘엔 서울에서도 얼마든지 볼 수 있다. 꽃은 6~7월에 연한 노란빛을 띤 녹색으로 피고 10~12월에 붉은 열매가 달린다. 달걀 모양의 잎은 가죽처럼 두껍고 반질반질 윤이 난다.

화살나무는 줄기에 2~4줄의 코르크질 날개가 달려 있어서 쉽게 구분할 수 있다. 나무 이름은 이 날개가 화살에 붙이는 날개 모양 같다고 붙인 것이다. 가을에 진한 붉은빛으로 물드는 단풍도 아름답다. 공원이나 길거리에서 화살나무를 조밀하게 심어 울타리를 만들어놓은 것을 볼 수 있다.

회양목도 울타리 또는 조경용으로 흔히 쓰이는 나무다. 특히 어중간한 빈터를 녹색으로 가득 채우거나 낮은 울타리를 만들 때 많이 사용한다. 열악한 환경에서도 잘 자라고, 일 년 내내 푸른 잎을 달고 있는 것도 장점이다. 회양목 열매 하나에는 부엉이 세 마리가 들어 있다. 회양목 열매가 익으면 세 갈래로 갈라지는데 각각 갈래의 모양이나 색깔이 영락없는 부엉이처럼 생겼다.

회양목은 원래 야생에서 크는 나무다. 서울대 입구 쪽에서 관악산을 오르다 보면 제법 큰 자생 회양목 숲을 볼 수 있다. 회양목의 별명은 도장나무다. 자라는 속도가 더딘 대신 목재 조직이 아주 치밀해 섬세한 가공을 할 수 있기 때문이다. 주목 중에서 누운 형태로 자라는 눈주목도 생울타리로 많이 쓰인다.

쥐똥나무

화살나무

회양목

주목

"환경오염의 상징이라고?" 억울한 미국자리공

김형경 《꽃피는 고래》

미국자리공은
처용포 뒷산 토종식물이 모두 죽어갈 때
홀로 생명력을 자랑하며 산을 점령했다.

어릴 적 동네 지저분한 언덕이나 쓰레기를 버리는 곳 주변엔 줄기
가 유난히 붉은 식물이 자랐다. 붉은색 줄기에 연두색 이파리가 대조
를 이루어 멀리서도 금방 눈에 띄었다. 아이들 키만큼 자라면 늦여름
부터 작은 포도송이처럼 검붉은 열매를 주렁주렁 달고 있었다. 심심
하면 그 열매를 따서 물감처럼 얼굴에 바르며 놀았다. '미국자리공'이

었다. 검붉은 열매가 매혹적으로 보였지만 어른들이 먹으면 큰일 난다고 해서 혀에 댔다가도 금방 뱉어낸 것 같다. 여기에다 좀 지저분한 곳에 자라는 식물이라 그리 좋은 인상이 아니었다.

김형경의 《꽃피는 고래》에는 이 미국자리공이 환경오염의 상징처럼 나온다.

소설의 주인공은 어느 날 갑자기 부모를 잃고 방황하는 여고생 니은이다. 그래서 슬픔을 딛고 어른으로 커가는 성장소설적인 측면이 강하다. 열일곱 살 니은이는 교통사고로 부모를 잃고 아버지 고향 처용포로 내려온다. 상실감에 '두꺼비집 퓨즈가 나간 것'처럼 무력해지고, 알 수 없는 분노만 끓어오른다. 예를 들면 이런 식이다.

이제는 괜찮은 줄 알았던 압력밥솥이 다시 수증기를 뿜기 시작했다. (중략) 마비된 듯 앉아 있다가 경황없이 떠돌고, 걷잡을 수 없이 화가 났다가 순식간에 우울해졌다. 내가 누구인지 모르겠는 느낌과 머릿속에 쥐가 사는 듯한 두통도 이어졌다.

처용포에는 전설적인 고래잡이 장포수 할아버지와 일흔이 넘은 나이에 한글을 배우는 왕고래집 할머니가 있었다. 두 사람은 니은의 상처를 치유하기 위해 애쓰지 않았다. 그들의 일을 하면서 가끔 고래 이야기나 살아온 이야기를 해줄 뿐이다.

두 사람에게도 상처가 있었다. 왕고래집 할머니는 일찍 남편과 아들을 잃었고, 주워 기른 딸이 술독에 빠져 행패를 부리는 시절이 있었다. 장포수 할아버지는 작살 두 발을 꽂았지만 마무리를 못 하고 고통스럽게 떠나보낸 고래가 상처로 남아 있다. 책 제목 '꽃피는 고래'는 포수가 작살을 정확하게 고래의 심장에 꽂아 넣었을 때 피의 분수를 뿜어내는 고래를 가리킨다.

니은이는 장포수 할아버지와 함께 고래잡이배를 손보면서, 왕고래집 할머니의 한글교실 숙제를 도와주면서 슬픔을 다스리는 법을 알아가고 조금씩 마음의 문을 연다. 인간 심리를 섬세하고 감성적인 문체로 포착해왔다는 평을 듣는 작가가 쓴 글답게 따뜻하면서도 정확한 심리 묘사가 가득하다. 니은이가 한글을 배우는 할머니의 글을 보는 장면은 이렇다.

아직도 화가 가라앉지 않은 상태에서 본 할머니의 다음 숙제는 '내가 슬플 때'였다. 할머니는 숙제를 두 줄 썼는데 '예전에 시집살이할 때 나물하러 가서 양지쪽에 앉아 있을 때'와, '우리 영감 병들어 고생한 거 생각하면'이었다. 단 두 줄이었는데도 읽는 동안 이상한 느낌이 왔다. 몸이 나른해지면서 어깨 쪽이 근질근질하더니 이어 콧날이 시큰거렸다.

미국자리공은 과연 '생태계 파괴식물'일까?

이 소설은 공해 문제를 다룬 환경소설이기도 하다. 소설에 나오는 처용포의 실제 배경지는 우리나라 공업도시의 상징인 울산광역시에 있는 장생포다. 울산 장생포는 1980년대 초까지 포항 구룡포와 함께 동해안의 주요 포경 기지였다. 그런 처용포 주변에 정유 공장 등 큰 공장들이 들어서자 숲은 황폐해지면서 미국자리공 같은 귀화식물이 자리 잡는다.

이에 장포수 할아버지는 필사적으로 사철나무 등 공해에 강한 나무를 심어 대응한다. 작가는 정상적인 자연 상태와 환경오염을 각각 사철나무와 미국자리공으로 상징화했다.

아빠는 미국자리공과 사철나무 숲이 경계를 이루는 곳으로도 나를 데려갔다. 미국자리공은 유조선과 함께 미국에서 건너온 식물이라고 했다. 봄에 갓 피어날 때부터 줄기가 붉은색이어서 멀리서 보면 산 전체에 붉은 물감을 엎질러놓은 듯했다. 가을에 맺히는 검은 열매를 터뜨리면 선혈처럼 붉은 과즙이 흘렀고 초겨울까지 두면 고약처럼 검고 끈적끈적한 덩어리가 되었다. 미국자리공은 처용포 뒷산 토종식물이 모두 죽어갈 때 홀로 생명력을 자랑하며 산을 점령했다.

미국자리공에 뒤덮인 산에 장포수 할아버지가 어느날부터 나무를 심기 시작했다. (중략) 그렇게 한 지 벌써 십오 년이 되어 이제 뒷산이 제법 푸르고 무성해지고 있었다. 아빠는 미국자리공과 사철나무 숲이 땅따먹기 하듯 경계를 이루는 곳에 서서 장포수 할아버지 혼자 힘으로 그 숲을 가꾸었다고 몇 번이나 강조했다.

니은이가 힘들 때마다 '미국자리공과 사철나무가 경계를 이루는 곳'에 가서 쉬는 장면이 여러 번 나온다.

이 소설에서처럼 한때 미국자리공은 오염의 지표식물로 여겨지기도 했다. 특히 1993년 한 학자가 미국자리공이 울산과 여천 공단 주변 숲에서 급속히 번져 우리나라 자연 생태계를 교란하고 있다는 논문을 발표하면서 이런 인식이 퍼졌고, '생태계 파괴식물'이라는 인상은 아직까지 씻어지지 않고 있다. 미국자리공이 독소를 내뿜고 독성을 지닌 열매가 땅에 떨어지면서 주변 토양을 산성화시킨다는 주장도 있었다.

미국자리공(서울 우면산)

미국자리공은 1950년대 미국 구호물자에 묻어 국내에 들어온 것으로 알려진 귀화식물이다. 그러나 미국자리공이 생태계를 파괴시키는 것은 아니라는 것이 전문가들의 견해다. 미국자리공이 토양을 산성화시킨다기보다 산성 토양에서 잘 자랄 뿐이고, 숲 속이나 음지에서 견디는 내음성(耐陰性)이 강해 쉽게 번성하는 것이다. 이유미 국립수목원장은 《내 마음의 야생화 여행》에서 "청정 지역 해안가에도 미국자리공이 있는 것을 보면 오염된 곳에만 사는 것도 아니다"라며 "다만 다른 풀들이 사라진 곳에서도 견딜 만큼 강할 뿐"이라고 말했다.

자주 가는 서울 우면산 정상에서 예술의전당 쪽으로 내려오다 보면 해마다 미국자리공이 자라는 것을 볼 수 있다. 이 책에 나오는 사진도 우면산 미국자리공이다. 어릴 적에는 좀 흉하다는 느낌을 주었는데, 단지 생존력이 좋은 식물이라는 것을 알아서 그런지 요즘엔 그냥 생존을 위해 최선을 다하는 식물로 보인다.

고향 강물에 가득한 흰 거품을 보고

작가는 '여름이면 멱을 감고 겨울이면 얼음배를 타던' 고향 강물이 흰 거품이 끓고 나쁜 냄새가 나는 더러운 물로 변해버린 데서 느낀 상실감에서 이 소설은 비롯됐다고 말했다. 이런 경험에다 작가가 잡지사 기자 시절 취재한 장생포와 고래 이야기를 더해 쓴 소설이라고 한다.

이 소설을 읽고 2014년 1월 장생포에 갔다. '미국자리공과 사철나무가 경계를 이루는 지점', 겨울이니까 사철나무 숲이라도 찾아보는 것이 목표였다.

소설에 나오는 고래박물관은 장생포항 바로 옆에 있었다. 전성기 때는 20여 척의 포경선이 연간 900여 마리의 고래를 잡았다는 장생포항은 어선 몇 척만 보일 정도인 소규모 항구로 전락해 있었다. 장생포항 뒤쪽도 크고 작은 공사가 한창이어서 어디쯤에 사철나무가 남아 있을지 짐작조차 힘들었다. 장생포항 바로 인근에 있는 고래고기 맛집을 찾아가 고기를 맛보며 옛 정취를 짐작해보는 것으로 만족해야 했다.

소설에 나오는 처용암은 장생포항에서 차로 이십여 분 가면 세죽마을 해변에 있다. 해변에서 약 150미터 떨어진 바위섬으로, 섬 절반 이상이 동백나무 숲으로 뒤덮여 있었다. 동해 용왕의 아들인 처용이 바다에서 이 바위로 올라왔다는 설화가 있다. 소설에서처럼 처용은 아라비아 상인이라는 견해도 있다.

작가 김형경은 1960년 강릉 출신으로 경희대 국문학과를 졸업했다. 1993년 국민일보 1억 원 현상 공모에 장편《새들은 제 이름을 부르며 운다》가 당선되면서 유명해졌다. 지금도 당시 라디오에서 반복한, 이 소설 광고가 기억날 정도다. 암울한 1980년대를 지나온 젊은이들의 사랑과 고뇌 이야기다. 이 밖에도 장편소설《세월》,《외출》,《성에》, 소설집《단종은 키가 작다》,《담배 피우는 여자》등이 있다. 요즘에는《사람 풍경》,《천 개의 공감》,《만 가지 행동》,《남자를 위하여》등 심리에세이로 더 유명한 것 같다.

생태교란식물

미국자리공과 비슷한 식물로 우리 토종인 자리공과 울릉도에서 자라는 섬자리공이 있다. 미국자리공은 꽃과 열매가 아래로 처지면서 자라고 줄기가 붉은색이다. 그냥 자리공은 꽃과 열매가 위로 향하고 줄기가 녹색인 점이 다르지만, 거의 볼 수 없어 주변에서 보이는 자리공은 미국자리공으로 보아도 무방하다.

미국자리공은 환경부가 지정한 생태교란식물에 들어 있지 않다. 실제 생태교란식물 리스트에 올라 있는 것은 가시박, 서양등골나물, 돼지풀, 단풍잎돼지풀, 도깨비가지, 애기수영 등이다. 환삼덩굴도 토종식물에 큰 피해를 주기 때문에 서울시가 제거 목록에 올려놓았다.

가시박은 북아메리카가 원산인 일년생 덩굴식물로, 생장 속도가 빨라 하천이나 호수 주변에서 자라면서 주변 자생식물들을 덮어 말려 죽인다. 1980년대 후반 가시박 줄기에 오이나 호박의 줄기를 붙이기 위해 도입했는데, 이것이 전국으로 퍼져나간 것이다. 가시박은 열매에 뾰족한 가시가 달려 있다.

가을에 서울 도심에 있는 숲에서 하얀 꽃들이 피어 있다면 서양등골나물일 가능성이 높다. 눈처럼 하얗게 핀 모습이 제법 예쁘다는 느낌도 주지만, 왕성한 번식력과 생명력으로 숲을 뒤덮어 토종식물들의 입지를 좁히는 생태교란식물이다. 북미 원산의 귀화식물로, 토종 등골나물과 비슷해 이 같은 이름을 가졌다. 특이한 점은 서울을 중심으로 중부지방에 분포한다는 점이다. 남산, 인왕산, 우면산 등에 가면 이 식물을 흔히 볼 수 있다. 돼지풀, 단풍잎돼지풀은 꽃가루가 알레르기를 유발해 생태교란식물로 지정됐다.

미국자리공

가시박

서양등골나물

돼지풀

무녀 월에게서 나는 은은한 난향

정은궐 《해를 품은 달》

귓불에 송송이 박힌 솜털이
입술에 먼저 와 닿았다.
귓불에도 난향이 배어 있었다.

2012년 MBC 드라마 〈해를 품은 달〉은 시청률 42.2퍼센트를 기록하는 등 큰 인기를 끌었다. 이 드라마는 작가 정은궐의 동명소설을 원작으로 한 것이다. 원작은 2005년 처음 나왔지만, 책은 드라마의 인기에 힘입어 2012년 베스트셀러 상위권에 올랐다.

이 소설은 조선시대 가상의 왕과 액받이 무녀의 사랑을 그린 역사

로맨스소설이다.

조선의 젊은 왕 이훤은 호위무사 제운과 함께 온양행궁 근처에서 미행(微行, 지위가 높은 사람이 남루한 옷차림을 하고 남 모르게 다님)을 하다 비를 피해 한 민가에 들어갔다. 거기엔 아름다운 무녀가 있었다. 왕이 정체를 숨겼는데도 여인은 단번에 알아보고 예를 갖춘다. 여인에게서는 은은한 난향(蘭香)이 풍겼다.

"아! 이 향은?"

훤의 짧은 외침에 제운은 몸을 경직시켰다. 방 안 가득히 은은한 난향이 차 있었다. 훤은 고개를 갸웃하였다. 아까 저잣거리에서 느꼈던 그 향이 이곳에 있는 게 귀신의 소행인 듯 요상하지 않은가. (중략) "소녀, 인사 여쭙사옵니다."

짧은 말을 흘리는 목소리는 천상의 것인 양 마음속을 울리며 방 안 가득 난향과 더불어 퍼졌다가 사라졌다.

하얀 비단 야장의가 떨고 있는 하얀 무명 소복을 꽉 안아 하나의 덩어리가 되었다. 월은 해의 향을 느꼈고 훤은 달의 향을 느꼈다. 서로의 향에 코끝이 아려 왔다. 훤이 그녀의 귓가에 입을 가져다 대었다. 귓불에 송송이 박힌 솜털이 입술에 먼저 와 닿았다. 귓불에도 난향이 배어 있었다.

첫 번째는 왕과 무녀가 민가에서 처음 만나는 장면이고, 두 번째는 왕이 자신의 침소에 액받이 무녀로 온 월을 처음 알아보는 장면이다. 이처럼 이 소설에서는 무녀 월이나, 연우라는 소녀가 나올 때마다 난향이 은은하게 풍기고 있다. 왕은 경복궁 취로정에서 월에게 말한다.

"가까이 오지 마라! 네게서 나는 그 향이 나를 더 미치게 만들고 있어. (중략) 멀어지지 마라! 내게서 멀어지지도 마라."

사군자 중 하나인 난은 옛날 선비들의 사랑을 받은 꽃이다. 문일평은 《화하만필》에서 "난으로 말하면 그 꽃의 자태가 고아할 뿐 아니라 꽃대와 잎이 청초하고 향기가 그윽하게 멀리까지 퍼진다"며 "기품이 우아하고 운치가 풍부한 점이 풀꽃 중에 뛰어나다"라고 했다. 따라서 수줍은 듯 단아한 인상을 갖고 있는 월은 난초 향기와 잘 어울리고 있다. 이 책 표지 그림도 난초에 나비 두 마리가 다가가는 장면이다.

여인에게서 난향이 나는 이유는 어머니가 권하는 봉숭아꽃 가루 대신 아버지와 오빠가 쓰는 난초 가루를 몸에 지녔기 때문이다. 여인의 몸종 설은 이런 주인을 위해 수시로 산을 다니면서 난초를 구해 말려서 갈아두었다.

좌우는 대칭, 상하는 다른 난초꽃

흰은 여인의 이름을 묻지만 그녀는 인연으로 묶일 수 없다며 이름도 알려주지 않는다. 흰은 말한다. "네가 달을 닮았느냐, 달이 너를 닮았느냐. 내 너를 월(月)이라 이르겠노라."

궁에 돌아온 흰은 월을 잊지 못해 제운을 시켜 찾지만 행방이 묘연하다. 왕이 그녀에 대한 그리움으로 지쳐 건강까지 나빠지자 관상감 교수들은 왕의 액(모질고 사나운 운수)을 대신 받아낼 액받이 무녀를 불러들인다. 은밀히 왕의 액받이 무녀가 입궁하는데, 그 무녀가 다름 아닌 월이었다. 월은 매일 밤 왕의 곁을 지켰고 그 덕분인지 왕은 건강을 되찾아갔다.

왕은 수면을 유지하게 하는 탕약 때문에 한 달 가까이 월의 존재를 모르다 마침내 알아본 다음 말한다.

"어찌 눈을 떠도, 또 눈을 감아도 너만 보이게 되었느냐. 어찌 이다지도 날 힘들게 하였느냐. 이는 필시 네가 주술을 걸었음이야."

민가에서 조우하기 몇 년 전, 이훤이 왕세자였을 때 왕은 장원급제한 허염을 왕세자의 스승으로 삼았다. 왕세자는 이때 얼굴도 모르는 허염의 누이 연우와 연서를 주고받으면서 사랑을 키운다. 연우가 보낸 편지에서도 난향이 은은했다.

이후 우여곡절 끝에 연우 낭자가 세자빈으로 간택됐지만 기뻐한 것도 잠시, 연우는 시름시름 앓다가 혼례도 치르기 전에 죽는다. 마침내 왕에 오른 이훤이 온양행궁 근처에서 월을 만났고, 이어 월이 액받이 무녀로 왕의 침소에 들어오고, 왕이 월에게서 연우의 향기를 맡은 다음 연우의 죽음에 얽힌 거대한 음모를 파헤치는 내용이다. 여느 로맨스소설처럼, 결론은 월이 중전에 올라 왕과 행복하게 사는 해피엔딩이다.

드라마에서는 김수현이 왕 역할을, 한가인이 액받이 무녀 역할을 맡았다. 소설에서는 왕세자와 연우가 얼굴도 모른 채 오빠 허염을 통해 연서를 주고받는 관계였지만, 드라마에서는 연우가 궁궐에서 나비를 쫓다가 왕세자를 만나는 것으로 설정했다. 또 소설에서는 무녀 월이 자신이 연우임을 알고 있으면서도 입을 다물고 있지만, 드라마에서는 관(棺)에서 깨어났을 때 기억을 상실하는 것으로 했다. 드라마에 이어 뮤지컬로도 나와 인기를 끌었다.

난 또는 난초는 난초과 식물을 통칭하는 말로, 난초라는 식물은 따로 없다. 식물 중 가장 진화한 그룹으로, 난초과는 학계에 알려진 종만 3만여 종에 달할 정도로 식물군 중 가장 규모가 크다.

난초과 식물은 잎이 나란히맥이고, 꽃은 좌우는 대칭이지만 상하

보춘화(춘란) ⓒ일리움

는 다른 공통점이 있다. 꽃 가운데 아래쪽에는 '순판(脣瓣)'이라는 입술 꽃잎이, 뒷면에는 길쭉한 꽃주머니가 있는 것도 같다. 이런 기본 구성을 공유하면서 다양한 색과 모양을 가진 종들이 있다.

난은 편의상 동양란과 서양란, 그리고 자생 난초들로 구분할 수 있다. 가는 잎과 은은한 향기, 수수한 꽃 모양을 가진 것이 동양란, 호접란같이 색깔과 모양이 화려한 것은 서양란이다.

'얼굴 없는 작가', 정은궐

이 소설은 역사 로맨스소설이다. 정은궐 작가는 역사와 판타지를 접목해 자유롭게 이야기를 전개하는 작가다. 작가는 2004년 '블루플라워'라는 필명으로 인터넷에 연재한 로맨스소설《그녀의 맞선 보고서》를 처음으로 내놓았다. 이어 정은궐로 필명을 바꾸고《해를 품은 달》,《성균관 유생들의 나날》,《규장각 각신들의 나날》등 역사 로맨스소설을 잇달아 내놓아 주목을 받았다. 2010년 역시 폭발적인 반응을 얻은 KBS 드라마 〈성균관 스캔들〉도《성균관 유생들의 나날》을 원작으로 한 것이다.

텔레비전 드라마는 물론 원작 소설도 인기를 끌면서 작가에 대한 궁금증도 커졌지만, 정은궐은 나이, 직업은 물론 성별도 제대로 알려지지 않고 있는 '얼굴 없는 작가'다. '정은궐'이라는 이름도 필명이다.

이에 따라 작가에 대한 다양한 추측이 나오고 있다. 과거 작가가 인터넷 연재 당시 남긴 글 등을 토대로 '30대의 직장 여성'이라고 하는 사람들이 많지만 어디까지나 추정일 뿐이다. 조선시대 배경 작품이 많고, 역사 고증도 전문가 수준이라며 역사 관련 기관에서 일할 것이라는 추측도 나오고 있다.

《해를 품은 달》을 낸 파란미디어 관계자는 "작가가 서면 인터뷰를 포함한 인터뷰 요청에 일절 응하지 않고, 출판사를 통해서도 신분에 대한 이야기가 나오는 것을 꺼리고 있다"고 말했다. 어디까지 믿어야 할지 모르지만, 출판사도 작가와 전화와 이메일로 소통한다고 한다.

보춘화 · 석곡 · 풍란 · 복주머니란 · 광릉요강꽃

가장 청초하지만 음흉한 식물

보춘화

석곡 ©알리움

풍란

복주머니란 ©알리움

동양란은 흔히 '춘란(春蘭)'이라고 부르는 보춘화, 한겨울에 꽃을 피우는 한란(寒蘭) 등이 있다. 영전이나 승진을 축하할 때 보내는 동양란은 대부분 보세(報歲)란이다. 보세란은 푸젠 · 광둥성 등 중국 남부와 대만에서 생산해 국내로 들여온 것이다. 보세는 '새해를 알린다'는 뜻으로, 1~2월에 집중적으로 꽃이 피기 때문에 붙은 이름이다. 서양란은 대부분 동남아 등 열대 · 아열대 지방의 난초를 유럽에서 개량한 것들이다.

자생 난초는 꽃 모양에 따라 갈매기 · 해오라비 · 제비 · 잠자리, 새우 · 감자 · 지네발, 타래 · 복주머니 등 다양한 이름이 붙어 있다. 무분별하게 난초들을 몰래 캐 가는 일이 잦아지면서 풍란, 광릉요강꽃 등 멸종 위기에 처한 난초들도 많다. 반대로 자란처럼 희귀종이었다가 증식을 통해 주변에서 흔히 볼 수 있는 난도 있다.

난초는 가장 진화한 식물답게 꽃가루받이를 해줄 곤충을 유인하기 위해 교묘한 속임수를 쓰는 종이 많다. 색깔이나 향기, 생김새 등에서 난초의 위장술은 식물학자들도 놀랄 정도다. 생김새와 냄새를 암벌과 비슷하게 위장해 수벌을 유혹하는 난초도 있다.

대략 난초 종류의 3분의 1 정도는 어떤 보답도 없이 꽃가루 매개자들을 속이는 것으로 학자들은 파악하고 있다. 더 이상 광합성을 하지 않고 다른 식물의 영양분에 의지하는 난초 종류도 적지 않다. 선비들이 고고하다고 예찬한 보춘화 등의 동양란들도 기본적으로 씨앗이 너무 작기 때문에 균류에 기대 싹을 틔울 수밖에 없는 구조라는 것이 전문가들 얘기다.

오키드(Orchid)라는 난초의 영어 이름은 고환을 뜻하는 그리스어(Orchis)에서 나온 것이다. 야생 난초 줄기 아래에 있는 주름진 덩이가 고환을 닮았다 하여 생긴 이름이다.

광릉요강꽃 ©알리움

2부

꽃,

사랑을 간직하다

사랑을 고백할 때 왜 장미꽃을 줄까. 장미는 불타는 사랑의 상징
이다. 더구나 장미꽃 향기에는 여성 호르몬을 자극하는 성분이
있어서 여성의 감성을 자극하는 효과가 있다고 한다. 클레오파트
라가 연인 안토니오를 위해 궁전 바닥에 두껍게 깔았다는 꽃도,
나폴레옹이 왕비 조세핀을 위해 침실에 뿌린 꽃도 장미였다.

여성 감성을 자극하는 장미

정이현 《달콤한 나의 도시》

"짠! 자기 몰랐죠? 오늘 우리 이십 일 기념일."
빨간 장미 두 송이였다.

만날 때 장미 한두 송이를 내미는 남자와 언제나 옥수수 낱알처럼 가지런한 남자가 있다면 당신은 누구를 택할 것인가. 여기에다 오래 친구로 지내 무덤덤한 남자까지 있다면? 정이현의 장편소설 《달콤한 나의 도시》는 이 세 남자 사이에서 갈등하는 31세 미혼 여성 오은수가 주인공이다.

처음 신문에 연재한 이 소설을 읽을 때 '신문에 이렇게 써도 되나?' 싶었다. 초반부터 직장 생활 7년차인 은수가 섹스에 대해 정해놓은 원칙의 전부는 '첫째, 하고 싶은 사람과 둘째, 하고 싶을 때 셋째, 안 전하게 하자'라고 나오기 때문이다. 그만큼 이 소설은 '도발적이고 불온하다', '세련된 도시 여성의 연애사를 경쾌하고 발랄한 문체로 그렸다'는 평을 동시에 들었다.

6개월 전 헤어진 옛 애인이 결혼하는 날, 누군가의 위로가 필요했던 은수는 술자리에서 우연히 일곱 살 연하 태오를 만나 모텔에 간다. 이른바 '원나잇 스탠드'를 한 것이다. 태오는 사랑스럽고 섬세했다. 태오는 은수를 두 번째 만나는 날, 장미 한 송이를, 만난 지 20일째인 날에 두 송이를 선물한다.

서른한 살. 토요일 저녁, 왼손에 장미 한 송이를 든 채 햄버거를 사기 위해 패스트푸드점 카운터 앞에 줄 서기에는 약간, 아주 약간 민망한 나이다. (중략) 조금 아까 만나자마자 태오는 내게 장미꽃을 쑥 내밀었다. 꽃바구니를 옆에 끼고 거리를 누비는 꽃 행상 할머니들로부터 산 것이 틀림없었다. 고백하건대 남자로부터 꽃을 받은 것은 퍽 오랜만이다. 부연하자면 한 다발도 아니고 한 단도 아니고 딱 한 송이를 받은 것은 대학생 때 이후로 처음이다.

"들고 올 때 좀 쑥스럽긴 하던데요."

태오는 1층과 2층 사이 계단에 앉아 있었다. 충직한 콜리처럼
웅크려 앉은 채 나를 기다리고 있는 그의 모습을 보자 반갑기
전에 놀라움이 엄습했다.

"짠! 자기 몰랐죠? 오늘 우리 이십 일 기념일."

빨간 장미 두 송이였다. 태오는 누구라도 무장해제시킬 수 있
는 순연하고도 위력적인 미소를 지었다.

불타는 사랑의 상징

사랑을 고백할 때 왜 장미꽃을 줄까. 장미는 불타는 사랑의 상징이
다. 더구나 장미꽃 향기에는 여성 호르몬을 자극하는 성분이 있어서
여성의 감성을 자극하는 효과가 있다고 한다. 클레오파트라가 연인
안토니오를 위해 궁전 바닥에 두껍게 깔았다는 꽃도, 나폴레옹이 왕
비 조세핀을 위해 침실에 뿌린 꽃도 장미였다. 그러나 태오는 영화감
독 지망생으로 현재는 백수라 미래가 불확실하다.

은수가 맞선으로 만난 영수는 '개량 옥수수 낱알처럼 가지런한 사
람'이다. 유기농 유통회사 CEO로 은수에게 편안한 미래도 보장할 것

같다. 그러나 도무지
낭만적이지 않다. 더
구나 이 남자는 진도
가 느려도 너무 느리
다. 단 둘이 있어도
무덤덤하고 알 수 없
는 비밀을 간직한 채
뭔가 불안한 표정을
짓고 있다. 오랜 친구

장미

인 유준은 은수에게 "그냥 우리 둘이, 같이 살면 어떨까?"라고 제안하
지만 끝까지 친구인지 애인인지 헷갈리는 남자다. 이처럼 세 남자는
누구나 '결격사유들을 치질처럼 숨기고' 있다.

　　　윤태오, 남유준, 김영수. 객관식 선다형 문제를 받아든 것처
　　럼 나는 세 개의 이름들을 골똘히 들여다본다. 마음 가는 것
　　과는 별개로, 이 세 개의 보기들에는 각각 잉여와 결핍이 담
　　겨 있다. 나는 몇 번째 답안에 동그라미를 치게 될까. 그것은
　　정답일까, 오답일까.

은수는 결국 현실적인 영수를 택하고 결혼을 약속하지만 뜻밖의 반전이 기다리고 있다.

이 소설은 미국 드라마 〈섹스 앤 더 시티〉의 한국판이라 할 수 있다. 은수의 베스트프렌드는 맞선 본 지 2주 만에 비뇨기과 의사와 결혼을 결심했다가 실패한 재인, 이혼남과 사귀는 다혈질 유희다. 이들 세 명이 〈섹스 앤 더 시티〉의 캐리, 샬롯, 사만다, 미란다처럼 자주 만나 일과 사랑에 대한 고민을 나눈다. 재인은 '침대에서 3분을 못 넘긴다는 이유로 남자를 차버린' 적이 있다. 유희는 "성인 남녀가 같이 밥을 먹고 차를 마시고 영화를 보는 것들은 결과적으로 '한 방'에 들어가기 위한 요식행위일 뿐"이라는 견해를 갖고 있다. 때로는 서로 상처를 주지만 이들의 우정은 견고하다.

소설은 뚜렷한 결말 없이 끝난다. 은수와 친구들은 이제 서른두 살, 가진 것도 없고, 이룬 것도 없다. 서른 살이 넘으면 모든 게 분명해질 줄 알았지만, 실제 삶은 그렇지 않다. 마지막 부분에 은수는 '어느새 홀연히 져버린 연분홍 꽃잎들이 바닥에 뒹굴고' 있는 것을 보면서 "꽃은 왜 질까?"라고 중얼거린다. 대학 졸업반 무렵인 십 년 전 봄엔 유희가 "안 그래도 심란한데 꽃은 왜 지고 난리야"라고 했었다.

"내 일기를 훔쳐본 것 같다"는 젊은 여성들

이 소설이 나오자 20~30대 여성은 "내 일기를 훔쳐본 것 같다"고 열광했다. 신문 연재 초기인 2005년 11월 이화여대 학보사는 한 면을 털어 정이현 특집을 내고 《달콤한 나의 도시》를 심층 분석했다. 정이현은 "젊은 여대생들이 자신들이 드러내지 않는 부분을 솔직히 그려내기 때문에 좋아하는 것 같다"고 말했다.

작가는 언론 인터뷰에서 "잡지사, 홍보회사, 출판사에 다니는 30대 여성들을 만나 취재하면서 그 사람들의 삶을 조금씩 떼어내 등장인물과 이야기를 만들었다"고 말했다. 소설가 권지예는 정이현이 '영악하고 계산적이며 발칙하고 냉소적인 서울 여자들'이란 신여성을 창조했다고 말했다.

'나 자신에게 선물했다'는 말은 요즘 젊은 여성들이 많이 쓰는 표현인데, 이 소설에서 처음 본 것 같다. 은수가 사직서를 낸 다음, 안심 스테이크 디너코스와 하우스와인을 주문하면서 '나를 위해 이 정도의 작은 선물은 해줄 수 있었다'고 생각하는 대목이 있다. 소설은 스타벅스의 카페모카, 바비브라운의 브라이트핑크, 캘빈클라인의 회색 줄무늬처럼 상표를 과감히 사용해 트렌디한 느낌도 준다.

요즘 젊은 여성들이 무슨 생각을 하는지 궁금해하는 남성 독자들도 적지 않게 이 소설을 읽었을 것이다. 이 소설을 읽지 않았다면,

남자들이 '마스카라가 번지면 끝장이다', '화장대 거울 너머로 나의 100퍼센트 맨 얼굴이 선연히 비쳤다. 슬그머니 눈을 돌려 그것을 외면했다', '초면의 이성과 눈이 마주치고 나서 딱 일 초 후면 심장에 반응이 온다' 같은 여자들 심리를 어떻게 알겠는가. 작가는 "내 소설은 여자들이 다 알고 있지만, 솔직히 얘기하지 않는 것이기도 하다"고 말했다.

이 소설은 정이현의 첫 장편소설로, 2005년 10월부터 2006년 4월까지 《조선일보》에 연재됐고, 출간 이후 40만 부 이상 팔렸다. 또 SBS에서 배우 최강희가 오은수 역을 맡아 드라마로 만들어졌고, 영화와 뮤지컬로도 만들어질 정도로 인기를 끌었다.

정이현(1972년생)은 성신여대 정치외교학과와 서울예대 문예창작과를 차례로 졸업했다. 20대 후반 남산을 지나다 '서울예대 신입생 모집' 광고를 보고 문학에 대한 동경이 되살아났다고 한다. 원래는 시인이 꿈이었으나 소설가로 전환했다. 2002년 단편 〈낭만적 사랑과 사회〉로 등단했고, 2004년에는 단편 〈타인의 고독〉으로 이효석문학상을, 2005년에는 단편 〈삼풍백화점〉으로 현대문학상을 받았다. 소설집 《오늘의 거짓말》, 장편 《너는 모른다》, 《안녕, 내 모든 것》 등을 냈다. 《달콤한 나의 도시》를 읽으면 작가는 결혼을 안 했을 것 같은 느낌을 주지만 소설을 낸 다음인 2009년 결혼했다.

장미 · 찔레꽃 · 해당화 · 돌가시나무

해당화, 찔레가 장미 할아버지뻘

장미는 우리나라 국민들이 가장 좋아하는 꽃이다. 2011년 한국
갤럽의 면접조사(1500명)에서 41.4퍼센트가 가장 좋아하는 꽃으
로 장미를 꼽았다. 이십 년 넘게 부동의 1위 자리를 지키는 것
이다. 2위는 프리지아(7.5퍼센트), 3위는 국화(5.7퍼센트), 4위는
백합(4.4퍼센트), 5위는 안개꽃(4.3퍼센트)이 차지했다.

장미

우리나라에서 저절로 자라는 식물 중에서 해당화, 찔레 등이 장
미의 할아버지뻘이다. 하나같이 꽃이 아름답고 향기가 진하다.
찔레꽃은 우리나라 어디에서나, 산기슭 양지바른 곳에서 만날
수 있는 꽃이다. 지름 2센티미터 남짓의 하얀 꽃잎이 다섯 장이
고, 꽃송이 가운데에 노란색의 꽃술이 촘촘하게 달려 있다. 흔
히 볼 수 있는 찔레꽃은 흰색이지만, 국립생물자원관은 2013년
남해안 섬 지역에서 연분홍색 신종 찔레꽃을 발견하고, '섬색시
꽃'이란 이름을 붙이기로 했다. 봄에 돋아나는 찔레의 새순은
씹으면 시큼한 맛이 나는데, 어릴 적 간식거리 중 하나였다.

찔레꽃

해당화는 진한 분홍색 꽃잎에 노란 꽃술이 아름다운 꽃이다. 산
기슭에도 피지만, 바닷가 모래밭에서 자라는 경우가 많다. 요즘
에는 화단이나 공원에서도 어렵지 않게 볼 수 있다. 탐스럽게
달리는 주홍빛 열매도 볼거리 중 하나다.

해당화

남부지방 해안이나 산기슭에서는 땅이나 바위를 타고 오르며
자라는 돌가시나무(땅찔레)를 볼 수 있다. 이름은 돌밭에 사는
가시나무라는 뜻이다. 흰 꽃이 피는 것이 찔레와 비슷하지만 포
복성으로 땅을 기며 자라는 것이 다르고, 꽃도 지름 4센티미터
정도로 찔레꽃보다 크다.

돌가시나무 ⓒ도랑가재

구불구불 약한 듯 강한 모성, 용버들

구효서 〈소금가마니〉

마을 사람들과 아버지는.
용내천을 가로질러 쓰러져 있는
커다란 용수버드나무를 발견했다.

버드나무는 우리 고전에 자주 등장하는 나무다. 주로 여인이 이별할 때 건네는 사랑의 징표로 나온다. 조선 기생 홍랑이 최경창을 떠나보내며 쓴 시조 '묏버들 가려 꺾어 보내노라 님의 손에/ 자시는 창밖에 심어두고 보소서/ 밤비에 새 잎 나거든 나인가 여기소서'가 대표적이다.

그런데 구효서의 단편 〈소금가마니〉에는 버드나무의 한 종류인 용버들이 가장 인상적인, 강인한 모성애를 보여주는 장면에 나온다. 이 작품은 2005년 이효석문학상을 받았다.

소설은 두부를 만들어 자식들을 먹여 살린 어머니를 회상하는 내용이다. 주인공은 무학자(無學者)인 어머니가 돌아가시고 나서야 우연히 어머니가 처녀 시절 키에르케고르의 책을, 그것도 일어판으로 읽었다는 걸 안다. 어머니가 일본어 철학서까지 읽은 것은 결혼 전에 사모하고 교감한 지식인 청년 박성현이 있었기 때문이다.

결혼 즈음 이 같은 사실을 안 아버지는 어머니에게 끔찍한 폭력을 가하지만 어머니는 묵묵히 참아내며 두부로 아버지와 자식들을 먹여 살린다. 어머니를 위기에 처하게 한 것도, 그 위기에서 구해준 것도 두부였다. 6·25 때 어머니는 인민군의 요구에 따라 두부를 만들어낸다. 그러나 국군이 다시 밀고 올라왔을 때 어머니는 이 때문에 부역 혐의로 처형 위기에 몰렸다. 이때 애국청년단장인 박성현은 국군을 위해 두부를 만들어내라는 조건으로 어머니를 풀어준다.

그 후 아버지의 폭력은 더 심해졌다. 몇 시간씩 이어지는 아버지의 구타는 문밖의 자식들을 숨 막히게 했다. 어머니는 부엌 뒤쪽 어둡고 습기 찬 헛간에서 오랜 시간을 보냈고, 거기엔 늘 간수를 내기 위한 소금가마니 세 개가 삼존불처럼 놓여 있었다. 간수는 어머니의 눈물 같았다.

가지와 잎이 구불거리는 파마한 버들

그런 어머니였지만, 둘째 누이가 대추나무에서 떨어져 죽었을 때는 딴사람 같았다. 가망 없다는 아버지와 동네 사람들에게 쌍욕을 퍼부으며 아이를 들쳐 업고 읍내로 향한 것이다. 그러나 읍내로 가려면 용내천을 건너야 했는데 장마로 잠긴 지 오래였다. 어머니는 그날 밤 돌아오지 않았다.

그날 마을 사람들과 아버지는, 용내천을 가로질러 쓰러져 있는 커다란 용수버드나무를 발견했다. 금방 잘린 듯한 나무 밑동 곁에는, 손잡이에 핏물이 밴 낡은 톱 한 자루가 버려져 있었다.
그날을 회상할 때마다 어머니는 깊이 파인 손바닥의 상처를 들여다보곤 했다.

어머니가 용수버드나무를 이용해 용내천을 건너 읍내로 내달릴 때 아이는 소생했다. 미친 듯 달린 어머니의 몸이 아이의 횡격막을 자극한 것이다. 어머니는 아이를 부둥켜안고 진창에 주저앉아 이년아, 이년아, 하고 울었다.
간수를 얻기 위해 어둠과 습기를 빨아들인 소금가마니처럼, 어머

용버들

니는 어둠과 습기를 기꺼이 받아들여 자식들을 사랑으로 지켜온 것이다. 아버지와 박성현은 전쟁이 끝난 후 각각 허망하게 죽지만, 어머니는 아흔일곱까지 천수를 누렸고, 어머니의 상여에는 '숨두부처럼 몽글몽글' 서른 명의 자손들이 따랐다.

이 소설에 나오는 용수버드나무는 용버들을 가리키는 것 같다. 나무도감을 찾아보고 전문가들에게 문의해보아도 용수버드나무라는 나무는 없었다. 용버들이 맞다면, 어머니는 용이 올라가는 것처럼 구불구불한 나무를 타고 넘어갔을 것이다. 버드나무의 일종인 용버들은 가지와 잎이 구불거리는 것이 특징이다. 말하자면 파마한 버들이다. 작은 가지는 밑으로 처지고 역시 꾸불꾸불하다. 가지는 공예품 재료나 꽃꽂이 소재로 사용하며, 전국 호수나 하천변 등 습지에서 볼 수 있다. 가끔 주말에 찾는 경기도 의왕 백운호수 주변 곳곳에도 구불구불 자라는 용버들이 많다.

버들피리 만들어 불었던 추억의 버드나무

강변이나 저수지 주변 등 물가에서 가장 흔히 볼 수 있는 나무가 버드나무다.

버드나무는 버드나무속(屬)에 속하는 버드나무류(類)를 총칭하기

도 하고 특정 식물 이름이기도 하다. 버드나무류는 제각기 잎 모양
도 생태도 다르지만 물을 좋아하는 공통점이 있다. 버드나무 속명 셀
릭스(Salix)는 가깝다는 뜻의 살(Sal)과 물이라는 뜻의 리스(Lis)의 합
성어다. 예로부터 연못이나 우물 같은 물가에 버드나무를 심은 것은,
잘 어울리기도 했지만 버드나무 뿌리가 물을 정화하는 작용도 했기
때문이다. 버드나무에는 진통제 아스피린의 주성분인 '아세틸살리실
산'이라는 물질도 들어 있다.

버드나무는 추억의 나무이기도 하다. 시골에서 자란 사람이라면
어린 시절, 물이 잘 오르고 곧은 버들가지를 잘라 껍질을 비틀어 뺀
다음 버들피리(호드기)를 만들어 분 기억이 있을 것이다. 껍질을 비틀
때 너무 힘을 주면 찢어져 못쓰기 때문에 힘 조절이 중요하다.

평양은 대동강과 보통강을 따라 버드나무가 많은 도시다. 버드나
무는 늘어진 가지가 운치 있는 데다, 대기오염에 강하고 대기 중 오
염물질을 흡착하는 능력까지 뛰어난 나무라 가로수로 적격이다. 류
경(柳京)이라는 평양의 별칭도 버드나무가 많은 데서 온 것이다. 그래
서 평양엔 류경호텔, 류경정주영체육관 등과 같이 '버들 류(柳)' 자가
들어간 시설이 유난히 많다.

고려 태조 왕건과 버드나무에 얽힌 설화도 있다. 왕건이 아직 궁
예 밑에서 장군으로 있으면서 군사를 이끌고 전라도 나주를 지날 때

버드나무

였다. 목이 말라 우물가의 여인에게 물을 청했을 때, 그 여인은 물을 담은 바가지 위에 버들잎을 띄워 건넸다. 물을 급하게 마시면 체하기 쉬우니 버들잎을 불면서 천천히 마시도록 배려한 것이다. 이 여인이 고려 2대왕 혜종의 어머니인 오씨 부인 장화왕후다.

그런데 봄에 버드나무에서 날리는 하얀 솜뭉치 같은 것이 눈병이나 피부병을 일으키는 것으로 잘못 알려지면서 버드나무가 수난을 당하기 시작했다. 서울시의 경우 1991년 버드나무를 몽땅 베어버렸다. 솜뭉치는 종자를 가볍게 해 멀리 날려 보내기 위해 종자에 붙은 솜털(種毛, 종모)이다. 이유미 국립수목원장은 《우리가 정말 알아야 할 우리 나무 백 가지》에서 "버드나무 솜털은 꽃가루가 아니어서 알레르기를 일으키지 않는다"며 "(더구나) 이 문제는 암나무가 아닌 수나무만 골라 심으면 간단하게 해결할 수 있는 일"이라고 말했다.

작가 구효서(1957년생)는 인천 강화도에서 태어나 목원대 국어교육학과를 졸업했다. 작가는 1987년 중앙일보 신춘문예로 등단한 이후 29년째 한결같이 창작에 전념하는 우리나라 대표적인 전업 작가다. 직장인들처럼 매일 아침 9시 집필실로 출근해 저녁 6시에 퇴근하고, 주말에는 쉬는 생활을 하고 있다. 언론 인터뷰에서 그는 "베스트셀러 작가라면 한철 많이 벌어 살 수도 있겠지만 우리 같은 작가들은 정말 매일매일 쓸 수밖에 없다"고 말했다.

장편소설 《비밀의 문》, 《내 목련 한 그루》, 《메별》, 《나가사키 파파》, 《랩소디 인 베를린》, 《동주》와 《노을은 다시 뜨는가》 등의 소설집을 냈다. 한국일보문학상, 황순원문학상, 대산문학상 등을 받았고, 2014년 소설집 《별명의 달인》으로 동인문학상을 받았다.

버드나무 · 능수버들 · 갯버들 · 왕버들

버드나무는 새 가지만, 능수버들은 가지 전체 늘어져

버드나무는 봄기운을 가장 빨리 전해주는 나무다. 개울가 갯버들의 꽃술이 일어나고 강변 버드나무에 연둣빛이 돌기 시작하면 봄이 오는 것이다.

국내에 있는 버드나무 종류만 40종이 넘지만 주변에서 흔히 만날 수 있는 키가 큰 종류로는 버드나무 · 능수(수양)버들 · 용버들 · 왕버들이 있고, 키가 작은 버드나무로는 갯버들이 있다. 키 큰 버드나무 중에서 기존 가지들은 늘어지지 않고 새로 난 가지만 늘어지면 그냥 버드나무이고, 가지 전체가 늘어져 있다면 능수(수양)버들이다.

버드나무

능수버들은 우리나라에 자생해온 버드나무다. 천안 하면 떠오르는 것이 천안삼거리 능수버들이다. 수양버들은 중국이 고향인 나무로, 수나라 양제는 대운하를 만들면서 백성들에게 이 나무를 많이 심도록 했다. 능수버들과 수양버들을 구분하는 포인트는 새로 난 가지의 빛깔(능수버들은 녹황색, 수양버들은 적갈색)을 보는 것이다.

능수버들

갯버들은 버들강아지 또는 버들개지라고도 부르는 작은키나무다. 이른 봄에 윤기 나는 솜털이 일어나면서 노랑 혹은 빨강으로 변하는 모습이 신기하다. 이 모습은 수꽃들이 모인 수꽃차례가 피어나는 것이다. 갯버들은 산의 낮은 곳에서 높은 곳까지 물가 어디서나 만날 수 있다. 왕버들은 버드나무 종류이면서도 잎과 가지가 하늘을 향해 거의 늘어지지 않는다. 그래서 모양새가 웅장해 '왕' 버들이다. 호숫가나 물이 많은 곳에서 자란다. 잎 모양은 넓은 타원형이며 새잎은 주홍색을 띠는 것이 특징이다. 주왕산 입구 주산지 왕버들이 유명하다.

갯버들

왕버들

신부의 녹의홍상 닮은 협죽도

성석제 〈협죽도 그늘 아래〉

협죽도 ⓒ키큰나무

성석제 단편 〈협죽도 그늘 아래〉에서는 '한 여자가 앉아 있다. 가
시리로 가는 길목, 협죽도 그늘 아래'라는 문장이 열 번 이상 나온다.

여기서 한 여자는 결혼하자마자 6·25가 나서 학도병으로 입대한
남편을 기다리는 일흔 살 할머니다. 스무 살에 결혼했으니 오십 년째
남편을 기다리는 것이다.

대학생 남편은 전쟁이 나자 합방도 하지 못한 채 학도병으로 입대할 수밖에 없었다. 여자는 시댁 식구와 함께 전쟁을 겪었다. 피난길에 시아버지는 친정에 가 있으라고 했지만 여자는 피가 흘러내리도록 입술을 문 채 고개를 흔들었다.

전쟁은 끝났지만 남편은 돌아오지 않았다. 행방불명이라는 통보도 받았다. 하지만 여자는 여전히 남편을 기다렸다. 십 년쯤 지났을 때 여자의 오빠가 찾아와 "개명천지에 이 무슨 썩어 빠진 양반 놀음이냐"고 소리를 질렀지만 누이를 데려가지는 못했다. 그렇게 오십 년을 기다린 여자가, 그의 칠순 잔치에 찾아온 친척들을 '가시리로 가는 길목'에서 배웅한 다음, 치잣빛 저고리와 보랏빛 치마를 곱게 차려입고 남편을 기다리는 것이다.

여자는 남편과 신행(新行) 며칠을 함께 보냈을 뿐이다. 명확한 신체 접촉은 신랑이 입대하는 날, 우는 여자의 얼굴을 어루만지며 눈물을 닦아준 것밖에 나오지 않는다. 칠순 잔치에 온 환갑 넘은 질부는 여자에게 농을 던졌다.

"새점마, 우리가 다 궁금해하는 게 있수. 혹 새점마 처녀 아니우?"

여자가 뭐라고 대답했는지 나오지 않는다. 일부종사(一夫從事)라는 전근대적인 관습으로, 6·25라는 민족적 비극으로 설명하기에는 너무 애잔하다. 소설은 '여자는 자신을 위해 일생을 바쳤다'고 표현했다.

강한 독성 알려져 수난 당하는 협죽도

협죽도(夾竹桃)라는 꽃이 나오는 것으로 보아 할머니가 사는 가시리는 남부지방 어느 곳이다. 협죽도는 노지에서는 제주도와 남해안 일대에서만 자라는 나무이기 때문이다.

소설에 나오는 '가시리'는 제주도 서귀포시 표선면에 실제로 있는 지명이다. 나목도식당 등 돼지고기 맛집이 많은 곳이라, 필자도 제주도 여행을 갈 때마다 들르는 곳이다. 그러나 소설에서 여자의 친정인 몽탄(전남 무안에 있는 면)에서 '백 리 길을 걸어' 가시리에 도착했다는 대목이 있는 것으로 보아 가시리는 상징적인 마을인 것 같다.

협죽도는 댓잎같이 생긴 잎, 복사꽃 같은 붉은 꽃을 가져서 이 같은 이름을 얻었다. 잎이 버드나무 잎 같다고 유도화(柳桃花)라고도 부른다. 꽃은 7~8월 한여름에 주로 붉은색으로 피고, 녹색 잎은 세 개씩 돌려나고 가장자리가 밋밋하다.

이처럼 협죽도의 꽃과 잎은 신부들이 흔히 입는 한복, 녹의홍상(綠衣紅裳) 그대로다. 할머니는 잠시나마 남편과 함께한 신부 시절을 그리워하며 협죽도 그늘 아래 앉아 있었을 것이다.

협죽도는 비교적 아무 데서나 잘 자라는 편이고 공해에도 매우 강하다. 꽃도 오래가기 때문에 제주도나 남부지방에서는 가로수로 쓸 만한 나무다. 베트남 등 아열대지역이나 제주도에 가면 가로수로 길게 심어놓은 것을 볼 수 있다. 2013년 베트남 하노이에 갔을 때 좋은 협죽도 사진을 찍어보려고 두세 시간 동안 시내를 돌아다닌 기억이 있다. 서울에서는 협죽도를 화분에 기르는 것을 보았다.

그런데 이 협죽도가 강한 독성을 갖고 있는 것이 알려지면서 최근 수난을 당하고 있다. 이 나무에 청산가리의 6000배에 달한다는 '라신'이라는 맹독 성분이 들어 있어서 치명적이라는 것이다. 부산시는 2013년 부산시청 주변에 있는 이백여 그루 등을 포함하여 협죽도 천여 그루를 제거했다. 제주도에서도 많이 베어내 눈에 띄게 줄었다.

협죽도의 맹독성이 나올 때마다 빠지지 않고 등장하는 것이 '제주도에 수학여행 온 학생이 협죽도 가지를 꺾어 젓가락으로 썼다가 사망했다는 보도가 있다'는 내용이다. 2012년 KBS 〈위기탈출 넘버원〉이라는 프로그램에서 협죽도를 독성이 강한 식물 1위로 소개하면서 협죽도는 제거해야 할 식물이라는 인식이 더욱 굳어진 것 같다.

'우리 시대 최고의 이야기꾼'이 진지하게 접근한 소설

협죽도에 유독 성분이 들어 있는 것은 맞다. 그러나 베어내야 할 정도로 위험한지에 대해서는 전문가들은 대체로 부정적이다. 협죽도 가지를 젓가락으로 사용하다 사망했다는 것도 정확한 내용을 알아보려고 신문 등을 검색해보았으나 원문을 찾을 수 없었다. 전부 그런

보도가 있더라는 전언이었다. 상당수 식물학자들은 "독성 때문이라면 베어낼 나무가 한둘이 아니고, 일부러 먹지 않으면 위험하지 않은데 굳이 제거하는 것은 코미디 같은 일"이라는 의견을 보이고 있다.

2009년 MBC 인기드라마 〈선덕여왕〉에서 협죽도가 등장한 적이 있다. 유신랑이 협죽도를 태운 연기와 남서풍을 이용해 백제군에게 공격을 퍼붓는 장면이었다. 그러나 협죽도는 인도 원산으로, 국내에는 1920년대 들여와 심은 것으로 알려져 있다(1921년 일본 식물학자 모리 다메조(森爲三)가 저술한 《조선식물명휘》에 근거). 따라서 신라군과 백제군이 싸운 7세기에는 국내에 협죽도가 없었을 것이다. 일본에도 협죽도는 '에도시대(1603~1867)'에 들어온 것으로 알려져 있다. 인터넷이나 일부 책을 보면 협죽도가 사약의 원료로 쓰였다고 나오는데, 역시 시기적으로 맞지 않는 내용이다.

소설 후반부에는 수국도 상당히 비중 있게 나오고 있다. '여자의 발 가까이 도랑이 있고 도랑가에는 보랏빛 수국이 피었다', '가시리 사람들은 수국을 과부꽃이라 부른다' 등의 문장이 있다. 그러나 '인가나 절에서 도랑을 따라 (수국)씨나 싹이 흘러왔을지도 모른다'는 부분은 틀린 표현이다. 수국은 산수국을 개량해 헛꽃만 피게 만든 꽃이기 때문에 씨가 생기지 않는다. 그래서 자체적으로 번식할 수 없고 사람이 꺾꽂이나 휘묻이로 번식시키는 식물이다.

성석제(1960년생)는 경북 상주 출신으로 연세대 법학과를 졸업했다. 그에게는 늘 '우리 시대 최고의 이야기꾼', '입담의 달인'이라는 수식어가 따라붙는다. 평론가 우찬제는 그를 "거짓과 참, 상상과 실제, 농담과 진담, 과거와 현재 사이의 경계선을 미묘하게 넘나드는 개성적인 이야기꾼"이라 했다. 실제로 그의 글을 읽다 보면 이게 진담일까, 농담일까 헷갈리는 대목이 적지 않다. 대표작으로는 이 소설이 담긴 소설집 《홀림》, 《황만근은 이렇게 말했다》, 《위풍당당》, 《단 한 번의 연애》 등이 있다. 주로 힘없는 소시민이나 건달, 노름꾼 등 비주류 인생을 특유의 입담으로 풀어내는데, 〈협죽도 그늘 아래〉에서는 진지하게 한 할머니의 인생을 파고들었다. 이 소설은 영어와 일어 번역본도 있다.

협죽도 · 투구꽃 · 천남성 · 팥꽃나무 · 디기탈리스 · 은방울꽃

유독성 식물들

협죽도

투구꽃

천남성

팥꽃나무 ⓒ알리움

유독성 식물 하면 떠오르는 것이 협죽도 다음으로 투구꽃이다. 꽃 모양이 로마 병정 투구를 닮은 투구꽃은 뿌리에 아코니틴이라는 맹독성 물질이 들어 있다. 소량의 아코니틴은 진정 효과가 있지만, 과잉 섭취하면 입술 마비와 구토, 경련과 호흡곤란을 일으키는 것으로 알려져 있다.

투구꽃과 함께 진짜 사약의 원료 중 하나로 꼽히는 것이 천남성(天南星)이다. 천남성에는 옥살산 칼슘 성분이 들어 있어서 얼굴과 기도, 복부에 부종을 일으키고 심한 경우 호흡장애로 사망에 이르게 하는 것으로 알려져 있다. 꽃은 마치 뱀이 고개를 들고 있는 것처럼 독특하게 생긴 불염포 안에 있다. 생김새가 독특해서 한 번 보면 쉽게 잊히지 않는다. 가을에는 열매가 빨갛게 익는다. 천남성은 상황에 따라 성(性) 전환을 하는 식물이다. 꽃을 피울 무렵 뿌리에 남아 있는 양분이 충분하면 암꽃, 그렇지 않으면 수꽃으로 피는 것이다.

팥꽃나무와 디기탈리스도 독성이 강한 식물이다. 팥꽃나무는 주로 남서 해안가에서 자라는데, 이른 봄 잎이 나기 전에 가지를 덮을 정도로 많은 꽃이 달린다. 팥과 비슷한 색깔의, 연한 보라색 꽃이 피는데 향기도 좋다. 그러나 꽃에 호흡 억제와 경련을 일으키고 낙태를 유발하는 유독 성분이 들어 있다. 옛날에 임신한 여성들이 팥꽃나무꽃으로 낙태를 시도하다 목숨을 잃는 일이 많아서 나라에서 이 나무를 베어버리도록 한 것으로 알려져 있다.

여름에 도심에서 흔히 볼 수 있는 원예종 디기탈리스는 꽃 모양이 손가락(라틴어로 Digitus) 같다고 이 같은 이름이 붙었다. 이

식물도 과다 복용하면 중추신경 마비로 사망할 수 있는 유독 식물이다.

이 밖에 흰독말풀, 미치광이풀, 은방울꽃, 동의나물 등도 독성을 갖고 있기 때문에 주의가 필요한 식물들이다. 그러나 이들 독성 식물들도 소량을 적절하게 쓰면 약용으로 쓸 수 있다. 잘 쓰면 약, 잘못 쓰면 독인 것이다.

디기탈리스

은방울꽃

자귀나무 꽃빛의 홍조를 띤 소녀

윤후명 〈둔황의 사랑〉

그 뺨에는 자귀나무 꽃빛의
담홍색 홍조가 물들어 있었고,
코에는 땀방울이
송송 배어 나와 있었다.

어린 시절 고향 야산이나 언덕에는 자귀나무가 많았다. 흔한 나무
여서 친근했지만 6~7월 꽃이 피면 느낌이 좀 달라졌다. 화려한 부채
를 펼쳐놓은 것 같은 꽃을 보면 시골 친척집에 놀러 온 도시 여자애
를 만난 듯했다. 방학 때 시골에 놀러 오는 도시 여자애들은 얼굴이
화사했고 새침했다. 그만큼 세련된 분위기를 가진 꽃이었고, 약간 이

국적인 느낌까지 주었다. 특히 진분홍색에서 밝은 미색으로 변해가는 꽃술의 그라데이션(Gradation, 한 색에서 다른 색으로 점진적으로 변해가는 것)이 일품이었다.

내가 윤후명의 중편소설 〈둔황의 사랑〉에 관심을 가진 것은 이 소설에 '자귀나무 꽃빛의 홍조'라는 매혹적인 표현이 나오기 때문이었다.

이 소설은 실업 상태인 주인공이 아침에 일어나 친구를 만나고 아내와 저녁을 먹고 돌아와 잠들기까지 하루 이야기다. 그렇지만 사이사이 과거 회상 등 다양한 이야기가 들어가면서 시간과 공간이 엄청 확장되고 있다. 지역적으로는 중앙아시아 둔황에서 서울까지, 시대적으로는 고조선시대부터 현대까지 걸쳐 있다.

주인공 '나'는 연극 연출가인 친구로부터 '둔황의 사랑'이라는 제목의 희곡을 써보라는 권유를 받는다. 신라시대 혜초의 《왕오천축국전》이 발견된 둔황 석굴을 배경으로, 혜초의 사랑과 구도의 길을 그리는 희곡을 써보라는 것이다. 둔황은 베이징에서 4000킬로미터 떨어진, 사막 한가운데 있는 불교 유적지다.

둔황의 벽화에는 사자의 모습이 그려져 있다. 아버지 고향이 북청인 '나'는 북청사자놀이에 큰 관심을 갖고 있다. 주인공의 관심은 봉산탈춤으로 이어지고, 다시 조선시대 탈춤 형성에 중요한 역할을 한 '금옥'

이라는 기생과 그녀를 사랑한 한 사내의 이야기로 이어지고 있다.

그다음에 서역에서 건너온 것으로 알려진 고대 악기 공후 얘기가 나온다. '나'는 주간지에 근무할 때 공후를 켰다는 노인을 취재하러 간 적이 있다. 세종문화회관 벽면에 새겨진 비천상 천녀가 가슴에 안고 있는 악기가 바로 공후다. 그러나 노인은 이미 사망한 후였고, 대신 그 손녀를 만나 할아버지한테 배웠다는 고조선의 노래 〈공후인〉을 청해 듣는다. 자귀나무 꽃빛 홍조는 이 대목에서 나오고 있다.

> 소녀는 단정히 앞으로 손을 모으고 한 번 깊게 숨을 들이마신 뒤 입을 벌렸다. 무슨 노래일까, 우리는 귀를 기울였다. (중략) 볼에 발그랗게 홍조를 띠고 있었는데, 첫소리가 나올 때, 그 긴장과 흥분을 말해 주듯 목청이 바르르 떨렸다. (중략) 작은 손수건을 머리 뒤로 동여맨 동그란 얼굴은 연두빛 블라우스 위에 마치 얹혀 있는 것처럼 보였다. 그 뺨에는 자귀나무 꽃빛의 담홍색 홍조가 물들어 있었고, 코에는 땀방울이 송송 배어 나와 있었다. 그리고 입을 벌릴 때마다 가지런한 잇바디 사이로 나타나는 빨간 혀끝. (중략) 그리고 자귀나무 꽃빛의 홍조가 두 볼을 물들이고 떨리는 그 노랫소리가 새어 나왔다.

붉은 명주실을 부채처럼 펼쳐놓은 듯한 자귀나무꽃

자귀나무꽃을 눈여겨본 적이 있는 사람이라면 소녀의 홍조가 얼마나 예쁘면서도 자극적일지 짐작할 수 있을 것이다. 자귀나무꽃은 공작새가 진분홍색 날개를 펼친 모양 같기도 하고, 길이 3센티미터 정도의 붉은 명주실을 부채처럼 펼쳐놓은 것 같기도 하다. 그래서 좀 떨어져서 이 꽃이 핀 나무를 보면 소녀들이 단체로 부채춤이라도 추는 듯하다. 특히 꽃술 하나하나를 보면 진분홍색이 아래로 갈수록 밝은 미색으로 변해가는데, 소녀 뺨에 물든 홍조를 이 자귀나무꽃 색깔에 비유한 것이다.

자귀나무 꽃송이를 코끝에 가져가 보면 부드러운 감촉도 좋다. 꽃이 피었을 때 엷게 퍼지는 향기도 맑고 싱그럽다. 자귀나무꽃을 말려 베개 속에 넣어두면 향긋한 꽃향기 때문에 머리가 맑아진다고 한다. 서울 시내에서 흔히 볼 수 있는 나무는 아니지만, 청계천 수표교 부근에도 몇 그루 심어놓았고, 경복궁 향원지 근처에 가면 꽃 색깔이 붉은색에 가까운 화려한 자귀나무들을 볼 수 있다.

자귀나무는 밤이 오면 양쪽으로 마주난 잎을 서로 맞댄다. 자귀나무가 합환수(合歡樹), 합혼수(合婚樹), 야합수(夜合樹) 등의 별칭을 갖고 있는 것은 이 때문이다. 그래서 예부터 신혼집 마당에 심어 부부 금슬이 좋기를 기원했다. 소가 잎을 잘 먹는다고 소밥나무, 소쌀나무라

자귀나무꽃

고 부르는 지방도 있다. 박범신 장편소설 《소금》에도 자귀나무가 나오는데, '밤이 되면 대칭을 이룬 잎사귀들이 오므라들어 포개지기 때문에 금실을 상징하는 합환수로 불리는 나무'라고 소개하고 있다.

야생화에 조예 깊은 작가

〈둔황의 사랑〉은 1982년 처음 발표됐고 이듬해 나온 윤후명의 첫 소설집 제목이기도 하다. 2005년 작가의 '둔황 시리즈'로 알려진 네 편의 중·단편을 함께 엮어 재출간됐다.

작가 윤후명(1946년생)은 강원도 강릉 출신으로, 연세대 철학과를 졸업했다. 시인으로 출발해 소설을 함께 썼고, 화가로도 활동하고 있다. 그의 소설은 시적인 문체와 독특한 서술방식으로, 고대의 풍경이나 관념적인 환상세계로 탈출하려는 욕망을 드러내고 있다는 평을 받는데, 〈둔황의 사랑〉에 딱 맞는 평가인 것 같다. 일인칭 주인공 시점, 이야기 중간에서 시작해 그 전의 이야기나 그 후의 이야기를 오가며 진행시키는 시간 흐름 등은 윤후명 소설의 특징들이다. 《협궤열차》, 〈원숭이는 없다〉 등의 작품이 있고, 1995년 〈하얀 배〉로 이상문학상을 받았다. 프랑스의 한 출판사가 1993년 〈둔황의 사랑〉을 프랑스어로 출간했다.

그러나 무엇보다도 중요한 것은 작가가 야생화에 조예가 깊다는 점이다. 윤후명은 2003년 백여 가지의 꽃과 나무에 얽힌 사연을 엮은 산문집 《꽃: 윤후명의 식물이야기》를 펴냈다. 이 책 '작가의 말'에서 그는 "꽃에 바친 시간은 참으로 길다. '태어나면서부터'라고 말하고 싶을 지경인데, 그럴 수 없으니 '철들면서부터'라고 말한다"고 했다. 그는 또 "꽃의 빛깔, 향기, 모습에 황홀하다"며 "아울러 생명의 신비에 몸을 떨지 않을 수 없다"고 했다.

학창 시절 그는 문예반이 아닌 원예반 활동을 했고, 그의 꿈은 시인·소설가가 아닌 식물학자였다. 필자도 꽃 공부를 할 때 이 책을 앞에 꽂아놓고 참고한 적이 많았다. 그래서 그의 소설 곳곳에는 꽃과 나무에 대한 내공을 담은 묘사들이 많이 나오고 있다.

〈둔황의 사랑〉에서만 해도 '그녀(금옥)의 어머니는 두 눈이 겨우살이 열매처럼 빨갛게 익어 있었는데', '산이스랏나무를 타고 칡덩굴의 새순이 길게 뻗고 있었다', '시든 나팔꽃 같은 얼굴이 나를 쳐다보았다'와 같은 다양한 식물 표현들이 나오고 있다. 겨우살이는 다른 나무에 기생해서 사는 나무로, 콩알만 한 연노란색 열매를 맺지만, 붉은색 열매를 맺는 겨우살이도 있다. 산이스랏나무(산이스라지)는 산앵두나무라고도 하는데 우리나라 각지의 낮은 산에서 자라는 나무다.

이처럼 소설과 꽃에 모두 정통한 작가가 '소설 속에 핀 꽃들'에 대한 책을 쓴다면 필자가 쓰는 것보다 훨씬 깊이 있는 책이 나올 것 같다.

자귀나무·왕자귀나무
밤엔 양쪽 잎 맞대는 '금슬나무'

자귀나무는 6~7월 명주실처럼 고운 실타래를 풀어 피워낸 듯 개성 있고 예쁜 꽃을 피운다. 영어 이름이 비단나무(Silk tree)다. 붉은 명주실처럼 가늘게 생긴 꽃은 자귀나무 수꽃의 수술이다. 이 수술이 스물다섯 개 정도 모여 부채처럼 퍼져 있고, 각각의 끝에는 작은 구슬만 한 것이 보일 듯 말 듯 달려 있다. 암꽃은 수꽃 사이에서 미처 터지지 않은 꽃봉오리처럼 봉긋한 망울들을 맺고 있다. 여성들 중에는 이 꽃이 볼터치용 브러시 같다고 말하는 사람도 있었다.

자귀나무

자귀나무는 밤에 양쪽으로 마주난 잎을 서로 맞댄다. 이 같은 현상을 식물의 수면(睡眠)운동이라고 부른다. 잎들이 하나도 빠짐없이 붙여야 하기 때문에 자귀나무의 잎은 항상 양쪽이 똑같은 짝수다. 자귀나무가 수면운동을 하는 것은 낮에는 최대한 잎 면적을 넓혔다가, 밤에는 수분과 에너지 발산을 최대한 억제하기 위한 것이다. 가을에는 길이가 한 뼘쯤인 콩깍지 열매가 달린다.

왕자귀나무 ⓒ아델라이데

이 열매가 바람이 불면 여자들의 수다처럼 시끄럽다는 뜻으로, 자귀나무를 여설수(女舌樹)라고도 부른다. 꽃 색깔이 진분홍색이 아니라 노란색에 가까운 왕자귀나무도 있다. 왕자귀나무는 자귀나무보다 귀하다.

자귀나무라는 이름의 유래에 대해 '잠자는 데 귀신 같다'에서 온 것이라는 주장, 자귀(나무 깎아 다듬는 연장의 하나)의 손잡이를 만드는 나무라서 붙여진 이름이라는 얘기 등이 있다. 그러나 이동혁 풀꽃나무칼럼니스트는 "좌귀목(佐歸木)에서 유래한 이름으로, 좌귀목이 '좌귀나무', 나중에 자귀나무로 변한 것"이라고 설명했다.

금지된 사랑과 관능 담은 영산홍

오정희 〈옛 우물〉

여름 한낮. 천년의 세월로 퇴락한 절마당에는
영산홍꽃들이 만개해 있었다.
영산홍 붉은 빛은 지옥까지 가닿는다고.
꽃빛에 눈부셔하며 그가 말했다.

오정희의 단편 〈옛 우물〉은 마흔다섯 살 중년 여성의 이야기다. 주
인공은 은행 부장으로 사회적으로 비교적 성공한 남편과 남편을 닮
은 열일곱 살 아들을 두고 있다.

유행하는 시와 에세이를 읽고, 한 달에 한 번 아들의 학교 자모회
에 참석하고, 일주일에 한 번 쑥탕에 가고, 매주 목요일 지체 부자유

자들을 돕는 자원봉사를 하고 있다. 남편과 평화로운 노년을 계획하고 있는, 겉으로 보기에는 아무런 문제가 없는 중년 여성이다. 동갑인 남편과는 배고파 캐 먹던 메 뿌리의 맛도 공유한다. 메 뿌리는 나팔꽃 비슷하게 연분홍 꽃이 피는 메꽃의 뿌리로, 메에는 전분이 풍부해 기근이 들 때 구황식품으로 이용했다.

주인공은 때로 이런 익숙한 일상에 낯선 감정을 느낀다. 우연히 교차로에서 목격한 남편이나, 학교에 등교하는 아들에게서 왠지 모를 이질감을 느끼는 것이다. 그것은 어느 날 신문의 부고란에서 '그'의 이름을 보았기 때문이다. 그의 부고를 본 직후 주인공이 제일 먼저 한 일은 '거울을 본 것'이었다.

거울에 비친 것은 깨진 얼굴이었다. 거울 속 얼굴이 깨져 비치는 것은 그의 죽음으로 주인공의 일상이 깨졌다는 것을 의미할 것이다. 주인공은 곧바로 빨래를 개키고 김치를 담그는 일상으로 돌아오려 한다. 그러나 그가 죽고 자신 안의 무엇인가가 죽었다는 것을 느낀다.

그가 누구인지는 구체적으로 밝히지 않는다. 결혼 초기, 어쩌면 외도일 수도 있는 그와의 일화만 등장한다.

그 여름, 나를 찾아온 그의 전화를 받았을 때 나는 아이에게 젖을 먹이고 있었다. 허둥대는 어미의 기색을 본능적으로 느낀 아이는 필사적으로 젖꼭지를 물고 놓지 않았다. (중략) 불에 덴 듯 울어대는 아이를 떼어놓자 젖꼭지가 잘려나간 듯한 아픔과 함께 피가 흘러내렸다. 아이의 입에도 피가 묻어 있었다. 브래지어 속에 거즈를 넣어 흐르는 피를 막으며 나는 절박한 불안에 우는 아이를 이웃집에 맡기고 그에게 달려나갔다. 그와 함께 강을 건너 깊은 계곡을 타고 오래된 절을 찾아갔다.

여름 한낮, 천년의 세월로 퇴락한 절마당에는 영산홍꽃들이 만개해 있었다. 영산홍 붉은 빛은 지옥까지 가닿는다고, 꽃빛에 눈부셔하며 그가 말했다. 지옥까지 가겠노라고, 빛과 소리와 어둠의 끝까지 가보겠노라고 나는 마음속으로 대답했을 것이다.

화단 어디에나 흔한 화려한 꽃

그와 어떤 인연이 있었는지 더 이상 설명은 없다. 그러나 지옥까지도 가겠다는데, 더 이상 무슨 설명이 필요하겠는가. 더구나 두 사람은 절에서 내려오는 계곡 강가에서 술을 마시며 '어디로든 사람 없는 곳에 가서 뒤엉키고 싶다는 갈망'을 숨기지 못하는 관계였다.

　작가 오정희는 1978년부터 남편을 따라 춘천으로 이주해 살았다. 그래서 강을 건너가는, '천년의 세월로 퇴락한 절'은 소양강댐에서 배를 타고 가는 청평사가 아닐까 싶다. 영산홍은 청평사지가 아니라도 절에 가면, 아니 절이 아니더라도 화단에서 흔히 볼 수 있는 꽃이다. 그런 흔한 영산홍에 이처럼 금지된 사랑과 관능을 한껏 담은 것이다. 영산홍은 4~5월에 화단에서 붉은색·흰색·분홍색 등 다양한 색으로 화려함을 뽐내는 꽃이다. 내한성이 강해 정원의 축대 사이나 돌틈을 장식하는 조경수로 많이 심고, 가지가 많이 뻗는 성질을 이용해 울타리로도 많이 이용하고 있다.

　그가 죽은 후 주인공에게는 그의 전화번호를 눌러보는 버릇이 생겼다. 주인공이 숲 속에서 오동나무를 껴안은 것은 그의 전화번호를 눌렀다가 이제 다른 사람이 그 번호를 쓰고 있다는 것을 확인한 직후였다.

　　나는 다리를 꼬아 힘껏 굵은 줄기를 휘감았다. 돌발적이고 불합리한 욕구로 몸이 뜨거워졌다. 나는 나무를 껴안고 감아 안

영산홍 ©알리움

은 다리에 힘을 주며 온힘을 다해 비틀었다. 아아, 억눌린 비명이 터져 나오고 나는 산산이 해체되어 흰빛의 다발로 흩어지는 듯한 짧은 희열을 느끼며 축 늘어졌다. 나는 조금 울었던가?

오동의 보랏빛 꽃이 어둠 속에서 나울나울 피고 있었다. 별과 꽃이 난만한 밤에 그는 죽었다.

이즈음 주인공은 가끔 옛 우물 꿈을 꾼다. 소설 제목인 '옛 우물'은 어릴 적 물을 길어 오던 공동 우물로, 증조할머니가 금빛 잉어가 살고 있다고 말해준 우물이고, 어릴 적 친구 정옥이가 빠져 죽은 우물이기도 하다. 이 소설에는 자궁에 대한 묘사와 막냇동생 등 출산에 대한 얘기가 많이 나오는데, 우물은 생산자로서의 여성성을 의미하는 것이라고 평론가들은 해석하고 있다.

문단에서 위치 각별한 작가

고백하자면, 〈옛 우물〉을 읽고 이 소설에 대해 제대로 쓸 수 있을까 두려움이 앞섰다. 문장 하나하나, 단어 하나하나를 무심코 쓰지 않은 듯한 작가의 글에 기가 질렸다고 할 수 있었다. 특히 예민한 중년 여성의 심리를 묘사한 글이라 한동안 시작할 엄두도 내지 못했다. 주인공이 나무를 껴안고 희열을 느끼는 장면 등을 어떻게 해석해야 할지 당혹스럽기도 했다.

오정희가 가부장제에 억눌린 여성의식과 여성적 생명의 에너지를 섬세하게 되살려낸다는 평가와 여성들로 하여금 아내, 어머니로서가 아니라 '나는 누구인가'를 묻게 하는 대표적인 페미니즘 소설이라는 글도 부담으로 작용했다.

그러나 작가가 2013년 한 신문 인터뷰에서 "내 단편 〈중국인 거리〉가 수능에 출제된 적이 있다. 재미 삼아 풀어봤는데, 5~6문제 중 단 한 문제도 맞히지 못했다. 해석과 의미는 신의 몫일 것"이라고 한 말을 기억해내고 용기를 내서 쓰기 시작했다. 작가의 말은 소설에 복잡한 해석과 의미를 부여하는 평론가들의 글에 대한 일종의 항의일 수도 있다고 느껴졌기 때문이다.

〈옛 우물〉도 하나하나 따지며 의미를 부여하거나 페미니즘을 의식할 필요 없이, 그냥 중년 여성의 심리를 섬세하게 묘사한, 좋은 소설로 읽어도 무방할 듯 싶다. 주인공이 나무를 껴안고 희열을 느끼는 장면 등도 '그'의 죽음의 충격으로 생긴, 다소 일탈적인 행동 중 하나로 생각하고 넘어갈 수도 있다. 결혼을 해본 남자라면, 여자를 사귀어본 사람이라면 여자들이 가끔 이해하기 어려운 심리 상태에 빠져 다소 엉뚱한 일을 하기도 한다는 것을 알고 있을 것이다.

작가 오정희(1947년생)는 서울 출신으로, 서라벌예대를 졸업했다. 오정희는 일반 국민들에게 박경리나 박완서만큼 잘 알려져 있지는 않다. 여성운동을 활발히 하다 1991년 지리산에서 급류에 휩쓸려 세상을 떠난 고정희 시인과 헷갈리는 사람도 있다. 그러나 문단에서 오정희의 위치는 각별하다. 신경숙은 습작 시절 오정희 소설을 베껴 쓰며 공부했다며 "그는 스무 살 이후로 내 마음에 박힌 푸른 보석이었다"고 했고, 공지영도 습작 시절 오정희를 만나기 위해 무작정 춘천행 버스를 탔을 만큼 열렬한 팬이었다고 고백한 적이 있다. 평론가 이광호는 '오정희에 사로잡힌 적 없이 문학을 한다는 것은 가능한가'라고 했을 정도다.

지난 1998년 《조선일보》가 문학평론가 31인을 대상으로 건국 이후 가장 훌륭한 소설가를 꼽아달라고 했을 때 오정희는 최인훈(1위), 황석영(2위), 이청준(3위), 박경리·황순원(이상 공동 4위)에 이어 6위에 올랐다. 1999년 한국일보가 현역 문인 100명에게 '21세기에 남을 고전' 소설을 추천받은 결과, 오정희는 〈옛 우물〉, 〈중국인 거리〉 등 여덟 편이 꼽혀 가장 많은 작품을 추천받은 작가였다. '한국 단편 문학이 도달할 수 있는 최고의 수준'이라는 찬사도 받고 있다. 2014년

7월 소설가 김주영과 함께 예술창작에 현저한 공적이 있는 예술가들이 가입하는 대한민국예술원의 새 회원으로 선출됐다.

영산홍 · 철쭉 · 산철쭉

영산홍, 철쭉 개량한 원예종의 총칭

영산홍은 일본에서 철쭉을 개량한 원예종을 총칭하는 이름이라 '왜철쭉'이라고도 부른다. 대체로 잎이 작고 좁으며 겨울에도 잎이 떨어지지 않는 반상록이 많다. 색깔에 따라 연산홍, 자산홍, 백철쭉 등으로 풋말을 달아놓은 경우도 있는데, 국가식물표준목록에 있는 대로, 모두 영산홍으로 부르는 것이 맞을 것 같다.

영산홍

영산홍은 철쭉과 진달래, 산철쭉 등과 함께 진달래과에 속하는 꽃이다. 진달래는 잎보다 꽃이 먼저 피기 때문에 진달래와 나머지 철쭉류를 구분하는 것은 비교적 쉽다. 철쭉은 꽃과 잎이 함께 핀다. 철쭉은 '연한' 분홍색으로, 진달래와 달리 꽃잎 안쪽에 붉은 갈색 반점이 있다. 잎도 진달래는 길쭉하고, 철쭉은 둥근 잎이 다섯 장씩 돌려나는데 주름이 있다. 산철쭉은 꽃이 철쭉보다 색깔이 '진한' 분홍색이고, 잎은 진달래와 비슷한 긴 타원형이다. 피는 시기는 진달래, 산철쭉, 철쭉 순이다.

철쭉

정리하면, 산에서 잎이 없이 꽃만 피었으면 진달래, 잎과 꽃이 함께 있으면 철쭉이나 산철쭉이다. 그리고 꽃이 연분홍색이고 잎이 둥글면 철쭉, 꽃이 진분홍색이고 잎이 긴 타원형이면 산철쭉으로 보면 틀리지 않을 것이다. 여기에다 공원이나 화단에서 꽃이 작으면서 화려한 색깔을 뽐내고 있으면 영산홍이라고 할 수 있다.

산철쭉

문제는 산철쭉과 똑같이 '진한' 분홍색으로 피는 영산홍도 있다는 점이다. 전문가들도 구분에 어려움을 겪기 때문에 애호가들은 그냥 산에 있으면 산철쭉, 화단에 있으면 영산홍 정도로 알고 넘어가는 것이 좋을 것 같다.

끝내 이를 수 없는 지점, 비자나무 숲

권여선 〈끝내 가보지 못한 비자나무 숲〉

비자나무 숲

권여선의 〈끝내 가보지 못한 비자나무 숲〉은 비교적 짧은 소설이
다. 줄거리도 튀는 내용 없이 잔잔하다.

그런데도 이 소설은 묘한 매력이 있어서 읽고 나서 오래 여운이 남
았다. 그 이유가 무엇일까 곰곰이 생각해보았는데, 그건 이 소설이 아
주 편안한 데다 능청스럽기 때문이 아닐까 싶었다. 얼마나 능청스러

운지 소설이 거의 끝날 무렵까지 등장인물들이 어떤 관계인지조차 제대로 알려주지 않는다.

화자 명이는 2년 반 만에 도우의 전화를 받고 다음 날 제주도로 떠난다. 도우의 어머니가 꿈을 꾸었는데 자신을 보고 싶어 한다는 말을 듣고서였다.

소설 초반엔 화자와 도우, 도우의 어머니 등 세 명의 관계가 모호하다. 화자를 왜 불러온 것인지, 화자가 곧바로 가겠다면서 다음 날 서둘러 비행기를 탄 이유도 흐릿하다. 소설 앞부분에 "어제 엄마가 꿈을 꿨다고 그래요", "꼭 한번 봐야겠다고 엄마가 자꾸 애처럼 졸라서 그러는데, 한번 내려왔으면 싶어요"라는 문장에서 전후 사정을 짐작만 할 수 있을 뿐이다. 어머니도 화자를 보고 "이렇게 네 손을 직접 꼭 붙잡아봐야 안심이 될 것 같아서"라고만 말할 뿐이다.

이들은 제주공항 근처 음식점에서 점심을 먹으면서 술도 한잔씩 마신다. 도우 집으로 가기 전에 바람을 쐬러 비자림으로 향하는 도중에 정우를 추억한다. 특히 화자는 정우에 얽힌 에피소드를 들며 '발작을 하듯' 웃음을 터트린다. 그리고 도우는 그 분위기를 이어 "그럼 이제 비자림 쪽으로 힘차게 달려보겠습니다"라고 말한다.

소설 중간쯤에 가서야 도우의 형인 정우가 2년 반 전에 죽었다는 것이 나오고, 끝 부분에 가서야 화자가 정우의 애인이었다는 사실이

드러난다. 그리고 셋이서 비자나무 숲으로 향하는 길에 소설이 끝난다. 비자나무 숲에 도착하기 전에 소설이 끝나기 때문에 내가 기대한 숲에 대한 묘사는 나오지 않았다.

화자의 직업이 무엇인지, 정우는 무엇 때문에 죽었는지, 정우는 어떤 사람이었는지 등도 궁금했지만 작가는 능청스럽게 끝까지 입을 다문다.

호기심 자극하는 작가의 능청스런 글쓰기

정우와 화자인 명이는 얼마나 절실하게 사랑하는 사이였을까. '사고 전에 헤어지기로 했었다'는 대목도 나오지만, 화자가 마지막 부분에서 정우를 생각하면서 눈물을 흘린다. 정우에 대한 명이의 사랑을 그대로 드러내기엔 아픔이 너무 커서 흐릿하게 처리하지 않았을까라는 생각도 해보았다.

소설이 거의 끝날 무렵까지 등장인물들이 어떤 관계인지조차 알려주지 않는 방식은 육하원칙, 역피라미드형 글쓰기를 기본으로 하는 기자 입장에서는 답답하기 그지없었다. 역피라미드형 글쓰기란 어느 대목에서 잘라도 문제가 없도록 중요한 순서대로 글을 써가는 전통적인 기사 작성 방식이다.

그러나 소설을 다 읽고 나서 느낀 답답함은 역으로 호기심이 되었고, 그 호기심 때문에 내가 이 소설에 빠져들었다는 것을 인정하지 않을 수 없었다. 그러면서 너무 빨리 모든 것을 알려주는 글쓰기 대신 때로는 중요한 사실을 느긋하게 제시하는 것도 괜찮은 글쓰기라는 것을 알았다.

이렇게 별다른 일도 일어나지 않는 잔잔한 스토리로, 그것도 아주 불친절하게 설명도 해주지 않으면서도 끝까지 호기심을 유지하게 하는 것에서 작가의 내공을 느낄 수 있다.

작가는 한 인터뷰에서 "비자나무 숲은 결코 가 닿을 수 없는, 과거라는 실체를 상징한다"고 했는데, 그 의미가 알쏭달쏭하다. 작가는 "평론가들이 내 작품에 대해 평한 것을 읽고도 잘 이해 못 할 때가 많다"고 말한 적이 있는데, 비자나무 숲이 상징하는 것에 대한 작가 설명도 모호하다. 어떻든 작가는 '시간과 기억'에 대한 글을 많이 쓴다는데, 이 소설도 마찬가지인 것 같다. 비자나무 숲이 무엇을 상징하는지 의식하지 않고 읽어도 소설을 읽고 빠져드는 데 아무 문제가 없다.

이 소설은 권여선의 네 번째 소설집 《비자나무 숲》에 들어 있다. 이 책은 2014년 무영문학상을 받았다. 마치 여인의 정갈한 앞치마를 연상시키듯 단정하고 아름다운 소설집으로, 소설의 미학을 극대화한 단편소설의 교본이라는 것이 수상 이유였다.

세계 최대 규모를 자랑하는 평대리 비자나무 숲

이 소설의 배경인 비자나무 숲은 제주시 구좌읍 평대리에 있다. 2014년 여름휴가를 제주도로 간 것은 소설을 읽고 이 비자나무 숲에 가봐야겠다는 생각이 들어서였다.

비자나무 숲으로 가는 길목들은 멀리서부터 비자나무로 가로수를 조성해 놓았다. 〈끝내 가보지 못한 비자나무 숲〉에 나오는 일행들도 이 비자나무 가로수길을 통해 비자나무 숲으로 향했을 것이다.

평대리 비자나무 숲은 천연기념물 374호로, 44만 8000제곱미터에 500~800년생 비자나무 2870여 그루가 군락을 이루고 있다. 단순림으로는 세계 최대 규모다. 높이 7~14미터에 이르는 거목들로, 각 개체에 일련번호를 붙여 보호하고 있다. 옛날 마을에서 제사 지낼 때 쓰던 비자 씨앗이 제사가 끝난 후 사방으로 흩어지면서 뿌리를 내려 오늘날의 비자나무 숲을 이룬 것이라고 추정되고 있다. 지난 2005년 산림청 등이 선정한 '아름다운 천년의 숲'이다.

숲은 신선한 공기와 내음으로 가득했고, 무엇보다 편안했다. 수백 년 거목 비자나무들이 내뿜는 피톤치드가 느껴지는 듯했다. 숲에 들어가면 대낮에도 캄캄할 정도로 비자나무가 빽빽하다. 영화 〈아바타〉의 원시림이 떠오를 정도였다. 비자나무 숲 사이로 3.2킬로미터 정도의 산책로를 조성해 놓았는데 한 바퀴를 도는 데 한 시간 정도 걸린다.

비자나무 숲

숲 가운데에는 이 비자림의 최고령목으로, 수령 813년이 넘은 비
자나무가 있다. 높이 15미터에 둘레가 6미터에 이르는 거대한 나무
로, 지난 2000년 1월 1일 '새천년 비자나무'로 명명됐다.

산책로 중간에는 두 비자나무가 붙은 연리목(連理木)이 있었다. 두
나무가 서로 닿아 한 나무가 되는 현상을 '연리'라고 하는데 줄기가
연결되면 연리목, 가지가 연결되면 연리지라 한다. 이 연리목은 한쪽

손과 발을 서로 하나씩 걸치고 있는 듯한 모습이었다.

연리목은 이웃한 두 나무가 차츰 굵어져 붙은 것인데 그 과정이 고통스럽다. 먼저 맞닿은 부분의 껍질이 압력을 견디지 못하고 파괴되고, 맨살끼리 맞부딪친다. 이어서 부름켜(형성층)가 서로 가진 물질을 주고받고, 양분을 주고받는 방사 조직도 서로 섞인다. 마지막으로 나머지 세포들이 차근차근 세포벽을 잇는 공사를 진행해 공동으로 살아가는 한 몸을 완성하는 것이다. 연리목이 만들어지는 과정은 부부가 만나 한 몸을 이루는 과정과 닮았다. 화자인 명이가 바자나무 숲에 도착해 이 연리목을 보았으면 다시 한 번 정우와의 사랑을 떠올렸을 것이다.

권여선은 1965년 경북 안동에서 태어나 서울대 국어국문과를 졸업하고 1996년 장편소설 《푸르른 틈새》로 등단했다. 저서로는 소설집 《처녀치마》, 《분홍 리본의 시절》, 《내 정원의 붉은 열매》 등이 있다. 2007년 단편 〈약콩이 끓는 동안〉으로 오영수문학상을, 2008년 〈사랑을 믿다〉로 이상문학상을, 2012년 1980년대 386 운동권 세대의 체험을 반추하는 장편소설 《레가토》로 한국일보문학상을 받았다.

상록 침엽수들

비자나무는 상록 침엽교목으로, 제주도와 영·호남지역에 분포하는데 정읍 내장산이 북방한계지다. 비자나무 열매인 비자는 구충제로 많이 쓰였고, 나무는 재질이 좋아 고급 가구나 바둑판을 만드는 데 사용했다. 잎 뻗음이 '非' 자를 닮아서 비자(榧子)나무라는 이름이 생겼다고 한다. 장성 백양사 비자나무 숲, 강진 삼인리 비자나무, 사천 성내리 비자나무, 진도 상만리 비자나무, 고흥 금탑사의 비자나무 숲 등이 유명하다.

비자나무

비자나무는 주목과 아주 비슷하게 생겼다. 주목은 관상용으로 화단에 많이 심기 때문에 주변에서 흔히 볼 수 있다. '주목(朱木)'이라는 이름은 나무껍질이 붉기 때문에 붙인 이름이다. 나무를 벤 단면을 보면 정말 붉은 것을 볼 수 있다. 9〜10월에 익는 주목 열매는 앵두처럼 빨갛고 동그랗지만 열매 밑이 열려 있어서 씨앗이 들여다보이는 독특한 모양이다.

주목

비자나무는 잎이 깃털처럼 가지에 두 줄로 마주나며 규칙적으로 배열돼 있다. 반면 주목 잎도 두 줄로 배열돼 있지만 불규칙적이라 산만한 느낌을 준다. 비자나무 열매는 녹색 껍질에 싸여 있는 반면, 주목은 붉은색으로 익기 때문에 금방 알 수 있다. 비자나무는 내장산 이남 남부지방에만 분포하고, 주목은 전국적으로 분포하는 점도 다르다.

전나무

전나무와 구상나무는 주목과 달리 소나무과에 속하고, 열매 형태도 완전히 다르지만 언뜻 보면 주목과 비슷하게 생겼다. 전나무와 구상나무는 솔방울 모양 열매가 위를 향해 달리는 나무다. 전나무는 잎 끝이 아주 뾰족한 것이 특징이다. 구상나무는 잎 끝이 오목하게 파였고 뒷면에 두 줄의 흰색 기공 줄이 선명하다.

구상나무 ⓒ알리움

자주색 비로드 치마 펼쳐놓은 듯한 함초밭

권지예 〈꽃게 무덤〉

넓은 갯벌엔 무리지어 자생한
자줏빛 함초밭이 끝없이 펼쳐져 있다.
아주 넓은 자주색 비로드 치마가 펼쳐진 것 같다.

가을에 인천국제공항에 가기 위해 영종도에 들어서면 서해 개펄에 자주색 장관이 펼쳐져 있는 것을 발견한다. 염분이 있어도 살 수 있는 퉁퉁마디, 나문재, 칠면초, 해홍나물 등 염생식물들이 무리를 이룬 모습이다. 영종도만 아니라 서해안 갯벌에서는 대개 어디든 이들이 모여 사는 것을 볼 수 있다. 원래는 퉁퉁마디의 별칭이 함초지만,

사람들은 대개 이들 염생식물들을 뭉뚱그려 함초라고 부른다.

권지예 단편소설 〈꽃게 무덤〉을 읽으면 이 함초의 자주색 이미지가 강하게 남는다.

삼 년 전 아내와 이혼한 주인공은 함초밭을 촬영하기 위해 강화도 앞 석모도 개펄을 찾았다. 함초와 나문재 같은 식물이 넓게 깔린 장엄한 자줏빛 펄은 그야말로 압권이었다.

거기서 주인공은 우연히 자살하려는 여인을 구한다. 여인은 스스럼없이 주인공의 집으로 와 살았다. 그런데 여인은 새벽에 일어나 꺼내 먹을 정도로 간장게장을 좋아했고, 게장 요리도 잘했다.

여인과 일 년 가까이 살면서 주인공은 점점 그녀에 사랑을 느꼈고, 마침내 집착하고 안달이 났다. 그러나 여인은 주인공에게 마음을 주지 않았다. '그녀의 육체를 모조리 장악하고 소유하더라도 바람 같은 한 줌 그녀의 영혼이 늘 손아귀에서 빠져나가는 느낌'이 든 것이다.

여인에겐 사랑의 상처가 있었다. 주인공은 어느 날 여인의 배낭에서 남자 사진을 발견하고 누구냐고 추궁하면서 우발적으로 손찌검을 했다. 다음 날 새벽, 여인은 집을 떠났다. 속살을 발라 먹고 남은 꽃게 무덤 같은 자리만 남겨놓고 사라진 것이다. 주인공은 여인을 잊지 못하다 석모도 바닷가에서 그녀의 소지품들을 떠내려 보내며 그녀를 잊기로 다짐한다.

작가는 언론 인터뷰에서 "꽃게는 외부와 소통이 잘 안 되는 고립되고 자폐적인 인간형을 상징한다"면서 "텅 빈 껍데기로 남는 꽃게를 통해 삶과 사랑의 비극성을 드러내고자 했다"고 말했다. 작가는 그러면서 "간장게장을 만들 때 간장이 잘 스미도록 살아 있는 게의 발끝을 자른 뒤 끓는 간장을 부어 음식을 만든다"면서 "이처럼 '지독한 음식'을 탐하는 남녀의 모습으로 '지독한 사랑'을 드러내고자 했다"고 말했다.

함초 얘기 듣고 사흘 만에 쓴 소설

함초는 이 소설에서 두 남녀가 처음 만난 배경이자 소설에 강렬하면서도 비극적인 색채를 주는 이미지로 쓰인다. 주인공이 떠난 여인을 그리워하다 꿈을 꾸는 장면이다.

넓은 갯벌엔 무리지어 자생한 자줏빛 함초밭이 끝없이 펼쳐져 있다. 아주 넓은 자주색 비로드 치마가 펼쳐진 것 같다. 하늘도 온통 함초잎 빛깔이다. 해는 이미 바다로 떨어졌다. 바다는 은갈치빛으로 창백하게 반짝인다. 이글이글 불타는 생피 덩어리 같던 석양이 지고 난 후 수평선 언저리는 점점 검붉은 자줏빛으로 변하고 있다.

해홍나물 군락 ©원영

그녀는 바다를 바라보며 꽃게를 먹고 있다. 쪄놓은 장밋빛 꽃
게는 꽃처럼 아름답다. 그녀는 장미꽃다발에 묻힌 듯 온통 꽃
게 더미에 묻혀 있다.

이처럼 함초는 낙조와 함께했을 때 더욱 선명한 이미지를 남긴다.
작가는 '작가의 말'에서 〈꽃게 무덤〉을 구상한 순간에 대해 "2003
년 3월, 글 쓰는 친구 셋과 함께 강화도에 가서 일몰을 구경하고 꽃
게탕을 먹었다. 석모도의 함초밭 이야기를 언뜻 듣고 다음 날부터 안

먹고 안 자고 안 씻고 썼다. 원고 마감을 사흘 앞두고 있었다"고 했다. 작가는 또 "함초의 이미지를 통해 비극적 사랑을 아름답게 형상화하려 했다"고 말했다.

함초밭은 한번 보면 강한 인상을 남기기 때문에 〈꽃게 무덤〉 말고도 여러 소설에 등장하고 있다. 동요 〈반달〉을 부르는 어머니와 불화를 다룬 윤대녕의 단편 〈반달〉에도 함초가 등장한다. 주인공은 아버지 사망 후 여러 차례 남자를 바꾸는 어머니와 불화하다 군 입대를 앞두고 함께 여행을 떠난다. '당진으로 가는 길에 개펄 곳곳을 뒤덮고 있는 붉은 함초 지대를 스쳐 지나'고, 결혼할 여자가 인천 을왕리 바닷가에서 '개펄을 뒤덮고 있는 붉은 풀들이 무엇인지' 묻자 주인공이 '소금을 먹고 자라는 함초'라고 대답하는 장면도 있다. 그러면서 강릉 출신인 결혼할 여자가 '동해에서는 볼 수 없는 식물이기에 궁금했을 것'이라고 생각한다.

윤후명의 소설 《협궤열차》는 지금은 사라진 수인선(水仁線) 협궤열차를 무대로 하고 있다. 이 소설에는 주인공이 대학 때 사귀다 헤어진 류와 다시 만나 협궤열차를 타고 가는 장면에서 염생식물의 하나인 나문재가 나오고 있다. 주인공이 '차창 밖으로 펼쳐진 너른 개펄에 선연한 붉은빛으로 가득히 돋아 있는 나문재의 군락'을 가리키며 이름을 알려주는 대목이 있다. 작가는 '그것은 마치 하늘의 나염 공장에서 그 빛깔만 골라 몇 만 평의 천을 일부러 갖다 널어놓은 것 같이 보였다'며 가을의 나문재 군락은 '짙고, 아름답고, 슬프고, 섬뜩하다'고 묘사했다.

시각·촉각 등 오감 고루 자극

〈꽃게 무덤〉은 시각과 청각은 물론 미각·후각·촉각 등 오감을 고루 자극하는 것이 인상적이다.

먼저 소설의 색감이 풍부하다. 자살하려는 여인의 보라색 더블코트와 자주색 함초, '함초잎 빛깔'로 저무는 하늘과 '은갈치빛으로 창백하게 반짝'이는 바다를 대비시키고 있다. '분홍색 플라스틱 소쿠리에 연둣빛 상추 잎이 꽃잎처럼 포개어져' 있는 장면도 있다.

소리도 요란한 편이다. '(그녀는 게 다리를) 입을 대고 쪽쪽 빨았다', 그녀를 어두운 국도변에서 안을 때 '게들도 덩달아 통 속에서 분탕질을 치느라 퉁퉁퉁, 플라스틱 통은 타악기가 되어버렸다' 등의 표현도 나온다. 냄새도 마찬가지인데, 간장게장을 담그면 '집 안의 공기뿐 아니라 게장의 지리고 비리고 달큰한 맛과 냄새는 그녀의 입과 손에도 배어' 있었다.

촉각에 대한 표현은 관능적이기조차 하다. '게 다리를 빨고 있던 그녀는 재빨리 혀를 길게 내밀어 (중략) 팔꿈치 쪽부터 손목 쪽으로 핥아 올라간다' 같은 문장이 그렇다. 작가의 이상문학상 수상작 〈뱀장어 스튜〉에도 남편이 주인공의 제왕절개 수술 자국과 자살하려고 동맥을 자른 손목 흉터를 혀로 핥아주는 장면이 나온다.

작가 권지예(1960년생)는 경북 경주 출신으로, 이화여대 영어영문학과를 졸업했다. 대학 서클 이화문학회에서 활동했는데, 기형도·성석제·공지영 등이 있었던 연세문학회와 교류가 많았다. 권지예는 대학 졸업 후 교사 생활을 한 후, 미술평론을 하는 남편과 함께 파리 유학을 가 문학박사 학위를 받느라 30대 후반인 1997년에야 등단했다. 소설가 전경린은 권지예에 대해 "동시대 작가 중에서 여성적이면서도 소설의 손맛을 제대로 보여주는 규모 있는 작가"라고 말했다.

장편소설 《유혹》, 《붉은 비단보》, 《아름다운 지옥》 등이 있고, 소설집은 《꽃게 무덤》외에 《퍼즐》 등이 있다. 단편 〈뱀장어 스튜〉로 2002년 이상문학상을, 〈꽃게 무덤〉으로 2005년 동인문학상을 받았다.

〈뱀장어 스튜〉에도 삼계탕이 등장하는 등 작가는 음식을 소재로 한 작품을 많이 썼다. 그는 "프랑스에서 8년간 유학할 때 외식을 못하고 거의 음식을 만들어 먹었다"면서 "그곳에서 내 나름대로 요리에 도가 텄는데, 그러다 보니 요리가 자연스럽게 삶의 과정과 비슷하다는 것을 깨달았다"고 말했다.

염생식물

염생(鹽生)식물은 개펄이나 염전 등 바닷물이 드나들거나 바닷물의 영향을 받는 지역에서 사는 식물을 말한다. 통통마디, 나문재, 칠면초, 해홍나물 등이 대표적이다. 서해안 일대 육지 가까운 쪽 개펄에 있는 염생식물은 해홍나물인 경우가 많다. 육지쪽 개펄에서 바다 쪽으로 나문재, 해홍나물, 칠면초 순으로 자란다.

통통마디

흔히 함초라고 부르는 것은 본래 이름이 통통마디다. 요즘 '바다의 산삼이다', '고혈압·동맥경화 등 성인병에 좋다', '다이어트 식품'이라며 마구 채취해 서해안 개펄에서도 잘 살펴야 몇 개체 볼 수 있다. 줄기가 통통하면서도 마디가 뚜렷해 비교적 쉽게 구분할 수 있다. 채취하기 힘들기 때문에 진짜 함초가 아닌 해홍나물이나 칠면초를 함초라고 파는 경우가 많다.

나문재 ©킹스밸리

나문재는 50~100센티미터로 자라 다른 염생식물에 비해 키가 크다. 봄에는 녹색을 띠다가 가을에는 붉게 물든다. 어렸을 때는 잎이 가늘고 길어 소나무 가지처럼 보이다가 크면 해홍나물과 비슷해 보이지만, 열매가 별사탕 모양이라서 구분할 수 있다.

해홍나물과 칠면초도 비슷하게 생겼다. 해홍나물은 육지에 가까운 개펄에서, 칠면초는 개펄 깊숙이 들어가 자란다. 그래서 간척지 초기에는 칠면초가 주로 자라다가 해가 갈수록 해홍나물로 바뀐다. 칠면초는 키가 작고(20~50센티미터) 보통 나무처럼 홀쭉하며, 해홍나물(30~60센티미터)은 가지를 많이 쳐서 시골 정자나무처럼 옆으로 퍼져 있다. 잎을 잘라 보면 칠면초는 원형이고 해홍나물은 반원형이다. 또 곁가지가 땅에서 좀 떨어져서 나오면 칠면초, 땅에 거의 붙어서 나오면 해홍나물이다.

해홍나물

칠면초 ©알리움

3부

꽃,

추억을 떠올리다

어릴 적 고향 마을에는 딸부잣집이 있었다. 그 집 마당엔 커다란 사과나무가 있어서 늦가을에 탐스런 사과가 주렁주렁 열렸다. 그 집엔 우리 또래의 딸도 있었다. 사춘기 시절, 이왕이면 그 집 앞을 지나간 것은 혹시나 그 집 딸들과 마주치지 않을까 하는 기대도 있었다. 그렇지만 봄에 그 집 앞을 지날 때에 사과꽃이나 사과꽃 향기는 의식하지 못한 것 같다. 그즈음은 사과꽃 말고도 온갖 꽃들이 만발할 때여서 과일 꽃인 사과꽃까지 눈에 들어오지 않았을 지도 모른다.

시큼한 싱아 줄기의 맛

박완서 《그 많던 싱아는 누가 다 먹었을까》

🌸

나는 불현듯 싱아 생각이 났다.
우리 시골에선 싱아도
달개비만큼이나 흔한 풀이었다.

싱아는 어떻게 생겼을까. 과일일까, 채소일까. 풀일까, 나무일까. 소설 제목을 보면 먹는 것 같은데, 열매를 먹는 걸까, 잎을 먹는 걸까. '싱아'라는 말에서 시큼한 맛이 날 것 같긴 한데, 무슨 맛일까.

박완서 소설 《그 많던 싱아는 누가 다 먹었을까》 초판을 낸 후 이같은 문의가 많이 들어왔는지, 개정판 표지 다음에 작은 싱아 그림과 함께 다음과 같은 설명을 붙여놓았다.

'마디풀과의 여러해살이풀. 높이는 일 미터 정도로 줄기가 곧으며, 6~8월에 흰 꽃이 핀다. 산기슭에서 흔히 자라고 어린잎과 줄기를 생으로 먹으면 새콤달콤한 맛이 나서 예전에는 시골 아이들이 즐겨 먹었다.'

이 소설은 작가가 자신의 코흘리개 시절부터 스무 살 대학생으로 6·25를 맞기까지를 담은 자전적 소설이다. 이 성장 과정에 일제 강점기, 해방 후 혼란기, 6·25 발발과 1·4후퇴가 걸쳐 있다.

작가가 고향 개성 박적골에서 보낸 유년 시절은 따뜻하게 그려져 있다. 세 살 때 아버지가 돌아가셨지만, 할아버지 등 대가족의 사랑을 담뿍 받은 데다, 무엇보다 대자연과 함께할 수 있었기 때문이다.

작가는 "우리는 그냥 자연의 일부였다"며 들판에서 '강아지처럼 뛰어논' 유년 시절 기억들을 하나하나 끄집어냈다. 그중에서도 가장 인상적인 글은 소나기를 만나는 장면이다.

우리가 노는 곳은 햇빛이 쨍쨍했지만 앞벌에 짙은 그림자가 짐과 동시에 소나기의 장막이 우리를 향해 쳐들어오는 것을 볼 수가 있었다. 우리는 아무도 이해할 수 없는 기성을 지르며 마을을 향해 도망치기 시작한다. (중략) 그러나 소나기의 장막은 언제나 우리가 마을 추녀 끝에 몸을 가리기 전에 우리를 덮치고 만다. 채찍처럼 세차고 폭포수처럼 시원한 빗줄기가 복더위와 달음박질로 불화로처럼 단 몸뚱이를 사정없이 후려치면 우리는 드디어 폭발하고 만다.

아아, 그건 실로 폭발적인 환희였다. 우리는 하늘을 향해 미친 듯한 환성을 지르며 비를 흠뻑 맞았고, 웅성대던 들판도 덩달아 환희의 춤을 추었다.

시골에서 자란 사람들이라면 작가처럼 몰려오는 소나기를 피해 도망치다 흠뻑 젖은 기억이 있을 것이다. 필자도 마찬가지다. 그러나 이처럼 조금도 사실에 어긋나지 않으면서도 시골 소녀가 느꼈을 환희를 아름답게 묘사하는 것은 박완서가 아니면 불가능할 것 같다.

찔레꽃 필 무렵, 가장 살이 오르는 싱아

작가는 여덟 살 때 교육열에 불타는 엄마 손에 이끌려 상경해 국민학교에 입학한다. 고향에서 마음껏 뛰놀던 소녀가 갑자기 서울 현저동 산동네에 틀어박혀 살아야 하니 고향에 대한 향수를 느끼지 않을 수 없었을 것이다. 여덟 살 소녀의 고향에 대한 그리움을 상징하는 것이 '싱아'다.

나는 불현듯 싱아 생각이 났다. 우리 시골에선 싱아도 달개비만큼이나 흔한 풀이었다. 산기슭이나 길가 아무 데나 있었다. 그 줄기에는 마디가 있고, 찔레꽃 필 무렵 줄기가 가장 살이 오르고 연했다. 발그스름한 줄기를 꺾어서 겉껍질을 길이로 벗겨 내고 속살을 먹으면 새콤달콤했다. 입안에 군침이 돌게 신맛이, 아카시아꽃으로 상한 비위를 가라앉히는 데는 그만일 것 같다.

나는 마치 상처 난 몸에 붙일 약초를 찾는 짐승처럼 조급하고도 간절하게 산속을 찾아 헤맸지만 싱아는 한 포기도 없었다. 그 많던 싱아는 누가 다 먹었을까? 나는 하늘이 노래질 때까지 헛구역질을 하느라 그곳과 우리 고향 뒷동산을 헷갈리고 있었다.

요즘에도 싱아가 많이 눈에 띄는 것은 아니다. 국립생물자원관 김민하 연구사는 "옛날에는 싱아가 밭 주변이나 하천가 같은 곳에 많았는데, 그런 서식지가 줄어들면서 요즘에는 산에 가야 볼 수 있을 정도로 많이 줄어들었다"고 말했다.

싱아

그러나 소녀 박완서가 산속을 잘 찾아보았으면 싱아를 찾을 수 있었을 가능성이 높다. 박완서 선생은 서울 매동초등학교를 다녔는데, 필자가 최근에도 그 학교 바로 옆 인왕산 둘레길에서 싱아가 꽃 핀 것을 본 적이 있기 때문이다.

작가는 개정판 작가의 말에서 "요즘도 싱아가 어떻게 생겼는지 알고 싶다는 독자 편지를 받으면 내 입안 가득 싱아의 맛이 떠오른다"며 "그 기억의 맛은 언제나 젊고 싱싱하다"고 했다.

주변 인물에 대한 묘사가 압권

주변 인물들에 대한 섬세한 관찰과 묘사는 이 소설의 압권이라고 할 수 있다. 작가는 어머니, 조부모, 오빠, 숙모 등 주변 인물들도 일방적으로 추켜세우거나 미화하지 않는다. 이들의 심리를 손바닥 보듯 꿰뚫어 보면서 그들의 이중성과 위선을 그대로 보여주고 있다. 작가도 "교정을 보느라 다시 읽으면서 발견한 거지만 가족이나 주변 인물 묘사가 세밀하고 가차없는 데 비해……"라고 했다.

그러나 작가의 시선은 결국 따뜻한 이해로 이어지고 있다.

예를 들어 할아버지에 대해 "우리 집안은 겨우 까막눈이나 면한 시골 선비 집안이었다. 부끄럽지만 할아버지도 양반 타령만 유별났지 민족적 자부심이나 역사의식이 있는 분은 못 되었다. 할아버지의 양반 노릇은 오직 우리보다 낮은 양반을 무시하는 것이었고"라고 밝히고 있다.

엄마에 대해서도 마찬가지다. 엄마는 일본 풍습을 얕잡아 보고, "폭격을 맞아 다 죽는 한이 있어도 일본 놈들 폭삭 망하는 꼴이나 좀 봤으면 좋겠다"고 해서 누가 들을까 봐 겁나게 했다. 그러나 오빠와 숙부에게 창씨개명을 하자고 재촉하고 아들이 일본인한테 잘 보이고 중하게 쓰인다는 것은 자랑스러워했다. 해방 후 혼란기에도 어머니는 오빠가 좌익 활동을 할 때는 집요하게 말리다가도 오빠가 전향해 보도연맹에 가입하자, 오빠의 '변절'을 두고두고 아쉬워한 것을 숨기지 않았다.

여기에다 큰숙부가 일제 때 면서기를 하면서 징용이나 보국대를 뽑는 노무부장을 해서 일본의 패망 날, 동네 청년들에게 몽둥이로 분풀이 당한 사실 등은 큰 용기를 내지 않으면 밝히기 어려운 내용이었을 것이다.

이렇게 성장소설, 세태소설 같은 분위기를 띠는 소설은 6·25가 발발하면서 완전히 다른 분위기로 바뀌고 있다. 이때부터는 6·25라는 전쟁이 가져온 비극을 차근차근 증언하고 있는 것이다.

6·25는 작가의 숙부와 유일한 형제인 오빠를 앗아갔다. 작가도 인민군이 진주했다가 서울 수복으로 이어지고, 다시 1·4후퇴를 해야 하는 상황에서 한때 좌익 활동을 한 오빠 때문에 빨갱이 가족으로 '벌레' 취급을 받는 수난을 당했다. 작가는 모두가 피난을 떠나 텅 빈 서울에서 홀로 남았다는 공포를 느끼다 '문득 막다른 골목까지 쫓긴 도망자가 획 돌아서는 것처럼 찰나적으로 사고의 전환'을 맞는다. '벌레의 시간'을 증언하기로, 그 시대 상황을 기록으로 남기겠다는 결심을 한 것이다.

1992년 처음 나온 《그 많던 싱아는 누가 다 먹었을까》는 2002년 베스트셀러 종합 1위에 오르는 등 100만 부 이상 팔리면서 작가의 대표작으로 자리 잡았다.

《그 산이 정말 거기 있었을까》는 이 소설의 속편 격으로, 작가가 오빠의 죽음으로 대학을 포기하고 미군부대에 취업하는 등 결혼하기 직전까지 겪은 이야기를 담고 있다. 또 1970년 작가가 사십 세의 나이에 쓴 등단작 장편소설 《나목(裸木)》은 미군부대 초상화부에서 함께 근무한 박수근 화백에 관한 이야기다.

중앙대 박철화 교수(문학평론가)는 한 기고문에서 "《그 많던 싱아는 누가 다 먹었을까》를 통해 비로소 우리 현대사의 한 시기가 살아 있는 영혼을 얻게 됐다"며 "박완서는 뛰어난 작가이자 위대한 역사가"
라고 말했다. 박완서 작가는 2011년 1월 향년 팔십 세에 담낭암으로
세상을 떠났다.

싱아·찔레·띠·메꽃
추억의 먹거리 식물들

싱아는 메밀, 여뀌, 소리쟁이, 수영 등과 함께 마디풀과 식물이
다. 마디풀과 식물은 줄기에 마디가 있고 탁엽(잎자루가 줄기와
붙어 있는 곳에 좌우로 달려 있는 비늘 같은 잎)이 있는 것이 특징이
다. 수영도 싱아와 마찬가지로 줄기에 물기가 많고 신맛이 나서
시골 아이들이 즐겨 먹었다.

싱아

어린 시절 자연에서 얻을 수 있는 먹을거리는 싱아 말고도 많
았다. 소설에도 "우리는 어려서부터 삼시 밥 외의 군것질거리
와 소일거리를 스스로 산과 들에서 구했다. 삘기·찔레순·산딸
기, 칡 뿌리·메 뿌리·싱아, 밤·도토리가 지천이었고, 궁금한
입맛뿐 아니라 어른을 기쁘게 하는 일거리도 많았다"는 대목이
있다.

찔레

이 중 삘기는 여러해살이풀인 띠의 어린 꽃이삭이 밖으로 나오
기 전에 연한 상태인 것을 말한다(우리 동네에선 삐비라고 불렀다).
언덕이나 밭가에 많은 삘기를 까서 먹으면 향긋하고 달짝지근
했다. 그러나 삘기는 쇠면 먹지 못하기 때문에 먹을 수 있는 기
간이 잠깐이었다.

띠 ©알리움

메 뿌리는 무엇일까. 나팔꽃과 비슷한 꽃으로 우리 고유종인 메
꽃이 있는데, 메꽃의 뿌리를 '메'라고 했다. 메에는 전분이 풍부
해 기근이 들 때 구황식품으로 이용했다. 메 뿌리를 생으로 먹
으면 단맛이 돌고, 쪄서 먹으면 군밤 비슷한 맛이 난다고 한다.

메꽃

그리운 아빠의 냄새, 배초향

김향이 《달님은 알지요》

🌸

'아빠 냄새도 이럴까'
송화의 뺨에 발그레 꽃물이 들었다.

가게 앞 조그만 화단에 낯익은 꽃이 무더기로 피어 있다. 연보라색 꽃이 들깨처럼 꽃줄기 둘레에 다닥다닥 핀 배초향이다. 8월 말의 어느 날, 서울 한남동 대사관에 가는 길에 잠깐 시간이 남아 주택가를 거닐 때였다. 가까이 다가가니 깻잎 향기와 비슷한 향기가 물씬 풍겼다. SNS에 이 배초향 사진을 올렸다.

배초향

배초향으로, 요즘 서울 시내에서도 어렵지 않게 볼 수 있습니다. 일부 지역에선 방아, 방아잎이라 합니다. 이름에서 짐작할 수 있듯이 진한 향이 있습니다. 그래서 야생이지만, 사진처럼 집 주변에 심어놓고 생선 비린내를 없애는 데 쓰기도 합니다. 우리 토종 허브식물이라고 할 수 있습니다.

이렇게 설명을 달았더니 뜻밖에도 경상도 출신 분들이 뜨겁게 반응했다.

'부산에서는 매운탕·추어탕에 꼭 들어가야 제맛이 납니다.'

(박〇〇)

'마산 장어국에 들어가는 필수 허브지요~ 그리운 향입니다.'

(이〇〇)

'어렸을 때 이것 넣어 전을 부쳐 먹었어요. 요새도 제 고향에서
는 그러지요. 서울 사람들은 잘 모르더라고요. 참 향긋한데.'

(조〇〇)

'난 경상도로 시집와서 이 향기를 너무 좋아해! 매운탕엔 필
수. 근데, 배초향이란 이름은 처음. 우린 방아잎이라고 해.'

(김〇〇)

반면 다른 지방 사람들은, '방아잎이 이렇게 생겼군요', '아하 토종
허브군요', '동네 화단에 있는 배초향, 그저 무심히 지났는데 다시 보
게 되네요'같이 반응을 보였다.

이 배초향이 김향이의 베스트셀러 동화 《달님은 알지요》에 '방아
꽃'이라는 이름으로 나오고 있다. 이 동화는 임진강 근처 마을에서
아버지를 기다리며 할머니와 살아가는 열두 살 소녀 송화 이야기다.
송화의 할머니는 6·25 때 어린 아들과 함께 남편을 찾아 남으로 내

려왔다가 찾지 못한 채 살아가는 실향민이다. 점치고 굿해서 생계를 잇는다. 송화 아버지는 굿하는 어머니가 싫어 집을 나가 연락이 없는 지 오래다.

칡꽃과 배초향 버무려놓은 냄새

송화는 다리를 다친 개 검둥이를 키우며 외로움을 달랜다. 아버지에 대한 그리움은 송화가 선생님 자전거를 얻어 타는 장면으로도 드러난다.

"허리를 꽉 잡아라."

자전거에 올라타며 선생님이 말하였다. 송화는 부끄러워서 가만히 있었다.

"떨어져도 난 모른다."

선생님이 갑자기 자전거 페달을 밟았고, 엉겁결에 송화가 선생님의 허리를 끌어안았다. 선생님은 뭐가 그렇게 좋은지 휘파람을 불었다. 선생님한테서는 풀꽃 냄새가 났다. 칡꽃 냄새랑 방아꽃 냄새를 버무려 놓은 것 같은 냄새였다. 송화는 선생님 등에 사알짝 얼굴을 대 보았다.

'아빠 냄새도 이럴까' 송화의 뺨에 발그레 꽃물이 들었다.

배초향 ©알리움

　여기서 방아꽃은 배초향을 가리키는 것이다. 배초향은 지역에 따라 방아잎이라고도 부르는 식물이다. 배초향의 향기는 깻잎 향기와 비슷한데 좀 더 진하다. 배초향과 들깨는 같은 꿀풀과 식물이다.

　칡꽃은 한여름에 산기슭에서 흔히 만날 수 있다. 칡도 꽃이 피느냐는 사람도 있지만, 자주색 꽃잎에 노란 무늬가 박힌 것이 상당히 예쁜 꽃이 핀다. 특히 칡꽃 향기는 정말 그윽하다고 표현해야 할 정도로 좋다. 이런 칡꽃 향기와 배초향 향기를 버무려놓은 것이면 어떤

칡꽃

향기일까. 송화가 생각하는 아버지 냄새가 그런 냄새인 것이다.

송화는 아버지가 없지만, 집 나간 엄마를 기다리며 술주정뱅이 아버지와 사는 영분이, 생물학자의 꿈을 키우는 영분이 사촌 오빠 영기 등과 함께 산과 들에서 뛰논다.

그러다 불현듯 아버지가 이제 자리를 잡았다며 송화를 찾아온다. 아버지를 따라 도회지로 옮겨와 살지만 송화는 고향 친구들이 그립다. 설날에 할머니는 전에 살던 마을 근처에 있는 망배단에서 굿판을

벌인다. 두고 온 고향, 이북 땅을 그리워하는 '통일굿'이었다. 할머니
가 굿하는 것을 반대해온 아버지가 갑자기 북채를 잡으면서 북소리
와 할머니의 춤이 한데 어우러진다.

유난히 꽃을 좋아하는 작가

이 책에는 방아꽃 말고도 많은 꽃들이 등장하고 있다. 송화가 앉아
서 외로움을 달래는 강가 습지에는 '갈대와 부들이 배게 자랐고, 조
리풀, 수크령들이 얼크러져서 몸을 숨기기'에 좋았다. 여기서 조리풀
은 골풀의 다른 이름이다. 수크령은 길가에 흔히 자라는 풀로, 큰 강
아지풀처럼 생겼다. 서울 청계천에도 천가를 따라 길게 심어놓았다.

송화는 아빠가 그리울 때 분꽃을 따서 입에 물거나 망초꽃을 따서
문질렀다. 망초꽃을 문지르면 '꽃밥이 으깨지면서 손끝에 노랑물을'
들여놓았다. 꽃밥을 으깼을 때 노랑물이 드는 것은 망초꽃보다는 개망
초꽃이 맞을 듯하다. 송화가 길가의 쑥부쟁이를 꺾어서 검둥이 귓바퀴
에 꽂아주면 '검둥이는 재치기하듯 몸을 털어' 꽃을 떨구어버렸다.

송화가 사는 외딴집 앞마당에는 '꽈리가 빨강 꽃봉지를 조롱조롱
매달았고', 송화가 처음으로 영기에게 '오빠'라고 부를 때 '왠지 쑥스
럽고 부끄러워서 얼굴이 산당화 꽃잎처럼' 붉어졌다. 산당화는 흔히
명자나무라고 부르는데, 봄에 탐스러운 꽃이 붉은 립스틱보다도 짙

은 색으로 핀다. 송화가 서울로 떠나는 영분이에게 주는 선물도 마당에 핀 국화꽃을 말려서 만든 꽃베개다. 이처럼 작가는 유난히 꽃을 좋아하는 것 같다. 책 마지막에도 글을 쓴 시점을 '1994년 분꽃 필 무렵'이라고 써놓았다.

이 작품에 잊혀가는 우리말이 많이 등장하는 점도 놀랍다. 앙감질(한 발은 들고 한 발로만 뛰는 짓, 전라도에선 '깨금발'이라고 했다), 하미(말을 하지 않으려고 입에 무는 종이), 보꾹(지붕의 안쪽 천장), 저지레(일이나 물건에 문제가 생기게 만드는 일) 등은 순우리말인데도 뜻을 몰라 사전을 찾아본 단어들이다. 그런데 신기한 것은 이런 단어들이 글 속에 자연스럽게 녹아 있어서 뜻을 짐작할 수 있었다는 점이다.

이오덕 선생은 이 책을 '추천하는 말'에서 "이 글은 우리가 늘 바라보는 고향 같은 산과 들과 마을에서 우리 부모 형제와 이웃들이 겪어온 온갖 슬픈 사연, 아기자기한 이야기들을 푸짐한 우리말로 들려줄 것"이라고 말했다.

《달님은 알지요》는 1994년 초판이 나온 이후, 십여 년 동안 55만 부가 팔렸다. 이쯤 되면 우리나라 대표 동화 중 하나라고 해도 무방할 것이다. 이 작품은 삼성문학상 수상작인데 권정생 선생은 심사평에서 "우리 어린이 문학에서 이만한 작품이 나오기는 참 오랜만"이라고 했고, 박완서 선생은 "이 작품을 동화라고 생각하지 않고, 그냥 어른들이 읽어도 재미가 있다"고 했다. 작가는 '지은이의 말'에서 "송화네 이야기를 빌려 가족 간의 끈끈한 사랑을 그리고 싶었다"면서 "또한 맺힌 이산가족의 슬픔도 함께 보듬어 안고 싶었다"고 말했다.

작가 김향이(1952년생)는 전북 임실이 고향이다. 고향에서 초등학교 2학년까지 다니다 아버지를 따라 서울로 왔다. 어려서 아버지가 직장 때문에 서울로 간 뒤로 아버지가 오기를 날마다 손꼽아 기다렸다고 한다. 고모 집에서 살았는데, 송화 할머니가 고모 대역인 셈이다. 따라서 이 작품에서 송화를 작가의 어릴 적 모습으로 생각하고 읽어도 무방할 것 같다. 대신 동화에 통일 문제를 녹여 넣기 위해 배경지를 임실이 아닌 임진강 변으로 옮긴 것 같다.

작가는 한 인터뷰에서 "시어머니가 이북에서 피란 나오신 분이셔서 분단과 통일에 대한 관심이 저절로 깊어졌다"고 했다. 저서로는 장편동화 《내 이름은 나답게》와 《나답게와 나고은》, 《쌀뱅이를 아시나요》, 《맹꽁이 원정대 몽골을 가다》, 동화집 《나는 쇠무릎이야》 등이 있다.

배초향은 빙 돌려, 꽃향유는 한쪽으로만 피어

배초향은 늦여름부터 가을 내내 연한 보랏빛 꽃이 핀다. 산 아래부터 높은 정상까지 자라지만, 마당 한쪽에 몇 포기 심어두고 잎을 따 쓰는 경우도 많다. 다 자라면 1미터쯤 된다.

배초향

1센티미터도 안 될 만큼 작은 꽃송이들이 10센티미터 정도의 꽃줄기에 원기둥 모양으로 핀다. 꽃잎보다 더 길게 수술이 나와 있다. 먹는 잎은 길쭉한 심장 모양으로, 깻잎과 비슷하게 생겼고 두 장씩 마주난다. 이름처럼 향기가 진하다. 라벤더, 로즈메리가 서양 허브라면 배초향은 토종 허브식물인 셈이다.

배초향이라면 잘 몰라도 '방아잎' 하면 아는 사람들이 많다. 남부지방에서는 그렇게 부르며, 생선 비린내를 없애기 위해 매운탕 · 추어탕 같은 음식에 넣거나 생선회에 곁들여 먹었다. 한방에서는 곽향(藿香)이라고 부르며, 생약으로 처방한다.

꽃향유

비슷하게 생긴 것으로 꽃향유와 향유가 있다. 배초향처럼 꿀풀과에 속하는 여러해살이풀이다. 둘 다 키가 60센티미터 정도까지 자란다. 배초향은 원통형으로 둥글게 빙 돌려 꽃이 피지만, 꽃향유는 꽃들이 한쪽으로 치우쳐 피는 것을 볼 수 있다. 그래서 꽃향유 꽃차례는 칫솔같이 생겼다. 배초향은 수술이 하나 꽃잎 밖으로 길게 나오는데, 꽃향유는 두 개가 나온다. 가을 산에 가면 볕이 잘 드는 가장자리에서 꽃향유 무리를 쉽게 볼 수 있다. 서울 인왕산 · 우면산에 가도 꽃향유가 많다.

향유

꽃향유와 비슷한 향유도 꽃이 칫솔처럼 한쪽으로 치우쳐 핀다. 향유는 꽃향유보다 꽃 색깔이 좀 옅다. 또 향유는 꽃향유보다 꽃이 성글게 피어 좀 엉성한 느낌을 준다. 가장 큰 차이는 줄기가 꽃향유는 붉은색이지만 향유는 녹색인 점이다.

조숙한 소녀의 풋사랑, 사과꽃 향기

은희경 《새의 선물》

🌹

가슴이 설레는 걸 보면
진정 나는 사랑에 빠진 모양이다.
과수원이 가까워질수록 꽃향기가 진해진다.
사과꽃 냄새다.

어릴 적 고향 마을에는 딸부잣집이 있었다. 그 집 마당엔 커다란
사과나무가 있어서 늦가을에 탐스런 사과가 주렁주렁 열렸다. 그 집
엔 우리 또래의 딸도 있었다. 사춘기 시절, 이왕이면 그 집 앞을 지나
간 것은 혹시나 그 집 딸들과 마주치지 않을까 하는 기대도 있었다.
그렇지만 봄에 그 집 앞을 지날 때에 사과꽃이나 사과꽃 향기는 의식

하지 못한 것 같다. 그즈음은 사과꽃 말고도 온갖 꽃들이 만발할 때여서 과일 꽃인 사과꽃까지 눈에 들어오지 않았을지도 모른다. 은희경의 첫 장편《새의 선물》에서 사과꽃 향기가 열두 살 소녀의 풋사랑을 상징하는 것을 보고 아차 싶었다.

《새의 선물》은 '열두 살 이후 나는 성장할 필요가 없었다'고 생각하는 조숙한 소녀가 주인공이자 화자인 성장소설이다. 1969년 남도의 지방 소읍을 배경으로, 열두 살 소녀의 눈으로 바라본 주변 사람들 이야기를 담았다.

주인공이 여섯 살 때 어머니는 자살했고, 아버지는 사라졌다. 외할머니 슬하에서 이모, 삼촌과 함께 사는 진희는 삶의 이면을 볼 줄 아는 조숙한 소녀다. 소녀의 활동 반경은 기껏해야 우물을 중심으로 두 채의 살림집과 가게채로 이루어진 '감나무집', 학교와 읍내의 '성안' 정도가 전부다. 그렇지만 진희는 남에게 '보여지는 나'와 자신이 '바라보는 나'를 분리하면서 빠른 눈치로 주변 사람들 사이에서 체득한 일의 본질을 놓치지 않는다. 이 책 뒷면에 쓰인 '생의 진실에 던지는 가차없는 시선!'은 이 소설 특징을 잘 잡아낸 문구 같다.

등장인물들은 한결같이 어린 시절 한 번쯤 본 듯한 이웃들이고 저마다 개성이 생생하게 살아 있다. 철없지만 순수한 이모, '밤에 돌아다니는 계집들은 사내들한테 익혀놓은 음식'이라고 딸 단속하는 할머니, 외아들만 믿고 사는 과부 장군이 엄마, 바람둥이 광진테라 아저씨, 착하고 인정 많은 광진테라 아줌마, 이모를 짝사랑하는 순정파 깡패 홍기웅 등이 소녀와 함께 나온다.

작가 윤흥길은 이 소설에 대해 "시종 웃음을 자아내게 하는 해학적인 문체와 치밀한 심리 묘사, 특히 동생을 등에 업은 채 천방지축 팔방놀이를 하는 소녀, 늘 가출을 꿈꾸면서도 버스가 떠난 다음 먼지구름 속에 남아 있는 광진테라 아줌마의 묘사 등은 참으로 압권"이라고 했다.

수줍은 아가씨의 볼 같은 사과꽃

특히 이모에 대한 묘사가 다양하고 해학적이다. '물에서 씻어 막 건져낸 자두처럼 싱싱'하지만, '스무 살을 어디로 다 먹었는지 어른스러운 모습을 느낄 수가 없는' 인물이다. 게다가 '걸음마를 배운 이래 제대로 걸어본 적이 없어' 걷다가 자주 넘어지는 아가씨다. 이모는 펜팔로 사귄 군인과 교제하다가 자신의 절친에게 빼앗기는 아픔을 겪는다. 그다음에는 삼촌의 서울 친구인 허석을 놓고 열두 살인 진희와 연적 관계를 이룬다.

허석이 서울에서 내려왔을 때 가족들은 밤 영화를 본 다음 과수원 길로 산책을 간다.

가슴이 설레는 걸 보면 진정 나는 사랑에 빠진 모양이다.

과수원이 가까워질수록 꽃향기가 진해진다. 사과꽃 냄새다.

삼촌과 허석이 앞서서 걷고 그 뒤를 이모와 내가 따라간다. 어두운 숲길에는 정적이 깃들어 있고 사과꽃 향기와 풀벌레 소리, 그리고 하늘에는 별도 있다. (중략) 나에게 느껴지는 것은 다만 허석, 그와 밤 숲길과 사과꽃 향기뿐이다. 사과꽃 향기에 싸여 그와 내가 밤 숲길을 걸어가고 있는 것이다.

우리가 걷는 양쪽으로 펼쳐진 숲에서는 계속 진녹색의 차고 맑은 공기가 안개처럼 품어져 나온다. 사과꽃 향기가 얕게 퍼지며 그 안개의 미세한 알갱이를 채색한다. 향기가 입혀진 안개의 고운 입자가 허석의 뒷모습을 그대로 감싼다. 그는 향기로운 존재가 되어 밤 속으로 걸어 들어가고 있다.

초록색 안개에 감싸인 과수원의 사과나무꽃은 황혼을 배경으로 서 있는 남자의 실루엣과 함께 이 소설에서 반복해서 등장하는 아름다운 장면이다. '나'는 허석이 그리우면 8월의 뜨거운 햇볕을 받으며 풋사과가 매달린 과수원길을 한없이 걷는다. 풋사랑이라 당연히 이루어질 수 없는 사랑이지만……

과일 꽃이 사랑의 상징으로 쓰인 점이 특이하다. 사과꽃은 하얀 다

사과나무

섯 장의 꽃잎에 황금색 꽃술이 달린다. 꽃봉오리는 처음에 분홍색을 띠다가 활짝 피면서 흰색으로 변하는데, 분홍색이 아직 남아 있을 때 사과꽃은 수줍은 아가씨의 볼을 연상시킨다. 사과꽃 향기는 표현하기가 애매한데, 잘 익은 사과가 가득 담긴 박스를 처음 개봉할 때 나는 냄새와 비슷하다. 맑은 향기여서 유럽에서는 고급 향수로 쓰기 위해 뽑아내기도 한다.

맑고 시큼한 사과꽃 향기

윤대녕 소설 〈도자기 박물관〉에 나오는 사과꽃도 인상적이다. 전국을 떠돌며 트럭 행상을 하면서 도자기에 빠져든 남자가 주인공이다. 그의 아내는 고향 사과밭을 그리워한다. 그래서 그는 신혼 시절부터 사과꽃이 필 무렵이면, 아내를 데려가 과수원 옆에 트럭을 세워놓고 삼겹살을 구워 먹었다. 아내는 남편 어깨에 기대며 사과꽃 냄새를 맡았다.

그런데 어느 해 화사한 원피스를 입고 따라온 아내는, 남편이 또 도자기에 빠져 트럭을 비운 사이, 사내들로부터 몹쓸 짓을 당한다. 아내는 다음 날 인근 저수지에 투신하고, 남편은 시신을 수습해 사과 과수원 기슭에 묻는다. 그 후로도 남편은 도자기에 대한 애착을 버리지 못하고 전국을 떠돌다 '가지마다 피어 있는 흰 꽃들이 사과밭을 뒤덮을' 무렵 다시 아내의 무덤을 찾는 내용이다. 《새의 선물》에서 사과꽃이 풋사랑을 상징하고 있다면 〈도자기 박물관〉에서는 원숙한 사랑을 나타내고 있는 것이다.

생각해보니 십 년 넘게 꽃을 찾아다녔으면서도 사과꽃을 주의 깊게 관찰한 적이 없는 것 같다. 사과꽃 향기도 맑고 시큼하다는 것 말고는 구체적으로 묘사하기가 참 힘들다. 다가오는 봄엔 가까운 과수원에라도 들러 사과꽃을 자세히 보면서 어떤 향기인지도 구체적으로 짚어내 봐야겠다.

《새의 선물》이라는 제목이 특이하지만, 소설에는 새가 나오지는 않는다. 작가는 소설 제목은 프랑스 시인 자크 프레베르(Jacques Prevert)의 시에서 따온 것이라고 했다. 그런데 책 맨 앞에 소개해놓은 그 시를 읽어보아도 소설과 연관성을 이해하기 어렵다. 작가는 한 강연에서 "가끔 소설 제목에 대한 질문을 받을 때마다 (제목이 소설 내용과 동떨어져) 좀 미안한 마음이 든다"고 말했다.

작가 은희경은 1959년 전북 고창에서 태어나 숙명여대 국문과를 졸업했다. 1995년 동아일보 신춘문예에 중편 〈이중주〉가 당선돼 등단한 직후, 산사에 틀어박혀 두 달 만에 《새의 선물》을 썼다고 한다. 이 소설로 제1회 문학동네 소설상을 받으면서 유명 작가 반열에 올랐다. 1997년 소설집 《타인에게 말 걸기》로 동서문학상, 1998년 단편 〈아내의 상자〉로 이상문학상도 받았고, 한국일보문학상, 동인문학상도 받았다.

사과나무 · 아그배나무 · 야광나무

아그배나무·야광나무에 접붙여 재배

사과꽃은 하얀 다섯 장의 꽃잎이 달린다. 열매에서 먹는 부분은
꽃받침통이 변한 부분이며, 속에 씨앗이 있어서 먹고 나면 버리
는 부분이 씨방이다.

사과는 긴 재배의 역사만큼 많은 품종이 있는데, 가장 인기 있
는 품종은 일본에서 여러 품종의 장점을 모아 개량한 부사(후지)
다. 과육이 단단해 저장성이 뛰어나고 강한 단맛이 특징이다.

사과나무

우리나라 자생 사과나무는 '능금'이다. 오늘날 재배하는 개량
사과나무를 전국적으로 재배하기 시작한 것은 1906년 서울 뚝
섬에 원예모범장을 개설하고 각종 개량 과수 묘목을 들여온 이
후라고 한다.

우수한 사과 품종은 눈이나 가지를 잘라서 뿌리가 있는 아그배
나무나 야광나무에 붙여 키운다. 이렇게 접붙이기를 한 나무는
3년 뒤에 꽃이 피고 열매인 사과를 맺지만, 씨앗을 심어 가꾸면
13년 넘게 자라야 꽃이 핀다고 한다.

아그배나무 ⓒ알리움

사과나무 접붙이기 밑나무로 사용하는 아그배나무와 야광나무
는 꽃이 사과나무와 비슷하다. 아그배나무 꽃잎도 다섯 장이고,
봉오리가 분홍빛을 띠다가 점차 흰빛으로 피는 것도 같다. 아그
배나무는 숲에도 있지만 꽃이나 열매가 좋아 집 근처에 심어놓
은 것을 볼 수 있다. 가을이면 붉은색 열매가 마치 버찌처럼 긴
열매자루에 달린다.

야광나무

야광나무도 5월에 작은 가지 끝에 흰색 또는 연분홍빛이 도는
꽃이 무더기로 핀다. 꽃잎은 네다섯 장이다. 야광나무라는 이름
은 새하얀 꽃이 나무를 뒤덮다시피 피어 밤에도 환하게 빛난다
고 해서 붙였다고 한다. 야광나무 열매도 붉다.

민들레처럼 피어나는 달동네 아이들

김중미 《괭이부리말 아이들》

🌸

공장 철문과 벽돌 담 사이에 있는 좁은 틈 사이로
파란 민들레 싹이 돋아 있었다.
"어! 새싹이네."

《괭이부리말 아이들》은 인천 달동네 아이들이 어려움을 딛고 조
금씩 성장해가는 이야기다. 초등학교 5학년인 쌍둥이 자매(숙자와 숙
희)를 중심으로 펼쳐지는 가난한 달동네 아이들의 사연은 안타깝기
그지없다. 시대적 배경이 IMF 직후인 1999년쯤이라 다들 어려운 시
기였지만 달동네 사람들은 특히 힘든 시기였을 것이다.

숙자와 숙희의 아버지는 오토바이 음주 사고를 내고 빚을 진다. 어머니는 이런 아버지를 견디다 못해 집을 나갔다. 언니인 숙자는 욕심이 많고 어리광 부리는 동생 숙희를 잘 돌보고, 친구인 동준이도 감싸주는 아이다. 어머니를 그리워하면서도 "아빠, 나 엄마 없어두 돼"라며 오히려 아버지를 위로할 정도로 어른스럽다. 6·25 때 부모를 잃고 동생들을 키우는 '몽실 언니' 같다. 어느 날 어머니가 돌아와 잠시 집안에 웃음꽃이 피었지만 아버지가 일터에서 사고로 죽는다.

동수와 동준이 형제의 어머니는 일찌감치 집을 나갔고, 아버지도 돈을 벌어오겠다고 집을 나가 돌아오지 않는다. 고교를 그만둔 형 동수는 친구 명환이와 함께 본드를 흡입하고 불량청소년들과 어울리며 허전함을 달랜다.

소설의 한 축이 아이들이라면 다른 한 축은 영호 삼촌과 김명희 선생이다. 영호 삼촌은 괭이부리말에서 자라 고등학교를 마치고 괭이부리말에 정착한 청년이다. 반면 김명희 선생은 괭이부리말 출신이지만 열심히 공부해 다시는 돌아오지 않겠다고 다짐하며 이곳을 떠났다. 그런데 교사로 첫 부임지가 하필 괭이부리말 아이들이 다니는 학교였다.

영호 삼촌은 암으로 세상을 뜬 어머니의 장례를 치르고 난 후 본드에 취한 동수를 집에 데려온 것을 계기로, 동수·동준 형제를 비롯한 동네 아이들을 돌본다. 김명희 선생은 '괭이부리말 아이들은 구제불능'이라고 생각하다 동수를 상담하는 것을 계기로, 자신이 '머리만 있고 가슴은 없는 선생님'이었음을 후회한다. 그러면서 괭이부리말 아이들과 기쁨과 슬픔을 함께 나눈다. 10층 아파트에서 다시 괭이부리말로 이사 오며 앞으로는 혼자 높이 올라가기 위해 발버둥 치지 않겠다고 다짐하는 선생님이다.

작가는 두 사람의 이 같은 이타적인 행동이 결국 자신들의 행복으로 귀결되는 점을 강조한다. 영호 삼촌은 아이들을 돌보면서 아이들이 없었으면 어머니가 돌아가신 후 혼자 외로움을 견딜 수 없었을 것이라고 생각하고, 김명희 선생은 '이제야 소중한 것이 무엇인지 알 것' 같아 행복하다.

짓밟혀도 끝내 피어나는 꽃

동수는 영호 삼촌과 김명희 선생의 도움으로 방황에서 점점 벗어나 낮에 작은 공장에서 일하고 야간 공고에 다니기 시작한다. 이 책에 등장하는 아이들이 어려운 여건에서도 서로를 다독이며 희망을 키워나가는 점이 가슴 뭉클하다. 작가는 이런 모습을 동수네 공장 철문 앞에 핀 민들레로 상징화했다.

동수는 열쇠를 자물쇠에 꽂으려다가 파란 새싹을 보았다. 공장 철문과 벽돌 담 사이에 있는 좁은 틈 사이로 파란 민들레 싹이 돋아 있었다.

"어! 새싹이네."

허리를 펴 주위를 둘레둘레 살펴보니 햇볕이 드는 곳마다 푸른 싹들이 비쭉비쭉 머리를 내밀고 있었다. 동수는 저 여린 풀들이 볕도 잘 안 드는 공장 지대 한구석에서 긴 겨울을 어떻게 견뎌 냈는지 신기했다. 그리고 아직 여린 민들레 싹이 비좁은 철문 틈에 뿌리를 내리고 꽃망울을 터뜨릴 수 있을지 걱정이 되었다. 그래도 민들레의 노란 꽃이 참말로 보고 싶어졌다.

동수는 민들레 싹 곁에 쭈그리고 앉았다. 그리고 손가락으로 담 밑에 먼지처럼 쌓여 있는 흙가루들을 쓸어다가 뿌리 위에 덮어 주며 말했다.

민들레는 여러해살이풀이다. 소설에서는 초봄에 민들레 씨앗이 발아해 새싹이 돋아나는 것처럼 묘사했지만, 봄에 돋아내는 새잎은 대부분 이미 깊이 내린 뿌리에서 올라오는 것이다. 민들레 씨앗 발아는 대부분 가을에 이루어진다는 것이 전문가들의 얘기다.

민들레는 친근하고 서민적인 꽃이다. 또 밟아도 밟아도 견디며 꽃을 피우기 때문에 강인한 생명력의 상징이다. 그래서 이 소설에서처럼 여러 예술 분야에서 서민과 희망의 상징으로 많이 쓰였다. 정의당은 2013년 새 당명 후보로 '민들레당'을 검토하기도 했다. 민들레와 함께 꽃다지, 담쟁이, 엉겅퀴 등도 이념적인 상징으로 많이 쓰이는 식물들이다.

괭이부리말은 인천시에 유일하게 남은 달동네인 만석동 일대 쪽방촌의 별칭이다. 6·25 직후 가난한 피난민들이 모여 살면서 만들어졌다. 소설에서 아이들은 괭이부리말이라는 마을 이름은 '포구와 똥바다를 하얗게 뒤덮는 괭이갈매기' 때문에 생겼을 것으로 짐작하고 있다.

만석동은 해마다 연초에 미담 사례로 언론에 등장하는 곳이다. 인천 만석동 일대 쪽방촌 주민들이 연말연시 "우리가 주변에서 많은 도움을 받았으니, 우리보다 더 어려운 사람들을 위해 써달라"며 성금을 모아 사회복지공동모금회에 기부하기 때문이다. 공동모금회는 2001년부터 만석동 쪽방촌에 생필품, 쉼터 시설 운영비 등을 지원했다. 주민들이 이에 대한 보답으로 2008년부터 매년 공동모금회에 수백만 원씩 성금을 모아 내고 있는 것이다. 2015년 1월에도 주민들은 146만 원의 성금을 모아 기부했다.

민들레

13년 만에 200만 부 돌파한 책

《괭이부리말 아이들》은 2000년 출간 이후 13년 만인 2013년 아동문학 사상 처음으로 200만 부를 돌파한 책이다. 권정생의 《몽실언니》와 《강아지똥》, 황선미의 《나쁜 어린이표》와 《마당을 나온 암탉》 등이 100만 부 넘게 팔렸지만 200만 부를 돌파한 것은 《괭이부리말 아이들》이 처음이다.

김중미(1963년생)는 인천 출신으로 방송통신대 교육학과를 졸업했다. 1987년부터 이 책의 배경인 인천 만석동 괭이부리말에 살면서 '기차길옆작은학교'라는 공부방을 운영했다. 이 소설은 작가가 공부방을 운영하면서 아이들과 겪은 생생한 경험을 바탕으로 하고 있는

것이다. 작가는 2001년 강화도로 귀농한 후에도 인천을 오가며 공부
방 운영을 계속하고 있다.

작가는 200만 부 돌파에 즈음해 언론과 인터뷰를 하면서 "이 책을
통해 가난은 개인의 능력이 아니라 구조적인 사회문제로 인해 발생
한다는 것을 드러내고 싶었다"라며 "또 모두가 얘기하는 성공이 행복
의 길이 아니라 옆에 있는 친구와 손을 잡는 것이야말로 행복으로 가
는 길이라고 말하고 싶었다"고 말했다. 세상을 바라보는 작가의 눈이
여느 사람들과는 좀 다르다는 것을 알 수 있다.

민중가요 중 〈민들레처럼〉이란 노래가 있다. 좌절을 느끼거나 자
존심 상해도 참아야 할 일이 있을 때, '무수한 발길에 짓밟힌대도 민
들레처럼', '특별하지 않을지라도, 결코 빛나지 않을지라도'라는 대목
을 들으면서 위안을 얻을 때가 있다. 이 노래에는 투혼, 해방 같은 직
설적인 운동권 용어도 나오지만 그냥 서정적인 노래로 들어도 괜찮
다. 《괭이부리말 아이들》 작가의 마음도 이 가사와 크게 다르지 않을
것 같다.

민들레 · 서양민들레 · 흰민들레

토종 민들레는 총포 조각 위로, 서양민들레는 아래로

민들레는 전국 각지의 산과 들, 길가 공터 등에서 흔히 볼 수 있는 꽃이다. 흙이 조금만 있는 척박한 환경에서도 잘 자란다. 꽃대 하나가 한 송이 꽃처럼 보이지만, 실은 수십 개의 작은 꽃송이들이 모여 있는 국화과 식물들의 특징을 가진다.

민들레

민들레 종류로는 토종인 민들레와 1910년쯤 들어온 귀화식물인 서양민들레가 있다. 서양민들레는 꽃을 감싸는 총포 조각이 아래로 젖혀져 있지만, 토종 민들레는 총포 조각이 위로 딱 붙어 있다.

서양민들레

요즘엔 토종 민들레 대신 귀화한 서양민들레가 더 흔하다. 왕성한 번식력 때문에 도심에서는 토종 민들레를 찾아보기 힘들 정도로, 외국에서 들어온 서양민들레가 대부분을 차지하고 있다. 토종 민들레는 4~5월 한 번만 꽃이 피지만, 서양민들레는 봄부터 초가을까지 여러 번 꽃을 피워 번식할 수 있다. 꽃송이 하나당 맺히는 씨앗의 숫자도 서양민들레가 훨씬 많다. 그래서 요즘은 시골에서도 토종 민들레 구경하기가 쉽지 않다. 꽃 색깔이 하얀 흰민들레도 있는데, 역시 토종이다.

흰민들레

민들레에 얽힌 오해 중 하나가 '홀씨'라는 단어다. 〈민들레 홀씨 되어〉라는 1980년대 대중가요 때문인지 사람들은 흔히 '민들레 홀씨'라는 단어를 사용한다. 이는 잘못된 표현이다. 홀씨는 식물이 무성생식을 하기 위해 형성하는 생식세포를 말한다. 따라서 홀씨는 고사리같이 무성생식을 하는 식물에나 맞는 표현이다. 엄연히 수술과 암술이 있는 민들레는 홀씨가 아니라 꽃씨 또는 씨앗이라고 해야 맞다.

낙원 체험의 상징, 굽은 사철나무

전경린 〈강변마을〉

🌸

허리가 굽은 늙은 사철나무들은 매달리기 좋게
옆으로 구불구불 가지들을 뻗었고
총총한 잎사귀 속에는 붉은 열매들이
조롱조롱 달려 있었다.

전경린의 단편 〈강변마을〉을 처음 읽고 놀랐다. 황순원의 〈소나기〉
를 읽는 느낌이 들 정도로 아름다운 소설이었기 때문이다. 이 소설은
처음 간 강변 외갓집에서 외할머니 사랑을 듬뿍 받은 이야기인데, 누
구나 한 번쯤 겪어보았음 직한 이야기이기도 하다.

화자인 열한 살 은애는 문방구집 딸이다. 그런데 '벌써 인생에 지

친 기분'이다. 주먹질하는 오빠와 엉겨 붙는 동생들, 엄마의 악다구니, 계집애인 것 자체를 질타하는 할머니의 힐난, 언제 터질지 알 수 없는 아버지의 돌발적인 분노 등에 시달리기 때문이다. 엄마와 할머니는 잔뜩 날이 서서 서로에게 퍼부을 욕을 애들에게 대신 쏟아낸다. 여기에다 사는 곳은 차가 지나갈 때마다 흙먼지가 구름처럼 일어나 집 안으로 스며드는 집이다.

그런데 어느 여름방학 때 오빠·여동생과 함께 외갓집에 가게 됐다. 원래 외갓집이 없었는데 엄마가 갑자기 '사촌 외갓집'에 가 있으라고 한 것이다. 한여름 뙤약볕에 몇 시간에 걸쳐서 힘들게 찾아간 그곳엔 우선 온화하게 웃는 외할머니가 있었다. 수박과 포도를 실컷 먹을 수 있었고, 무엇보다 아무도 간섭하지 않고 사랑만 해주는 곳이었다. 이들 남매는 낮에는 실컷 먹고 놀고, 밤에 마당의 평상에서 '알고 있는 모든 노래를 다' 부르며 지낸다. '천국'이나 다름없었다. 이들 남매가 이렇게 행복하게 지내는 한가운데에 사철나무가 있었다.

> 저녁이 될 때까지 외할머니는 부엌 곁 텃밭에서 풀을 뽑고, 우리는 밭 가장자리의 사철나무에 매달려 놀았다. 허리가 굽은 늙은 사철나무들은 매달리기 좋게 옆으로 구불구불 가지들을 뻗었고 총총한 잎사귀 속에는 붉은 열매들이 조롱조롱 달려 있었다. 동화에 나오는 나무처럼, 그 나무에 오르기만 하면 아무리 오래 매달려 놀아도 힘들지 않았다.

> 우리는 과자를 잔뜩 먹은 뒤 새 팬티와 러닝을 입고 슬리퍼를 신고 머리띠까지 두른 채 사철나무로 달려가 매달렸다. 사철나무 붉은 열매는 노래하는 음표들 같았다. 거꾸로 매달려 주

렁주렁 매달린 길쭉한 오이들과 옥수숫대 옆구리에 붙어 자
라는 수염을 늘어뜨린 알알이 영근 옥수수와 보라색 가지들
도 노래부르는 것 같았다.

이처럼 사철나무는 소설에서 어린 나이에 세파에 찌든 소녀가 파
라다이스 같은 곳에서 듬뿍 사랑 받으며 마음껏 자유를 누릴 때의 상
징처럼 나온다.
이 소설에서 가장 인상적인 장면은 소녀가 군에서 휴가 나온 외삼
촌 목마를 타고 강 건너기 체험을 하는 것이다. 다음은 소녀가 처음
강 건너기 체험을 했을 때 장면이다.

강을 건너 다른 편 강변에 앉았을 때 오빠도 나도 침묵에 빠
졌다. 공포에 빠진 것인지 감동한 것인지 슬픈 것인지 알 수
없었다. 몸 안에 강물이 가득 밀려들어온 것만 같았고 뭔가
중요한 것을 까맣게 잊고 있는 것같이 허전하기도 했다.
다시 도강을 할 때는 몸을 미는 크고 높고 살찐 물살도 편안
했다. 물살은 수없이 많은 부드러운 몸뚱이들처럼 나를 포옹
하고는 팔을 풀고 흘러내려 갔다.

표현 하나하나가 일기처럼 생생한 소설

단어 하나하나, 표현 하나하나가 낮에 겪고 밤에 일기를 쓴 것 이상으로 생생하게 그려져 있다. '외삼촌의 가슴에선 산이 땀 흘릴 때 날 것 같은 냄새가 났다'와 같은 표현은 어떻게 얻은 것인지 궁금할 정도다.

꿈같은 외갓집 생활을 마치고 돌아와 보니 집안은 그대로인데, 아기 하나가 생겨 있었다. 소녀는 당연히 강변마을을 그리워한다. 그러나 강변마을에 대해 입에 올리면 엄마에게 등짝을 맞았다. 그것은 금기어였다. '사촌 외갓집'은 실은 아버지의 젊은 여자 집이었고, 그 여자가 아기를 낳기 위해 집에 들어온 동안, 다녀온 곳이었기 때문이었다.

이 소설은 한 소녀가 성장하는 과정에서 겪은 낙원 체험이라는 점에서 성장소설로 읽을 수도 있겠다. 소녀의 강변마을 체험은 누구나 어려서 한 번쯤 겪었을 가능성이 높은 일이다. 어느 날 자신이 너무나 귀한 대접을 받는, 낙원 같은 곳에 찾아가는 체험 말이다.

나도 초등학교 5~6학년 때 비슷한 체험을 한 적이 있다. 내 경우 외갓집이 아니고 이모 집이었다. 주인공 남매처럼 햇살이 이글이글 타는 날, 형과 함께 커다란 수박을 양손에 들고 이모 집으로 향했다. 우리 집에서 비둘기호 기차를 타고 한 시간 정도 간 다음, 다시 버스로 갈아타고 사십여 분 들어가는 시골 마을이었다. 소설에서처럼 마을 옆에 큰 강이 있었다. 조카들을 처음 맞는 이모네 가족은 끼니마다 맛있는 반찬을 차려주는 등 우리 형제를 귀하게 대접했다.

처음 본 금강도 엄청 컸다. 그곳은 금강 하구에서 멀지 않았다. 우리는 사각사각 소리를 내며 재빨리 움직이는 게들을 잡으려 했지만 한 마리도 잡을 수 없었다. 그러나 이모네 가족들은 어떻게 하는지 그냥 주워 담듯 게들을 잡았다.

목마를 태워 헤엄쳐 강을 건너주는 사람은 없었지만, 이모부는 우리 형제를 금강으로 데려가 나룻배로 건너편까지 데려다주었다. 그것 역시 처음 해보는 체험이었다. 소설에서처럼 물비린내와 물고기·수초 냄새가 난 것이 아득하게 기억 속에 남아 있다.

이 소설에서 놀라운 것은 작가의 예민하고 섬세한 감수성과 아름답고 놀라운 묘사다. 이남호 고려대 교수는 이 소설에 대해 "오랜만에 만나는 아름답고 따뜻하고 슬프고 안정된 작품"이라며 "작가의 이런 탁월한 감각과 문체가 엉뚱한 곳에 낭비되지 않고, 앞으로 우리의 영혼을 아름답게 쓰다듬어줄 수 있는 작품들을 낳기를 기대한다"고 했다. 소설가 이승우도 "인물들을 긍정하는 따뜻한 시선과 감정을 사물에 투사하는 놀라울 정도로 섬세한 묘사, 그리고 단편소설에 맞춤한 미학적 구도의 안정감을 통해 읽는 이를 정화시킨다"고 썼다. 2011년 현대문학상 수상작이다.

〈소나기〉를 읽는 듯 밝고 따뜻한 이야기

이 소설에서 주요 소재나 상징으로 쓰인 꽃을 무엇으로 할지 좀 망설였다. 작가가 사철나무를 일부러 선택한 것 같지는 않았고, 참나리에 대한 묘사도 만만치 않게 인상적이었기 때문이다.

> 대문 곁 가시나무 울타리 앞으로 좁은 화단이 있는데 주황색 나리꽃들이 비좁게 피어 있었다. 나리꽃들을 보고 있으니 꽃들 속에 검정색 점이 너무 많아 어지러웠다. 고요하고 흰 아침빛 속에서 꽃들이 등 뒤에 속임수를 펼쳐놓고 뭔가를 야유하듯 숨넘어가게 깔깔대고 웃는 것 같았다. 나는 서둘러 채살문을 닫고 쇠고리를 걸었다.

소녀가 외갓집에서 자고 일어난 첫날 아침, 문을 열었을 때 장면이다. 여름에 집 안에 피는 주황색 나리는 참나리일 가능성이 높다. 참나리는 소설 묘사처럼 꽃들 속에 검은 반점이 많고, 주변에서 가장 흔하게 볼 수 있는 나리다. 소설에는 나와 있지 않지만, 잎줄기 시작하는 지점에 검은색 주아를 달고 있는 것이 참나리의 특징이다. 어떻든 참나리는 하나의 소품이고, 소녀의 낙원 체험 상징으로는 사철나무가 더 적절할 것 같았다.

8월에 본 사철나무 열매

작가 전경린(1963년생)은 경남 함안 출신으로, 소설집 《염소를 모는 여자》, 《천사는 여기 머문다》, 《물의 정거장》 등을, 장편 《아무 곳에도 없는 남자》, 《내 생에 꼭 하루뿐일 특별한 날》, 《황진이》 등을 냈다. 작가는 우리 사회 여성들의 삶을 다룬 작품을 많이 썼다. 우울증을 앓는 듯한 여성의 자세한 심리 묘사는 금방 질려서 좋아하지 않는 편인데, 〈강변마을〉은 뜻밖에도 황순원의 〈소나기〉를 읽은 듯한 느낌이 들 정도로 밝고 따뜻했다.

사족처럼 하나 덧붙이자면, 사철나무 열매는 10~12월 노란빛이 도는 붉은색 껍질에 싸여 열린다. 빨라야 늦가을인 10월에 열리는데, 시간적 배경이 8월쯤인 〈강변마을〉에는 '붉은 열매들이 조롱조롱 달려' 있다는 표현이 나오고 있다. 서울 기준으로 8월엔 사철나무꽃이 지고 막 열매가 녹색으로 맺히는 정도다. 작가가 조금만 더 주의를 기울였으면 이런 실수를 하지 않았을 것이다.

사철나무 · 화살나무 · 참빗살나무 · 회목나무

중부지방 유일한 상록 활엽수

사철나무는 이름 그대로 사철 푸른 상록성 나무다. 주로 남부지방에서 자라지만, 북쪽으로 황해도까지 올라가 자란다. 중부지방에서 겨울에도 잎이 떨어지지 않는 상록수는 대개 소나무나 향나무, 주목 같은 침엽수뿐이다. 그런데 사철나무는 잎이 넓은 활엽수 중에선 거의 유일하게 서울 등 중부지방에서도 푸른 잎을 간직한 채 겨울을 날 수 있다. 회양목과 남천 정도가 서울에서도 잎이 떨어지지 않은 채 겨울을 나지만 잎 색깔까지 푸르게 유지하지는 못한다. 남천은 겨울에 빨갛게 단풍이 들고, 회양목 잎도 겨울에는 다소 붉은빛을 띤다.

사철나무

사철나무는 요즘 서울 도심에서도 울타리용으로 많이 심어놓은 것을 볼 수 있다. 울타리가 아니어도 공원이나 교회 앞마당 등에서 별도로 한두 그루 심어놓은 사철나무를 보는 것은 어렵지 않다.

화살나무

꽃은 6~7월에 연한 노란빛을 띤 녹색으로 피는데, 꽃잎 네 장이 마주보면서 핀다. 꽃 가운데에 암술이 한 개 있고, 수술이 네개 있는데, 우주선 전파 수신기처럼 삐죽 튀어나온 수술대가 재미있다. 달걀 모양의 잎은 가죽처럼 두껍고 반질반질 윤이 난다. 줄기에서 뿌리를 내려 다른 물체를 타고 오르는 줄사철나무도 있다.

참빗살나무

사철나무는 노박덩굴과 나무인데, 이 과에 재미있는 나무들이 많다. 줄기에 화살 모양의 날개가 있는 화살나무, 가을에 맺히는 열매가 분홍빛으로 마치 꽃처럼 고운 참빗살나무, 잎 위에서 앙증맞게 작은 꽃이 피는 회목나무, 미역 줄기처럼 벋으며 자라는 미역줄나무 등이 노박덩굴과 나무들이다.

회목나무

아홉 살 아이가 인생 배운 놀이터, 상수리나무

위기철 《아홉 살 인생》

🌹

나는 숲에서 키 작은 상수리 나뭇가지를 타고 노는 걸
아주 좋아했다. 그 상수리 나뭇가지는
아이들이 말처럼 타고 놀기에 좋도록
적당히 휘어져 있었다.

위기철의 소설 《아홉 살 인생》은 초등학교 3학년 여민이가 서울
의 산동네로 이사 가서 겪은 이야기다.

꼬마의 눈을 통해 가난하고 소외된 이들의 고단한 삶이 때로는
가슴 아프게, 때로는 정겹고 따뜻하게 그려지고 있다. 꼬마는 이런
과정을 거치면서 인생의 의미를 하나씩 깨닫는다. 시대적 배경은

1960~70년대다.

여민네 가족은 아버지 친구 집에서 얹혀살다가 산동네의 맨 꼭대기 집으로 이사 간다. 여민의 아버지는 부산 깡패 출신, 어머니는 한쪽 눈을 잃었지만 착하고 의로운 사람들이다.

산동네 사람들은 '슬픔과 절망을 당연한 듯 여기며 사는' 소시민들이다. 여민의 단짝 기종이는 산동네에서 부모 없이 누나와 사는 '뺑쟁이'다. 산동네에서 가장 오래 산 토굴할매는 토굴 같은 집에서 외롭게 죽고, 골방에 갇혀 고시 등으로 성공을 꿈꾸는 골방철학자도 비극적인 선택에 몰린다. 술주정뱅이 아버지를 죽이고 싶도록 미워하는 검은제비, 학생들에 대한 애정과 관심은 없이 폭력을 휘두르는 담임, 부잣집 딸인 피아노 선생 윤희 등 다양한 군상들이 나온다. 이들의 사연이 극적인 장치 없이 에피소드 형식으로 펼쳐진다. 아홉 살짜리 꼬마 눈에 비친 삶은 그리 녹록지 않음을 등장인물만 보아도 알 수 있다.

여민이의 짝꿍으로 나오는 장우림은 재미있는 캐릭터다. 허영심이 많고, 변덕이 심한 성격으로, 주인공 마음을 '들었다 놨다' 하는 여자친구다. 주인공이 까마중 열매의 시큼한 맛에 대해 얘기하면 '그 더러운 것을 먹고 다니느냐'고 핀잔을 주고, 울면서 뛰어간 다음, 돌아와 왜 잡지 않느냐고 따지는 식이다. 주인공은 '다른 사람을 아무리 좋아해도 상대방의 마음을 들여다볼 수는 없다는 사실'에 절망하기도 한다. 연애를 해본 남자라면 이런 성격의 여자 때문에 마음고생을 해본 경험이 있을 것이다.

그러나 늘 '콩알을 뿌리듯 다다다다 쏘아붙이는' 장우림은 토끼풀 같은 귀여운 아이다. 둘은 학교 토끼장에서 주로 만나면서 토끼풀을 매개로 가까워진다. 이 소설을 원작으로 2004년 나온 영화 〈아홉 살 인생〉도 여민과 우림의 티격태격 다투는 풋사랑 이야기를 중심으로 끌고 가고 있다.

'상상은 자유지만, 자유는 상상이 아니다', '죽음이나 이별이 슬픈 까닭은, 우리가 그 사람에게 더 이상 아무것도 해줄 수 없기 때문' 등 밑줄 칠 만한 문장들도 곳곳에 있다.

스물아홉 살에 이 소설을 쓰기 시작한 저자 위기철은 "스물아홉 해 살아오면서 느끼고 배웠던 인생 이야기를 아홉 살짜리 주인공을 통해 정리한 책"이라고 말했다. 그래서 아홉 살 어린이 얘기인데도 동화라고 볼 수는 없을 것 같고, 성장소설이라고 하는 것이 맞겠다.

말안장처럼 타고 노는 상수리 나뭇가지

《아홉살 인생》에서 가장 많이 나오는 장면은 여민이 숲에서 상수리 나뭇가지를 타고 노는 것이다. 소설에서는 다음과 같이 묘사한다.

숲은 내가 단 한 번도 겪어 보지 못한 신비하고 무궁무진한 조화가 있는 놀이터였다. 숲에는 없는 것이 없었다. 상수리나무와 아까시나무, 그 밖의 이름 모를 나무들로 뒤덮여 있는 한여름의 숲 속은 더위를 느끼지 못할 만큼 서늘했다. (중략) 나는 숲에서 키 작은 상수리 나뭇가지를 타고 노는 걸 아주 좋아했다. 그 상수리 나뭇가지는 아이들이 말처럼 타고 놀기에 좋도록 적당히 휘어져 있었다. 그 가지에 올라 몸을 흔들면 쉽게 출렁출렁거렸고, 더구나 고삐 대신에 쥘 손잡이까지 달려 있어서 진짜 말을 탄 것 같은 상상을 하게끔 해주었다. 인근 동네의 온갖 꼬마들이 상수리 나뭇가지를 타고 놀았던 탓에 그 가지는 아예 말안장처럼 반질반질 윤이 날 정도였다.

여민이가 심심할 때마다 찾아가는 곳도 이 상수리나무이고, 다른 동네 아이들과 시비가 붙어 싸우는 것도 이 상수리나무 때문이다. 자랑하기 위해 짝꿍 우림이를 데려가고 싶은 곳이기도 하다. 여민이는 상수리나무를 중심으로 성장하면서 인생을 배운다.

상수리나무는 마을 근처 산지의 낮은 곳에 흔한 나무다. 임진왜란 당시 선조가 피난을 갔을 때 상수리나무 도토리로 묵을 만들어 올렸더니 맛을 들인 선조가 나중에 환궁해서도 계속 수라상에 올리라고

상수리나무 ⓒ김태정

해서, 이 같은 이름을 가졌다는 전설이 있다. 상수리나무는 밤나무 비슷하게 생겼지만, 밤나무 잎 톱니는 엽록소가 있어서 녹색이고, 상수리나무 잎 톱니는 엽록소가 없는 흰색이라서 구분이 가능하다.

언제나 풍뎅이 가득했던 상수리나무 추억

우리 동네 근처 야산에도 큰 상수리나무가 있었다. 한여름 이 나무엔 풍뎅이들이 잔뜩 모였다. 나무에 있는 상처에서 나오는 수액을 먹으려고 몰려드는 풍뎅이들이었다. 운이 좋으면 등이 금빛으로 빛나는 황금풍뎅이, 뿔이 특이하게 생긴 사슴벌레도 잡을 수 있었고, 다 잡아도 그다음 날이면 다시 풍뎅이들이 가득 몰려 있는 화수분 같은 곳이었다. 나는 지금도 상큼한 듯하면서도 썩는 내가 살짝 섞인 참나무 수액 냄새를 잘 기억하고 있다. 산길을 가다 그 냄새가 나면 혹시라도 풍뎅이가 있는지 살펴보는 버릇이 있다.

우리는 여름방학 때 심심하면 이 나무로 몰려가 풍뎅이를 잡아서 놀았다. 지금 생각하면 좀 심했지만, 풍뎅이를 잡아 목을 한 번 비튼 다음 바닥에 놓으면 날개를 펴고 빙빙 도는 것이 신기했다. 풍뎅이를 주머니에 가득 넣으면 풍뎅이들이 간지럼 태우듯 꼼지락거렸다.

내가 "풍뎅이를 잡을 수 있는 나무가 있다"고 하자, 초등학생 우리 딸들은 너무나 풍뎅이를 잡아보고 싶어 했다. 그래서 여름방학 때 아이들을 데리고 그 나무에 가보았지만 풍뎅이는 보이지 않았다. 혹시나 해서 채집통에 젤리를 넣어둔 다음 밤새워 나무 아래 놓아보기도 했지만 한 마리도 나타나지 않았다. 그 많던 풍뎅이는 다 어디로 사라졌을까.

이 책을 읽으면서 초등학교 3학년 시절을 떠올려보았다. 담임선생님 이름과 얼굴이 겨우 생각나는 정도이고, 구체적인 에피소드는 거의 기억나지 않는다. 어떻든 여민이처럼 사소한 일로 친구들과 싸우고, 선생님에게 혼나고, 늘 허기져서 산과 들로 다니며 열매를 따 먹은 것 같다. 상수리나무가 아니라도 나뭇가지에 앉아 말을 타듯 장난치며 놀 만한 나무들은 주변에 얼마든지 있었다. 이 책을 읽으면서 여민이 같은, 기종이 같은, 우림이 같은, 검은제비 같던 옛 친구들이 하나씩 떠올랐다. 그리운 친구들이다.

이 책은 1991년에 출간된 후 2002년 연간 베스트셀러 종합 1위에 오르는 등 100만 부 이상 팔렸다. MBC 느낌표 선정 도서가 된 직후의 일이었다. 2004년엔 영화로도 만들어졌다. 우리 문학에서 단권으로 100만 부 이상 팔린 소설은 공지영의 《봉순이 언니》 등 그리 많지 않다. 공지영과 위기철은 한때 부부였다가 이혼했는데, 부부가 나란히 밀리언셀러를 낸 것이 이채롭다.

저자 위기철은 1990년대 베스트셀러 《반갑다, 논리야》에 이어 《논리야, 놀자》, 《고맙다, 논리야》를 합친 '논리 3부작'으로도 유명하다. 이 시리즈는 어려운 논리를 쉽게 이해할 수 있도록 재미있는 이야기를 통해서 논리에 대해 알 수 있게 구성했는데, 당시 대입 논술고사 바람을 타고 큰 인기를 끌었다. 《아홉 살 인생》 외에도 《고슴도치》 등 다양한 저술활동을 했다.

상수리나무 · 굴참나무 · 졸참나무 · 갈참나무 · 신갈나무 · 떡갈나무

참나무, '상·굴, 졸·갈·신·떡'

상수리나무

굴참나무 ©도랑가재

졸참나무 ©김태정

갈참나무 ©김태정

상수리나무는 참나무의 한 종류다. 그런데 '참나무'라는 종은 없다. 참나무가 어느 한 나무를 지칭하지 않고 참나무 종류를 모두 아우르는 이름이기 때문이다. 들국화라는 종은 따로 없고, 벌개미취, 쑥부쟁이, 구절초 등 가을에 피는 야생 국화류를 총 칭하는 말인 것과 마찬가지다. 영어로는 오크(Oak)여서 오크밸 리 같은 지명이 있다.

참나무에 속하는 나무는 상수리나무 말고도, 나무껍질이 굵어 굴피집을 짓는 데 쓰이는 굴참나무, 잎이 무리 중 가장 작은 '졸 병'인 졸참나무, 늦가을까지 황갈색 단풍이 물드는 갈참나무, 옛날에 잎을 짚신 밑바닥에 깔창 대신 썼다는 신갈나무, 잎으로 떡을 싸서 쪄 먹었다는 떡갈나무 등 6형제가 있다.

이 중 상수리나무와 굴참나무 잎은 밤나무 잎처럼 길쭉하게 생 겼다. 둘 다 잎자루가 있으며, 잎 가장자리가 톱니 모양을 하고 있다. 잎이 이런 모양의 나무 중 잎 뒷면이 연한 초록색이면 상 수리나무, 회백색이면 굴참나무다. 물론 굴참나무는 코르크층 이 잘 발달한 나무껍질로도 구분할 수 있다.

나머지 4형제의 공통점은 잎 가장자리가 물결 모양을 하고 있 다는 점이다. 잎도 좀 넓죽한 편이다. 졸참나무, 갈참나무, 신갈 나무, 떡갈나무 순서대로 잎이 크다. 나는 우리 애들에게 '상· 굴, 졸·갈·신·떡'으로 외우라고 했다.

잎 뒷면 잎맥 아래에 털이 있으면 졸참나무, 털이 없으면 갈참 나무로 구분할 수 있고, 잎 뒷면에 털이 많으면 떡갈나무, 털이 없으면 신갈나무로 식별할 수 있다. 이들 나무의 열매를 모두 도토리라 부르는데, 그중 상수리나무 열매가 가장 크다.

참나무는 밑동을 잘라도 어느샌가 다시 움을 틔우는 끈질긴 생명력을 가졌다. 그래서 어딜 가도 쉽게 만날 수 있는 나무다. 참나무는 한반도에서 소나무와 경쟁 관계였다. 기본적으로 참나무는 햇볕이 조금만 있어도 잘 살고, 소나무는 햇볕이 충분해야 잘 자라는 나무라 자연 상태에서는 참나무가 경쟁력이 있다. 그런데 그동안은 소나무를 보호하면서 참나무를 주로 땔감으로 베어내 균형을 이룬 편이었다. 그러나 근래에는 숲을 자연 상태로 놓아두면서 차츰 소나무가 밀려나고 참나무 숲이 늘어나는 상황이다.

신갈나무

떡갈나무

모진 겨울 견디는 냉이 같은 몽실 언니

권정생 《몽실 언니》

냉이꽃이 하얗게 자북자북 피었다.
골목길은 너무도 환하고 따뜻하다.

권정생의 장편동화 《몽실 언니》는 6·25 전쟁 통에 부모를 잃고
동생들을 키우는 몽실이 이야기다. 이 책을 읽고 한참 동안 기억에
남은 이미지는 냉이를 캐는 장면과 포대기로 어린 동생을 업고 있는
몽실이 모습이다. 이제는 둘 다 추억 속으로 사라져가는 장면들이다.

해방 직후, 많은 사람들이 만주나 일본에서 돌아왔지만 먹고살 것

이 마땅치 않았다. 아버지가 날품팔이도 제대로 구하지 못하다 돈 벌러 간 사이, 몽실이 어머니 밀양댁은 자식들과 함께 굶주리다 몽실이를 데리고 다른 집으로 시집을 간다. 아버지를 버리고 떠나는 날, 길가에는 냉이꽃이 피어 있었다.

> 냉이꽃이 하얗게 자북자북 피었다. 골목길은 너무도 환하고 따뜻하다. (중략) 몽실이는 자꾸만 울고 싶어졌다. 이렇게 먼 길을 걸어서 어디로 가는 것인지 궁금했다. 왜 어머니는 도망쳐 나와 낯선 남자를 따라가는 것인지 얄밉기도 했다.
> 다리가 아프고 배가 고팠다. 산기슭을 둘러봤다. 그러나 진달래꽃은 벌써 져 버린 지 오래다.

댓골 새아버지 김 주사 집은 먹고살 만했다. 그러나 김 주사는 새아기가 태어나자 몽실이를 모질게 대해 절름발이로 만든다. 결국 몽실이는 학대를 견디다 못해 홀로 친아버지에게로 돌아올 수밖에 없었다. 헤어질 때 울음을 터트리며 잘못을 비는 어머니에게 몽실이는 "엄마 잘못이 아니야"라고 오히려 위로해준다.

아버지가 건넛마을 머슴을 사는 사이 몽실이는 새어머니 북촌댁과 나물로 죽을 끓여 먹으며 간신히 버텨나간다. 6·25가 발발하자

아버지는 전쟁터로 끌려나갔다. 그사이 평소 결핵에 시달린 새어머니는 여동생 난남이를 낳고 죽는다. 몽실이는 전쟁 중 난남이를 젖동냥과 구걸로 키우며 온갖 시련을 겪지 않을 수 없었다.

친어머니도 새아버지 사이에서 낳은 영득과 영순이 남매를 남기고 병으로 죽고, 친아버지 역시 전쟁 후유증을 앓다가 생을 마치자, 몽실이에게는 아버지·어머니가 서로 다른 세 동생이 남는다. 결국 몽실이는 영득·영순과도 헤어지고, 난남이마저 부잣집 양딸로 들어가면서 홀로 남는다. 이런 상황에서도 몽실이는 이웃과 세상을 이해하면서 꿋꿋하게 살아간다.

삼십 년이 지났을 때가 후일담처럼 나오는데, 몽실이는 구두 수선장이 남편과 두 아이를 낳아 살고 있다. 난남이는 어머니 북촌댁처럼 결핵에 걸려 요양원에 있고, 영득이는 우체부로 일하고, 영순이는 강원도에서 남편과 함께 농사를 짓는다.

매서운 추위 이겨낼수록 향기 좋은 냉이

이처럼 이 동화는 '나라를 빼앗기고 전쟁이 할퀴고 지나간' 세상을 슬프게 살아가는 사람들의 이야기다. 작가는 그 원인을 '큰 아이들이 작은 아이들 싸움을 시키듯이' 외부의 큰 세력, '그 누군가'가 그렇게 만든 것이라고 보고 있다. 그러면서 몽실이의 입을 통해 "아주 조그

냉이

만 불행도, 그 뒤에 아주 큰 원인이 있다"며 "어디선가 누군가가 나쁘게 만들고 있어요. 죄 없는 사람들이 서로 죽이고 죽는 건 그 누구 때문이에요"라고 말한다.

1980년대에 나온 책인데도 몽실이가 만나는 인민군 청년과 여자를 인간적으로 그려놓은 것이 이채롭다. 이 동화를 처음 잡지에 연재할 당시, 인민군 청년이 몽실이를 찾아와 통일이 되면 서로 편지를

냉이 ⓒ밀의눈

하자고 주소를 적어주는 장면이 있었는데 당국이 문제 삼아 삭제됐다고 한다.

냉이는 가을에 발아해 잎을 땅에 바짝 붙인 채 월동한 다음 봄이 오자마자 꽃을 피우는 두해살이풀이다. 꽃자루가 나오기 전에 만나는 어린잎과 뿌리가 우리가 먹는 나물이다. 모진 한겨울에도 끈질기게 살아남아 새봄에 향기로운 영양분을 제공하는 냉이는 몽실이와 많이 닮았다. 냉이가 겉보기에는 여리게 생겼지만 강인한 삶을 사는 것도 몽실이와 닮은꼴이다.

요즘 시장에 나오는 냉이 중에는 비닐하우스에서 재배한 것들이 많다. 이재능 씨는 《꽃들이 나에게 들려준 이야기》에서 "대지에 뿌리를 깊이 내리고 하늘의 기운을 듬뿍 받아 매서운 추위를 대견하게 이겨낸 냉이일수록 향기가 좋다"며 "비닐하우스 냉이들은 혹한을 견디어낸 흔적이 없으니 진정한 냉이라고 부를 수도 없고, 맛도 향기도 별로 없다"고 했다.

봄날 나물 캐는 정겨운 풍경

따스한 봄날, 산기슭이나 밭 주변에서 나물을 캐는 아낙의 모습은 정겨운 풍경이었다. 어린 시절 동네 여자애들은 양지바른 언덕을 찾아 쑥과 냉이를 캤다. 아내는 냉이 얘기가 나오자 "어려서 봄바람이 불면 가슴이 울렁거려 방 안에만 있을 수 없었다"며 "전주천 변에 냉이 캐러 자주 간 기억이 있다"고 말했다.

어릴 적 어머니도 봄기운이 돌면 가끔 바구니를 들고 나갔다. 어머니는 여동생들처럼 한나절까지 걸리지 않고 금방 바구니 가득 나물을 캐 왔다. 그리고 언 땅을 뚫고 올라오는 것이라 원기 회복에 좋다며 냉잇국을 끓였다. 독특한 향과 잘근잘근 씹히는 맛이 그만이었다.

요즘은 냉이를 캐는 사람이 거의 없어서인지 산기슭이나 밭가에 냉이가 수북하다. 그래서 냉이가 망초나 개망초처럼 잡초의 하나로 전락한 느낌마저 준다.

냉이를 나생이, 나승개라고 부르는 지역도 있다. 충청도가 배경인 이문구의 《관촌수필》에도 나물을 캐 온 옹점이에게 "게 바구리 것은 뭐라는 게냐?"고 묻자 "나리만님 즐겨허시는 나승개허구 소리쟁이유"라고 말하는 대목이 있다.

《몽실 언니》에는 냉이 외에도 많은 나물이 나온다. 몽실이는 댓골 새아버지 집에 살 때 순덕이와 함께 돌나물을 캐고, 친아버지와 노루실에 살 때도 5월 보릿고개 때 '바디나물, 고수나물, 뚜깔나물, 개미나리, 칫동아리나물, 미역나물, 잔대나물, 싸리나물'을 정신없이 캤다.

바다나물은 부드러운 잎과 순을 먹는 나물로, 잎이 잎줄기를 날개 모양으로 감싸 쉽게 구분할 수 있다. 8~9월에 짙은 자주색으로 피는 꽃도 인상적이다.

싸리나물은 싸리나무의 어린 싹인데, 나물로 먹는다. 고수나물은 미나리 비슷하게 생겼는데 향이 독특해 호불호가 확실히 갈리는 나물이다. 다른 것들은 다 무엇인지 짐작이 가는데 칫동아리나물은 아무리 찾아보아도 무엇인지 나오지 않는다. 지금은 대부분 별미로 먹는 나물들이지만, 몽실이가 자란 어려운 시절만 해도 기근 해결에 일조하는 구황식물들이었다. 이름에 '~나물'이나 '~취'가 들어가면 대개 어린 순을 먹을 수 있다는 의미다(물론 동의나물 같은 예외도 있다).

몽실이는 또 초가을 산들바람이 불 때 동생 영순이에게 주기 위해 '댓골 가는 고갯길에서 과남풀꽃이랑 달맞이꽃'을 따 모았다. 과남풀(칼잎용담)은 늦가을에 피는 용담과 비슷하게 생긴 식물이다.

《몽실 언니》는 1984년 출간 이후 지금까지 100만 부 넘게 팔렸다. 전쟁고아이면서도 누구를 원망하거나 엇나가지 않고 오히려 이웃들을 감싸 안는 몽실이 이야기가 사람들 마음을 움직인 것 같다. 1990년 하반기 같은 제목으로 텔레비전 드라마도 방영됐다.

저자 권정생(1937~2007)은 일본 도쿄에서 태어나 해방 직후 귀국

했다. 경북 안동에서 마을 교회 종지기로 가난하게 살면서도 어린이들을 위해 《몽실 언니》 외에도 동화 《강아지똥》, 《오소리네 집 꽃밭》, 《한티재 하늘》, 《무명저고리와 엄마》 등의 주옥같은 글들을 남겼다.

냉이 · 황새냉이 · 말냉이 · 뽀리뱅이

방석처럼 둥글게 펼쳐진 잎

냉이는 초봄에 돋아나는 대표적인 봄나물이다. 바닥에 납작 엎드린 상태로 겨울을 난 다음 봄이 오면 재빨리 꽃을 피우는 두해살이풀이다. 잎들이 방석처럼 둥글게 펼쳐져 있고, 그 가운데에서 줄기가 나와 희고 작은 꽃송이들이 핀다. 꽃은 십자화 모양이다. 꽃이 피고 나면 그 자리에 거꾸로 매달린 삼각형의 열매가 달린다. 각각의 열매 속엔 씨앗이 수십 개씩 들어 있다. 냉이가 가장 좋아하는 환경이 밭이라 초봄에 밭에 가면 냉이가 곳곳에 돋아나 있는 것을 볼 수 있다.

냉이

냉이라는 이름을 가진 식물이 수십 가지에 이르지만, 열매주머니가 황새 다리처럼 길쭉하고 매운맛이 나는 황새냉이, 하트형의 열매가 달리는 말냉이, 작고 둥근 열매가 다닥다닥 달리는 다닥냉이, 잎이 미나리처럼 생기고 키가 큰 미나리냉이 등이 대표적이다. 말냉이도 냉이보다 훨씬 커서 '말'이라는 접두사가 붙었다.

황새냉이

냉이와 사는 방식도 비슷하고 생김새도 비슷한 풀로는 뽀리뱅이가 있다. 초봄에 방석처럼 둥글게 펼쳐진 잎만 보면 냉이인지, 뽀리뱅이인지 헷갈릴 정도로 비슷하게 생겼다. 특히 도심 공터와 화단에는 냉이보다 더 흔하다는 생각이 들 정도로 많다.

말냉이

뽀리뱅이는 냉이보다 잎이 넓다. 또 냉이는 십자화과로 흰 꽃이 피지만, 뽀리뱅이는 국화과로 노란 꽃이 피는 점도 다르다. 냉이만큼 맛과 향이 있는 것은 아니지만, 뽀리뱅이도 봄에 어린잎을 먹는다. 이름은 보릿고개를 넘겨주던 구황식물을 '보리뱅이'라고 부른 데서 유래했다.

뽀리뱅이

4부

꽃,

상처를 치유하다

등나무는 연한 보라색 꽃과 뙤약볕을 막아주는 그늘 때문에 학교
나 공원 쉼터에 많이 심어놓았다. 몇 그루만 심어도 가지가 덩굴
로 뻗어 나가면서 짧은 기간에 좋은 그늘을 만들어준다. 등나무
그늘은 학교의 상징이나 같은 것이다. 대부분의 학교에는, 특히
여중·여고에는 등나무 그늘이 꼭 있었다. 요즘처럼 교실에 에어
컨이 없던 시절, 운동장에서 땀을 뻘뻘 흘리다 잠시 앉아서 숨을
돌린 곳이고, 낮은 목소리로 친구들과 고민을 주고받은 장소이기
도 하다.

홍자색으로 피어나는 부푼 꿈, 박태기나무꽃
문순태 〈생오지 가는 길〉

길 건너 전봇대 옆 박태기 꽃이
햇살 속에서 빨긋빨긋 꽃망울을 터뜨린 것이
눈에 들어왔다.

쿠엔은 군내 버스에서 내리자 남편의 트럭을 기다리기 위해
황토색 비닐이 깔린 정류장의 시멘트 의자에 앉았다. 길 건너
전봇대 옆 박태기 꽃이 햇살 속에서 빨긋빨긋 꽃망울을 터뜨
린 것이 눈에 들어왔다. 아침 8시쯤 버스를 기다리기 위해 앉
아 있었을 때까지만 해도 꽃은 보이지 않았다. 서너 시간 사

이에 자연의 변화가 이토록 확연하다니. 쿠엔은 문득 시간의 시간 속에 살고 있는 자신을 발견한다. 사는 것이 참으로 숨가쁘다고 생각한다.

문순태 단편소설 〈생오지 가는 길〉은 베트남에서 시집온 결혼이주여성 쿠엔이 주인공이다. 작가가 2006년 광주대 교수를 정년퇴직하고 고향인 전남 담양군 남면 '생오지(오지 중의 오지라는 의미)' 마을로 귀향해 쓴 소설인데, 이처럼 첫머리부터 박태기나무꽃이 등장하고 있다.

박태기나무는 봄에 진한 홍자색의 꽃이 잎보다 먼저 피는 나무다. 꽃이 다닥다닥 모여서 피기 때문에 나무가 온통 홍자색으로 물든 것 같다. 나무 이름은 꽃 모양이 밥알과 닮은 데서 유래한 것이다. 정확히는 꽃이 피기 직전 꽃망울 모양이 밥알을 닮았다. 이 나무 이름이 헷갈린다는 사람도 있는데, 나는 이 나무 이름을 듣고 금방 기억할 수 있었다. 밥알을 '밥풀데기' 또는 '밥티'라고 부르는 곳도 있지만, 우리 고향에서는 밥알을 '밥태기'라고 불렀기 때문이다.

이 소설은 결혼 이주여성 이야기를 다룬 점이 눈길을 끈다. 요즘 내 고향에 가도 베트남·중국 등에서 시집온 이주여성들을 흔히 볼

박태기나무

수 있어서 더욱 관심 있게 읽었다.

6년 전 베트남에서 시집온 쿠엔은 처음 얼마 동안은 한국이 지옥 같았다. '단단히 각오를 하고 선택한 결혼이었지만', 말이 통하지 않았고, 어머니 보고 싶은 마음은 굴뚝같았고, 시어머니 구박은 죽 끓듯 했다. 그중에서도 가장 큰 고통은 역겨운 청국장 냄새였다. 시어머니는 아들이 좋아한다고 끼니마다 청국장을 끓였는데 쿠엔은 밥상에 앉아서도 그 냄새 때문에 코를 막을 정도였다.

그러나 시어머니가 끓여준 청국장을 먹고 입덧이 가라앉은 것을 계기로, 쿠엔은 '쌈빡한' 청국장 맛을 알았다. 쿠엔은 시어머니한테 청국장 담그는 법을 배워 이제는 '생오지 청국장' 홈페이지를 만들어 판매할 정도로 한국에 익숙해졌다. 면 소재지 주민자치센터에서 장구를 배우고 집으로 돌아오는 길에 만난 박태기나무꽃은 한국에 잘 정착해 청국장으로 월 매출 200만 원을 돌파하는 것이 목표인 쿠엔의 부푼 희망을 잘 보여주고 있다.

그런데 쿠엔에게는 신경 쓰이는 사람이 있다. 바로 같은 동네 사는 베트남전 참전 용사 조씨였다. 조씨는 쿠엔이 베트남 출신인 것을 알고 자꾸 반가운 척했다. 하지만 쿠엔은 조씨를 만날 때마다 베트남전에서 한국 군인들에게 죽은 외할아버지와 부상당한 어머니가 떠올라 그를 피하곤 했다. 그러나 조씨가 고엽제 후유증으로 사망하는 것을

계기로, 조씨도 결국 '전쟁 피해자'라는 사실을 받아들이며 화해하는
내용이다.

〈친절한 복희씨〉에선 처녀의 환희 상징

〈생오지 가는 길〉에서 박태기나무꽃이 결혼 이주여성의 부푼 꿈을
보여주고 있다면, 박완서의 단편 〈친절한 복희씨〉에서 박태기나무는
처음으로 이성에 대한 떨림을 느낀 처녀의 환희를 상징하고 있다.

이 소설은 지금은 중풍으로 반신불수인 남편을 돌보는 할머니 이
야기다. 할머니는 꽃다운 열아홉 나이에 상경해 시장 가게에서 일하
다 홀아비 주인아저씨에게 겁탈당한 다음 원하지 않는 결혼을 했다.

그런 할머니에게는 처녀 적 잊지 못할 기억이 있다. 가게에서 식모
처럼 일할 때, 가게 군식구 중 한 명인 대학생이 자신의 거친 손등을
보고 글리세린을 발라줄 때 느낀 떨림이다.

> 나는 내 몸이 한 그루의 박태기나무가 된 것 같았다. 봄날 느
> 닷없이 딱딱한 가장귀에서 꽃자루도 없이 직접 진홍색 요요
> 한 꽃을 뿜어내는 박태기나무, 헐벗은 우리 시골 마을에 있
> 던 단 한 그루의 꽃나무였다. 내 얼굴은 이미 박태기꽃 빛깔
> 이 되어 있을 거였다. 나는 내 몸에 그런 황홀한 감각이 숨어

있을 줄은 몰랐다. 이를 어쩌지, 그러나 박태기나무가 꽃피는 걸 누가 제어할 수 있단 말인가. 나의 떨림을 감지한 대학생은 당황한 듯 내 손을 뿌리쳤다.

주인공이 '잠시나마 물오른 한 그루 박태기나무로 변신하는 기적과 환희를 맛본' 순간이었다. 버스 차장을 목표로 상경한 순박한 시골 처녀가 처음 느낀 몸의 깨어남을 어떻게 이처럼 생생하고도 정확하게 묘사할 수 있을까. 2011년 작고한 박완서 선생이니까 가능했을 것이다. 그런 황홀한 경험을 한 지 불과 며칠 만에 주인아저씨에게 겁탈당했기 때문에, 비록 결혼해 애까지 낳고 살았지만 아직까지 남편을 용서할 수 없었는지 모른다.

〈친절한 복희씨〉는 박완서 선생이 2006년 봄 발표한 작품이다. 1998년 경기도 구리 아차산 자락 '아치울마을'에 새로 지은 노란 이층집에 살 때였다. 그 집 정원에는 선생이 생전에 가꾼 박태기나무가, 앵두나무·모란·할미꽃들과 함께 자라고 있었다. 선생은 새봄마다 박태기나무에서 잎도 나오기 전에 '진홍색 요요한 꽃'이 뿜어져 나오는 것을 유심히 보았기에 이같이 생생한 묘사를 할 수 있었을 것이다. 나도 정원이 생기면 박태기나무 한 그루는 꼭 심을 생각이다.

생오지마을을 수놓은 화려한 봄꽃

〈생오지 가는 길〉에서 또 하나 읽을거리는 생오지마을에 핀 화려한 봄꽃들을 감상하는 것이었다. 생오지마을은 깊은 산골이라 '무등산 벚꽃이 다 지고 난 후에야 봄꽃들이 폭발하듯 피어나는 곳'이다. '개나리, 산수유, 매화, 산벚꽃, 벚꽃, 철쭉, 목련, 살구, 자두, 복사꽃, 박태기꽃, 앵두꽃, 탱자꽃, 이팝꽃 등이 골짜기의 산과 들에 한꺼번에 피어나면 꽃 폭죽을 터트린 것처럼 울긋불긋 황홀한 꽃 세상'을 이룬다. 보통은 매화가 가장 먼저 피고, 매화가 질 무렵 벚꽃이 피어나고, 이팝나무꽃 같은 것은 다른 봄꽃들이 진 다음인 5~6월에 핀다. 그런데 이곳은 다른 지역보다 기온이 3~5도 낮아 꽃들이 한꺼번에 피어난다는 것이다.

작가의 다른 단편소설인 〈생오지 뜸부기〉에선 생오지마을에 핀 여름 꽃들을 감상할 수 있다.

계곡 옆 밋밋한 언덕에 하얀 망초꽃이 무더기로 피어 있고 길 양쪽으로 남보랏빛 원추리 꽃이며 엉겅퀴 꽃, 노란 나리꽃과 달맞이꽃들이 띄엄띄엄 피어 있다. 소나무 몸통을 휘감기 시작하던 칡덩굴은 하룻밤 사이에 가지를 타고 스멀스멀 기어오르기 시작했다. 칡덩굴은 길바닥에도 납작하게 배를 깔고

덮쳐 왔다.

작가는 정돈하지 않은 아내의 머리를 '풀머리 그대로 며느리밑씻개 덩굴처럼 얼크러졌고'라고 비유했고, 고향 마을에 2차선 도로가 뚫린 것과 뜸부기가 사라진 것이 무슨 연관이 있을 것이라는 생각을 '머리에 진득찰처럼 찰싹 달라붙어서 좀처럼 떨어져 나가지 않았다'고 표현했다. 진득찰은 만지면 진득진득한 진이 나와서 그 끈끈이로 다른 동물들 몸에 묻어 열매를 퍼트리는 식물이다.

작가가 2006년 귀향한 생오지마을은 무등산 뒷자락에 자리 잡은 오지 마을로, 버스도 들어오지 않고 휴대폰도 잘 터지지 않는 곳이다. 작가는 열세 살 때 6·25를 만나 고향을 떠났다가 56년 만에 귀향했다. 작가는 '작가의 말'에서 "세상의 중심에서 벗어나 깊은 골짜기에 은둔하듯 살다 보니, 오랫동안 놓쳤던 소중한 것들이 새로운 빛깔로 다가왔다"며 "아주 작은 들꽃을 통해 우주를 보듯 낮은 자리로 살아가려고 하니, 모든 것이 새롭고 명징하다"고 말했다.

문순태는 귀향 전까지 《타오르는 강》, 〈철쭉제〉, 〈징소리〉 등의 작품을 통해 주로 역사와 분단 극복 등 이념 문제를 다루었다. 작가는 "이 세상에는 역사나 이념보다 더 중요한 것이 얼마든지 많다는 것도 깨달았다"며 "이념은 인간의 이기심에서 나왔지만 들꽃이나 나비 한 마리에 이르기까지 이 땅의 모든 생명에 대한 사랑은 영원불멸의 아름다움을 지녔다"고 했다. 작가는 생오지마을에서 '생오지 창작대학'을 개설해 소설 창작 강의도 하고 있다.

박태기나무

홍자색 꽃이 서서히 밀고 올라와 활짝

박태기나무는 원산지가 중국이지만, 우리나라 어디에서나 흔히
볼 수 있는 나무다. 4월 중순쯤 잎도 나기 전에 홍자색 작은 꽃
들이 다닥다닥 피는 모습이 장관이다. 매우 화려하고 모양이 독
특해 정원이나 공원에 많이 심는다. 다만 꽃색 등이 너무 튀기
때문에 다른 나무들과 함께 심기보다는 따로 한 그루 심거나
아예 이 나무들끼리 모아 심는 경우가 많다. 이 나무들만 모아
심어 생울타리를 만드는 경우도 있다. 햇빛을 좋아하지만 반그
늘이 져도 잘 살며, 특히 콩과 식물이기 때문에 메마른 곳에서
도 뿌리혹박테리아가 질소를 고정해 살아갈 수 있다.

박태기나무

꽃은 이른 봄에 잎이 나기 전에 길이 1~2센티미터 정도의 홍자
색 꽃이 7~30개씩 한군데 모여 달린다. 박완서 선생이 잘 묘
사한 것처럼, 봄날에 딱딱한 나무에서 홍자색 꽃이 서서히 밀고
올라와 활짝 피는 모습이 신기하다. 물론 아무 데서나 꽃이 피
어나는 것은 아니고 겨우내 꽃눈을 달고 있다가 4월에 물이 오
르면 점점 홍자색을 띠면서 부풀어 올라 개화하는 것이다.
잎은 계수나무 잎과 비슷한 심장형이고, 좀 두껍고 반들반들하
다. 꽃이 지고 나면 10센티미터쯤 되는 꼬투리 모양의 열매가
달린다. 꽃처럼 열매도 다닥다닥 달린다. 꽃이 흰색인 흰박태기
나무도 있다.

흰 구름처럼 풍성한 조팝나무꽃

이혜경 〈피아간〉

목을 감고 대롱대롱 매달리는 아이들을 떼어놓고
타박타박 걸어나오는 봄날.
야산 어귀엔 조팝나무가 축복처럼
하얀 꽃을 피워내고 있었다.

봄에 서울 청계천에 가면 화단에서 새하얀 조팝나무 가지들이 너울거리는 것을 볼 수 있다. 4~5월 도로변 산기슭이나 언덕, 공원 화단에서 흰 구름처럼 뭉게뭉게 핀 꽃이 있다면 조팝나무꽃일 가능성이 높다.

조팝나무는 우리나라 전역의 산과 들에서 흔히 자라는 나무다. 흰

색의 작은 꽃이 다닥다닥 피어 있는 가지들이 모여 봄바람에 살랑거리기 때문에 멀리서 보면 흰 구름이나 솜덩이처럼 생겼다. 봄에 시골 길을 가다 보면 산기슭은 물론 밭둑에도 무더기로 피어 있고, 낮은 담장이나 울타리를 따라 심어놓기도 했다. 풍성한 꽃이 보기 좋아 공원에 조경용으로 심어놓은 것도 흔히 볼 수 있다. 특히 바람이 불 때 함께 오는 조팝나무 꽃향기는 발걸음을 멈추게 할 정도로 상쾌하다.

조팝이라는 이름은 하얀 꽃잎에 노란 꽃술이 박힌 것이 좁쌀로 지은 조밥 같다고 붙인 것이다. 영어로는 '신부의 화관(Bridal wreath)'이라는 멋진 이름을 가졌다. 그러고 보니 조팝나무꽃을 보고 하얀 드레스를 입은 5월의 신부를 연상할 수도 있겠다. 조팝나무꽃이 피었을 때 가지를 떼어 화관을 만들어 머리에 쓰는 아이들을 본 적이 있다.

중견작가 이혜경의 단편 〈피아간(彼我間)〉에서는 조팝나무꽃이 인상적으로 그려져 있다. 이 소설은 작가의 세 번째 소설집 《틈새》 수록작 중 하나로, 2006년 이수문학상 수상작이기도 하다.

소설은 주인공 경은이 주위에 불임 사실을 숨긴 채 입양 신청을 해놓고 임신한 것처럼 꾸미는 것이 주요 줄거리다. 주인공은 자신이 낳은 것처럼 꾸미기 위해 개월 수에 맞게 위장 복대를 차면서 남편을 제외한 주위 사람들을 속인다. 여기에 주인공 아버지의 임종을 전후로 드러나는 가족들의 이기적인 모습이 교차하면서 핏줄 또는 혈연이란 무엇인가에 대해 생각하게 하는 소설이다.

경은은 결혼 전에 격주로 주말에 장애인 시설에서 봉사할 정도로 더불어 사는 삶을 추구했다. 구색 맞추듯 아이까지 꼭 낳아야 한다는 생각도 갖지 않았다. 결혼을 앞두고 남편을 장애인 시설에 데리고 간 것은 '어디에 머리 두고 살아가는지', '내 가족, 내 핏줄이라는 테두리 안에서만 안주하는' 것은 옳지 않다고 알려주기 위해서였다. 경은은 장애인 시설을 나오면서 동행에 대한 답례로 남편에게 조팝나무 향기를 선물한다.

목을 감고 대롱대롱 매달리는 아이들을 떼어놓고 타박타박 걸어나오는 봄날, 야산 어귀엔 조팝나무가 축복처럼 하얀 꽃을 피워내고 있었다. 경은이 문득 걸음을 멈췄다. 여기예요. 여기가 향기가 가장 짙은 곳이에요. 야산이 들길과 만나는 지점, 그곳에만 이르면 무슨 세례라도 주는 듯 맑은 향기가 끼쳐왔다.

상쾌하면서도 달콤한 조팝나무꽃 향기

봄바람이 불어올 때 밀려오는 조팝나무꽃 향기는 상쾌하면서도 달콤하다. 남편은 꽃향기를 깊이 들이마신 뒤 감동한 듯 "우리, 나중에 아이 낳아 키우고 나면, 시간 날 때마다 이런 아이들 돌보러 다니는 것도 좋겠다"고 말했고, 경은은 비로소 그와의 결혼을 현실로 받아들였다.

이처럼 경은은 나름대로 바르게 살려고 하면서, 주위 사람들의 이기적이고 가식적인 모습에 냉소를 보내지만, 불임의 여파는 경은 자신도 주위 사람들과 별로 다를 바 없게 만든다. 연속 유산에 따라 입양을 원하지만 어른들의 완강한 반대로 거짓 임신을 해야 하는 처지에 놓인 것이다. 경은은 '생명이 아니라 거짓을' 키워야 하는 자신의 상황이 괴롭다. 더구나 입양을 신청할 때 '험한 일 겪은 게 아니라, 서로 사랑해서 생겨난 아이였으면 좋겠다'고 말하는 대목에 이르면, 경은도 속물적 기대와 우려에서 벗어나지 않았음을 드러내고 있다. 경은의 생각들이 하얀 조팝나무꽃이 시들듯이, 현실 속에서 점차 빛이 바래가는 것이다.

작가 이혜경은 조팝나무꽃을 좋아하는 모양이다. 작가의 다른 단편 〈젖은 골짜기〉에도 조팝나무꽃이 나온다. 작가는 경기도 여주 남한강변과 군포 수리산 입구 등에서 살았는데, 아마 그곳에도 봄이면 조팝나무꽃이 피는 것을 눈여겨보았을 것이다. 〈젖은 골짜기〉는 의류회사 상무에서 명예퇴직한 다음 지금은 어쩔 수 없이 미8군에서 잡역부로 일하는 중년 남자의 이야기다. 이 남자는 고등학교 때 마음을 둔 여학생을 조팝나무꽃에 비유하고 있다.

고등학교 땐, 신라백일장이라고 영남권에서는 알아주는 백일장인데, 거기서 입선을 하기도 했지요. 글쎄요, 잘 기억나진 않지만 그때 한창 마음에 두었던 여학생을 꽃에 비유한 시였을 겁니다. 에이 무슨, 저 같은 사람 차지가 되기엔 너무 아름다웠어요. 웃으면 주변이 다 환해졌으니까요. 가볍게 튀어오르는 웃음소리만 들으면 온몸에 거품이 끓어오르는 기분이었

어요. 어땠냐면…… 얼굴이 갸름하고 눈이 작았어요. 가느스
름한 눈이 웃으면 파묻혀 보이지도 않았는데…… 혹시 조팝
나무꽃 아십니까? 네, 봄에 산어귀에 피는. 그래요, 꿈결 같
지요. 꼭 그 조팝나무꽃 같았어요. 실바람에도 흩어질 것처럼
아슬하지요. 은희, 라는 이름에 그토록 어울리는 여자를 다시
본 적이 없습니다.

조팝나무 추출물은 아스피린의 원료

여학생이 얼마나 예쁘게 보였으면 '꿈결 같은' 조팝나무꽃같이 생
겼다고 생각했을까. '실바람에도 흩어질 것처럼 아슬'하다는 표현도
인상적이다.

고전소설 《토끼전》에도 조팝나무가 나오는데, 자라가 토끼 간을
구하기 위해 육지에 올라와 처음 경치를 구경하는 대목에서다. '소상
강 기러기는 가노라고 하직하고, 강남서 나오는 제비는 왔노라고 현
신(現身)하고, 조팝나무에 비쭉새 울고, 함박꽃에 뒤웅벌이오.'

무엇보다 조팝나무는 인류에게 매우 고마운 식물이다. 전 세계 인구
가 하루 일억 알 넘게 먹는다는 진통제 아스피린은 '아세틸살리실산'
이라는 물질로 만드는데 이 성분이 바로 버드나무와 조팝나무에 들어
있다. 1890년대 독일 바이엘사는 조팝나무 추출물질을 정제해 아스피

린을 만들었다. 아스피린이라는 이름은 조팝나무의 속명(屬名) '스파이리어(Spiraea)'와 아세틸의 머리글자인 '아'를 붙여 만든 것이다.

우리 아파트 앞 산기슭에도 해마다 봄이면 조팝나무꽃이 몽글몽글 피어나고 있다. 바람 잔잔할 때 나가 사진 몇 장 찍어놓아야겠다. 경은이 속물적이지 않은 삶을 다짐하며 장래 남편에게 선물한 조팝나무 향기도 다시 한 번 음미해보고 싶다.

작가 이혜경(1960년생)은 충남 보령 출신으로 경희대 국문과를 졸업했다. 그는 문단에서 '웅숭깊은 시선과 곰삭은 문체'로 개인들이 겪는 상처를 따뜻하게 어루만진다는 평을 듣고 있다. 그의 글을 읽으면 묘사가 섬세하고 수없이 다듬은 흔적이 역력하다. 작가는 한 인터뷰에서 "신발만 보면 물어뜯고 싶어 하는 강아지처럼 내가 쓴 글만 보면 뜯어고치려는 본능으로 문장을 고치고 제목을 고친다"고 했다. 1982년 중편 〈우리들의 떨켜〉를 발표하며 등단한 이후, 1995년 장편 《길 위의 집》으로 오늘의 작가상, 2006년 소설집 《틈새》로 동인문학상을 받았다. 이 밖에도 한국일보문학상, 현대문학상, 이효석문학상 등을 받는 등 문학상 수상 경력이 화려하다. 소설집 《그 집 앞》, 《꽃그늘 아래》 등과 장편 《저녁이 깊다》 등을 냈다.

조팝나무 · 꼬리조팝나무 · 참조팝나무 · 공조팝나무
작은 꽃송이 모여 꽃방망이

조팝나무는 숲의 가장자리 등 전국의 양지바른 곳에 흔하게 군집해 자라는 나무다. 키가 1~2미터 정도이며, 봄이 오면 잎보다 먼저 4~6송이씩 작은 꽃들이 우산 모양으로 달린다. 이렇게 달린 꽃송이들이 줄기 끝까지 이어져 흰 꽃방망이 같다. 다시 이런 꽃방망이들이 수없이 모여 흔들리면서 흰 구름이나 솜덩어리처럼 보이는 것이다. 작은 꽃을 살펴보면 다섯 장의 꽃잎과 노란 꽃술이 보인다. 꽃이 질 때는 마치 눈이 온 것처럼 땅을 소복하게 덮는 것도 보기 좋다.

조팝나무

중국에서는 조팝나무를 '수선국(繡線菊)'이라고 부르는데, 슬픈 사연이 있다. 옛날 중국 한나라 때 수선이라는 이름의 소녀가 아버지를 모시고 살았다. 그런데 아버지가 전쟁터에 끌려나가 아무리 기다려도 돌아오지 않았다. 효심이 깊은 수선이는 아버지를 찾아 전쟁터에 갔다. 그러나 고생 끝에 아버지 소식을 들었지만 이미 포로로 잡혀 옥에서 숨진 뒤였다. 수선이 돌아오는 길에 아버지 무덤가에서 자라는 나무를 캐서 정성껏 가꾸자 이듬해 아름다운 꽃을 피웠는데 이 꽃이 수선국이라는 사연이다.

꼬리조팝나무 ⓒ알리움

조팝나무의 번식은 주로 삽목을 이용하고, 또 심으면 금세 큰 포기로 자라나므로 포기나누기도 할 수 있다.

조팝나무 말고도 진한 분홍빛 꽃이 꼬리처럼 모여 달리는 꼬리조팝나무, 흰 꽃잎에 가운데만 연분홍색인 참조팝나무, 15~20송이가 모여 반원 모양으로 꽃이 피는 산조팝나무와 공조팝나무 등이 있다. 산조팝나무와 공조팝나무는 꽃 모양이 비슷한데, 산조팝나무 잎은 둥글고 공조팝나무 잎은 길쭉하다. 공조팝나무는 중국이 원산지며 원예용으로 공원에서 많이 볼 수 있다.

참조팝나무 ⓒ알리움

공조팝나무

낮은 목소리로 고민 나눈 추억의 등나무 그늘

이금이 《유진과 유진》

"할 이야기가 뭐냐?"
나는 조끼 주머니에 손을 넣고는
등나무 기둥에 몸을 기댄 채
노는 애처럼 다리를 건들거렸다.

등나무는 연한 보라색 꽃과 뙤약볕을 막아주는 그늘 때문에 학교나 공원 쉼터에 많이 심어놓았다. 몇 그루만 심어도 가지가 덩굴로 뻗어 나가면서 짧은 기간에 좋은 그늘을 만들어준다.

등나무 그늘은 학교의 상징이나 같은 것이다. 대부분의 학교에는, 특히 여중·여고에는 등나무 그늘이 꼭 있었다. 요즘처럼 교실에 에

등나무 벤치

어컨이 없던 시절, 운동장에서 땀을 뻘뻘 흘리다 잠시 앉아서 숨을 돌린 곳이고, 낮은 목소리로 친구들과 고민을 주고받은 장소이기도 하다.

옛 경기고 터에 있는 서울 정독도서관에는 등나무 그늘이 십여 개나 있다. 그늘 아래에서 독서 삼매경에 빠진 학생들이나 차를 마시며 정담을 나누는 인근 직장인들을 흔히 볼 수 있다.

5월 철쭉이 필 무렵 등나무꽃은 꽃송이가 마치 포도송이처럼 아래로 늘어지면서 핀다. 등나무꽃 하면 감미로운 향기도 빼놓을 수 없다. 이유미 국립수목원장은 《우리가 정말 알아야 할 우리 나무 백 가지》에서 "등꽃이 피는 계절에 등나무 곁에 서면 나른한 봄기운에 꽃향기가 묻어난다"며 "은은하면서도 깔끔한 등꽃 향기의 뒷맛은 진하고, 달콤한 아까시나무 꽃향기와 그 격이 사뭇 다르다"고 했다.

이금이의 《유진과 유진》은 아동 성폭력 문제를 다룬 성장소설인데, 여중생 주인공들이 등나무 벤치 아래에서 얘기를 주고받는 장면이 여러 번 나온다.

중학교 2학년에 올라간 유진이는 깜짝 놀란다. 자기와 이름은 물론 성도 같은 유치원 때 친구 이유진이 같은 반에 있었기 때문이다.

둘은 유치원 때에도 큰 유진과 작은 유진으로 불렸다.

작은 유진은 전교 1등 하는 모범생이다. 큰 유진은 공부를 잘하지는 못하지만 명랑하게 성장하는 여학생이다. 그런데 작은 유진은 큰 유진을 기억하지 못하고 있다. 작은 유진은 유치원 때 있었던 일도 기억하지 못하고 있다. 어린 나이였지만 사람을 기억하지 못할 정도는 아니었는데, 자신이 그 유치원에 다닌 사실도 기억하지 못하는 것은 좀 이상했다.

답답한 큰 유진은 작은 유진을 학교 뒤 운동장의 등나무 벤치로 데려갔다. "너 정말 날 모르겠니?"라고 묻자 작은 유진은 기억이 나지 않는데 왜 자꾸 귀찮게 구느냐고 짜증을 낸다. 그러나 큰 유진이 '그 사건'에 얽힌 얘기를 좀 해주자 작은 유진은 뭔가 있었다는 것을 느끼고 기억을 더듬기 시작했다. 얼마 후, 이번에는 작은 유진이 큰 유진에게 등나무 벤치에서 보자고 했다. 다음은 큰 유진의 시각으로 쓴 대목이다.

나는 소라에게 집에 가는 대로 소식을 전해 주기로 하고 등나무 벤치로 갔다. 먼저 와서 기다리고 있던 작은 유진이가 내 뒤를 보았다. 소라가 함께 오나 살피는 눈치였다. 등나무 줄기에도 등나무꽃의 울음이 돋아나고 있었다.

토요일 방과 후의 등나무 벤치는 텅 비어 있었다. 아이들도 선생님들도 주말을 즐기기 위해 서둘러 학교를 빠져 나갔으리라. (중략) "할 이야기가 뭐냐?"

나는 조끼 주머니에 손을 넣고는 등나무 기둥에 몸을 기댄 채 노는 애처럼 다리를 건들거렸다.

등나무에서 새잎 돋듯 진실 알아가는 유진

무슨 일이 있었던 것일까. 둘은 유치원 다닐 때 함께 원장에게 성추행을 당한 적이 있었다. 그런데 작은 유진은 이 기억을 잊어버린 것이다. 퍼즐처럼 맞추어 마침내 기억을 되찾은 작은 유진은 담배를 피우기 시작하고 학원에 빠지며 파란 머리로 염색하고 춤을 배우는 등 방황하기 시작한다.

두 유진에게 무슨 차이가 있었을까. 차이는 상처를 다루는 방법에 있었다. 큰 유진의 부모는 딸의 상처를 사랑으로 보듬으며 안심시켰다. 그즈음 큰 유진이 가장 많이 들은 말은 '사랑해'와 '네 잘못이 아니야'였다. 큰 유진은 별 탈 없이 성장했다.

반면 작은 유진의 부모는 상처를 억지로 봉합하면서 작은 유진의 기억에서 그 일을 지우려 했다. 작은 유진의 엄마는 당시 작은 유진을 목욕탕으로 데려가 목욕 수건으로 살갗이 벗겨지도록 문지르며 "넌 아무 일도 없었어. 아무 일도 없었던 거라고! 알았어?"라고 소리쳤다. 작은 유진은 아프다고 울다가 엄마에게 뺨을 맞았다. 이때 받은 심리적 충격으로 그 일이 작은 유진의 기억에서 사라진 것이다.

작은 유진이 방황하는 것을 알아챈 부모는 작은 유진을 집에 감금하고 미국으로 유학 보낼 준비를 한다. 작은 유진은 큰 유진과 소라에게 도움을 청해 집에서 탈출하고, 셋이서 야간열차를 타고 정동진으로 향한다.

소설은 큰 유진과 작은 유진이 번갈아 화자로 나오는 방식으로, 두 주인공의 내면을 대비시키고 있다. 작가는 작은 유진의 목소리를 빌려 다음과 같이 말하고 있다.

'감추려고, 덮어 두려고만 들지 말고 함께 상처를 치료했더라면 더 좋았을 텐데. 상처에 바람도 쐬어 주고 햇볕도 쪼여 주었으면 외할머니가 말한 나무의 옹이처럼 단단하게 아물었을 텐데.'

작가의 장편동화인 《너도 하늘말나리야》에도 '나무의 옹이가 아물어가면서 큰 나무가 되듯'이라는 문장이 나온다.

소설 쓴 계기가 되었던 '김부남·김보은 사건'

때로는 어른보다 더 어른스러운 사춘기 소녀들의 수다를 읽는 재미도 쏠쏠하다. 고등학교에 다니는 두 딸을 키우는 입장에서 '아, 애들이 이렇게 생각하는구나'라고 깨닫는 대목이 적지 않았다. 작가는 책에 이 소설을 쓸 때 자신의 아이들도 청소년기를 겪고 있었다고 밝혀놓았다.

작가는 '작가 인터뷰'에서 "성과 관련된 폭력이나 학대로 인한 상처는 그 어떤 상처보다도 후유증이 심각하다"며 "특히 유아나 아동기에 입은 상처는 마음속에 내재되어 있다가 사춘기나 성인이 되었을 때 여러 증상으로 표출된다"고 말했다. 그러면서 작가는 "세상의 많은 '유진'과 그의 가족뿐 아니라 우리 모두에게, '절대로 너희의 잘못이 아니다'라는 점과, 치유되지 못한 상처가 분노와 좌절로 변해 아이들이 상처 받게 하는 일은 없어야 한다는 것을 얘기하고 싶었다"고 말했다.

작가는 1991년 '김부남 사건'과 1992년 '김보은 사건'이 "제 가슴에 깊이 각인됐다"고 말해 두 사건에 대한 기억이 이 소설을 쓴 계기로 작용했음을 밝혔다. 김부남 사건은 아홉 살 때 성폭력을 당한 피해자가 21년 후 가해자를 살해한 사건이고, 김보은 사건은 어릴 때부터 자신을 상습적으로 성폭행한 의붓아버지를 남자친구와 공모해 살해한 사건이다. 김부남은 당시 "나는 사람이 아니라 짐승을 죽였다"라고 말해 충격을 주었다. 두 사건은 어린 시절의 성적 학대가 얼마나 심각한 결과를 초래하는지 경각심을 주기에 충분했다.

이 소설에서 등나무가 주요 소재 또는 상징으로 쓰였다고 말하기는 어려울지도 모르겠다. 다만 위 소설을 인용한 대목에서 '등나무 줄기에도 등나무꽃의 울음이 돋아나고 있었다'는 말을 주목해볼 필요가 있다. 이 대목이 나오는 챕터의 제목은 '꽃이 진 자리에 돋는 파란 새잎은 꽃의 눈물'이다. 이 제목과 함께 생각해보면 '등나무꽃의 눈물'은 새잎이 돋아나는 것을 의미하는 것 같다. 작은 유진이 등나무 아래에서 기억을 되찾으며 진실을 알아가는 것을 새잎이 돋는 것으로 표현하지 않았을까 하는 생각을 해보았다.

이금이 작가(1962년생)는 충북 청원 출생으로, 《너도 하늘말나리야》 말고도 《소희의 방》, 《나와 조금 다를 뿐이야》, 〈밤티 마을 시리즈〉 등 많은 아동·청소년소설을 냈다. 아이로부터 어른에 이르기까지 폭넓은 독자층을 가지고 있는 책들이다. 초등학교 국어 교과서에 네 편의 동화가 실렸으며, 2010년에는 중학교 국어 교과서에도 두 편이 실렸다고 한다. 주로 어린이를 위한 책을 쓰다가 청소년을 대상으로 한 성장소설을 처음으로 쓴 것이 바로 《유진과 유진》이다. 작가는 "청소년들에게 읽힐 만한 국내 작가의 작품이 드물다는 것이 창작욕을 자극하는 첫째 요인"이라며 "청소년들이 자신들의 절실한 이야기를 진정성 있게 그렸다고 느낄 만한 청소년소설을 꾸준히 써내고 싶다"고 말했다.

등나무

연보라색 커튼처럼 피는 꽃송이

등나무는 콩과에 속하는 낙엽성 덩굴식물이다. 대부분 학교나
공원 등에 그늘을 만들기 위해 일부러 심는 경우가 많다. 중부
이남의 산과 들에서는 저절로 자란다.

등나무

덩굴식물이기 때문에 다른 나무나 지지대를 감으면서 올라가는
특징이 있다. 흔히 지주목을 오른쪽으로 감고 올라가는 것으로
알려져 있는데, 왼쪽으로 감고 올라가는 나무도 있다.

꽃은 5월에 잎과 함께 연한 보라색으로 피고 밑으로 처지면서
달린다. 꽃에서 나는 향기가 좋다. 꽃 중앙부에 노란색 무늬가
있다. 꽃이 지고 나면 부드러운 털로 덮인 꼬투리가 주렁주렁
달린다. 원줄기가 굵어지면 꿈틀거리는 듯한 모습이 인상적인
데, 알맞게 자란 등나무 줄기는 지팡이 재료로도 쓰인다.

경주 현곡면 오류리에 있는 팽나무를 감고 자라는 등나무들은
슬픈 전설을 갖고 있다. 신라시대 이 마을에 예쁘고 착한 자매
가 살았는데, 둘이 사모하는 이웃집 청년이 전쟁터에 나가 죽었
다는 소식을 듣고 함께 연못에 몸을 던졌다. 그 뒤로 연못가에
는 등나무 두 그루가 자라나 청년의 환생인 팽나무를 감고 자
라기 시작했다는 전설이다. 이런 전설 때문에 이 등나무 잎을
베개 속에 넣거나 삶아서 물을 마시면 부부 금슬이 좋아진다고
해서 이곳을 찾는 사람이 많다고 한다.

부산 금정산 범어사 등나무 군락은 1966년 천연기념물로 지정
됐다. 수많은 등나무가 소나무와 팽나무를 감고 올라가는 것을
볼 수 있다. 등나무가 군락을 이루는 것은 보기 드문 일이다. 등
나무는 다른 나무들을 감고 자라는 달갑지 않은 점도 있지만
아름다운 꽃과 향기, 시원한 그늘을 제공하는 고마운 나무다.

험한 세상에서 스러져간 사람들의 상징, 엉겅퀴

임철우 〈아버지의 땅〉

해마다 머리맡에 무성한 쑥부쟁이와 엉겅퀴꽃을
지천으로 피워내며 이제 아버지는
어느 버려진 밭고랑, 어느 응달진 산기슭에
무덤도 묘비도 없이 홀로 잠들어 있을 것인가.

엉겅퀴는 진한 자주색 꽃송이에다 잎에 가시를 잔뜩 단 모습이 자
못 위용이 있다. 이름부터 억센 느낌을 주는 꽃이다. 꽃에 함부로 다
가가면 가시에 찔릴 수가 있다. 그러나 가시를 피해 잎을 만져보면
놀라울 만큼 보드라운 것이 엉겅퀴이기도 하다.

엉겅퀴는 마을 주변 야산이나 밭두렁은 물론, 공원에서도 어렵지

엉겅퀴

않게 만날 수 있다. 또 공터가 생기면 망초·명아주와 같은 잡초와 함께 어김없이 나타나는 식물이기도 하다. 가시가 달린 억센 이미지에다 짓밟히면서도 잘 자라기 때문에 민중의 삶을 떠올리게 하는 꽃이다. 그래서 우리 문학 작품에서도 흔히 만날 수 있는 꽃이다.

6·25의 상처와 그 치유 과정을 다룬 임철우의 단편 〈아버지의 땅〉을 읽다가 엉겅퀴를 발견했다.

주인공 이 병장은 소대원들과 함께 야전 훈련 중 진지를 파다 유골한 구를 발견했다. 그 자리는 '말라붙은 이파리들을 달고 키가 자란 쑥대며 엉겅퀴 같은 억세고 질긴 풀들이 서로 완강히 얽혀 있는', 유난히 잡초가 무성한 곳이었다. 시체의 몸통은 피피선(군용 유선 전화줄)으로 묶인 채였다.

주인공은 인근 마을에 가서 한 노인에게 이 같은 사실을 알린다. 현장에 도착한 노인은 6·25가 끝날 무렵 이곳은 지리산에서 금강산으로 이어지는 태백산맥 등줄기에 있는 지형적인 특색 때문에 빨치산들이 많이 지나갔고, 그러다 보니 국군도 대응하면서 이름 모르는 시신이 많이 묻혔다고 말한다. 그러면서 노인은 뼛조각을 정성스럽게 수습한다. 소대원들이 빨갱이 시체인지 아닌지를 따지자, 노인은 "이렇게 죽어 누운 다음에까지 이쪽이니 저쪽이니 하고 그런 걸 굳이 따져서 무얼 하자는 말이오"라고 나무란다. 노인은 시체를 감싸고 있는 철사줄을 풀어 푸른 하늘을 향해 던져버린다. 작가는 철사줄을 억압, 특히 이념에 의한 억압의 상징으로 삼았을 것이다.

이런 장면을 보면서 주인공은 6·25 때 행방불명된 아버지를 떠올린다. 주인공은 중학생이 되고서 아버지에 대한 비밀을 들었다. 아버지는 6·25 때 좌익으로 활동하다 산줄기를 타고 월북을 시도한 것이다. 그 후 주인공은 가정에 비극을 남겨준 아버지를 증오하면서 성장했다.

첫 휴가를 갔을 때, 어머니는 오늘이 하필 아버지의 생일이라며 미역국을 내놓았다. 주인공은 죽은 사람은 기다릴 필요도 없다고 화를 냈고, 어머니는 그의 말에 섭섭해 했다. 어머니는 북쪽에서 철새가 날아오면 하늘을 한참 바라보며 "새들도 때가 되면 고향으로 돌아올 줄 아는 법이여"라고 중얼거리곤 했다. 어머니는 아버지를 그리워하며 돌아오기를 기다리고 있었던 것이다.

버려진 땅이면 어디서나 자라는 잡초

노인은 유해를 정돈해 다시 묻고 불쌍한 영혼 하나를 편히 잠들게 한 것에 만족해한다. 그리고 노인과 소대원들은 음복을 했다. 주인공은 다시 아버지를 떠올린다.

술이 가득 차오른 반합 뚜껑을 나는 두 손으로 받쳐들었다. (중략) 저만치 웬 사내가 서 있었다. 가슴과 팔목에 철사줄을 동여맨 채 사내는 이쪽을 응시하며 구부정하게 서 있었다. 퀭하니 열려 있는 그 사내의 눈은 잔뜩 겁에 질려 있는 채로였

다. 애앵. 총성이 울렸고 그는 허물어지듯 앞으로 고꾸라지고
있었다. 불현듯 시야가 부옇게 흐려왔다.

아아. 아버지는 지금 어디에 쓰러져 누워 있을 것인가. 해마
다 머리맡에 무성한 쑥부쟁이와 엉겅퀴꽃을 지천으로 피워내
며 이제 아버지는 어느 버려진 밭고랑, 어느 응달진 산기슭에
무덤도 묘비도 없이 홀로 잠들어 있을 것인가.

반합 뚜껑에 술이 쭐쭐 흘러 떨어지고 있었다.

이처럼 이 소설에서 엉겅퀴는 버려진 땅에서 자라는 잡초의 하나
로 나오고 있다. 아버지가 어느 버려진 땅에 잠들어 있다면, 그곳에
해마다 엉겅퀴꽃이 피어난다면, 엉겅퀴꽃은 역사의 소용돌이에 휘말
려 스러져간 아버지의 험한 삶을 상징하는 것으로 볼 수 있겠다.

우리 소설에 엉겅퀴꽃이 나오는 작품은 많다. 제목만 보더라도 박
경리 소설 《나비와 엉겅퀴》, 윤후명의 소설 〈엉겅퀴꽃〉이 있다. 〈아
버지의 땅〉과 같은 1984년에 나온 송기원의 소설 〈다시 월문리에
서〉에도 엉겅퀴가 나오고 있다. 주인공이 시국사건으로 감옥에 있는
동안 자살로 생을 마감한 어머니가 살던 집에 출소 후 들어가는 장면
이다.

나는 삐그덕이며 대문이 열리는 소리와 함께 어머니의 목소리를 들었다.

"이놈아!"

또한 나는 내 머리끝에서부터 발끝까지 후려치는 어머니의 마디진 두 손의 감촉을 느꼈다. 비틀거리며 대문에 기대 선 나를 감전과도 같은 전율이 꿰뚫고 있었다. 나는 그렇게 대문에 기댄 채 이를 악물고 안마당이며 안채를 노려보았다. 안마당은 물론 토방에 이르기까지 내 키를 웃도는 망초꽃이며 엉겅퀴, 쑥부쟁이 따위 잡초들의 시든 대궁이가 건들거리고 있었고, 바로 어머니가 기거하던 안채는 방문이 떨어져나가 마루 위에 나뒹굴며 찢어진 창호지를 너풀대고 있었다.

험한 시대를 산 어머니의 상징

송기원 작가는 1980년 김대중 내란음모사건으로 투옥돼 있던 중 1981년 여름 실제로 어머니상을 당했다. 월문리는 경기도 화성시 팔탄면에 있는 실제 지명이다.

이 소설에서도 엉겅퀴는 망초 등 다른 잡초와 함께 폐허가 된 집 마당을 보여주고 있다. 〈아버지의 땅〉 엉겅퀴가 아버지의 험한 삶을 상징한다면, 〈다시 월문리에서〉 엉겅퀴는 험한 시대를 산 어머니의

'중음신(中陰身, 사람이 죽은 뒤 다음의 생을 받을 때까지 49일 동안 지니고 있는 몸)'이라 할 수 있을 것 같다.

1980년대 대학에 다닐 때 잠시 풍물패에서 장구 등 풍물을 배운 적이 있다. 그곳 상쇠를 맡은 선배는 북을 치면서 '엉겅퀴야 엉겅퀴야 철원평야 엉겅퀴야 난리 통에 서방 잃고 홀로 사는 엉겅퀴야'로 시작하는 창작민요를 아주 구성지게 부르곤 했다. 그래서 나는 엉겅퀴꽃을 보면 항상 그 민요 가락부터 떠오른다. 그러고 보니 내가 대학을 다닌 1980년대에는 소설에서도 노래에서도 엉겅퀴가 참 많이 등장했던 것 같다. 1980년대가 민주화운동 시대이자 이념의 시대였고, 앞에서도 말했듯이 엉겅퀴가 민중의 삶을 떠올리게 하는 꽃이기 때문이다.

소설 〈아버지의 땅〉 제목은 아버지 시대로부터 물려받은 비극적인 분단 상황을 상징할 것이다. 임철우 소설답게 잘 짜인 구도에 서정적인 글과 문체도 좋았다. 분단이 현재에까지 영향을 미치는 현실을 보여주면서 그것과 화해를 시도하는 전형적인 분단 문학의 구조를 갖고 있다.

임철우(1954년생)는 분단 체제와 광주민주화운동을 주로 다룬 작가다. 전남 완도 출신으로 전남대 영문과와 서강대 대학원 영문과를 졸업했다. 1981년 서울신문 신춘문예에 〈개도둑〉으로 등단한 후, 광주민주화운동 이후의 고통 어린 삶을 다룬 《그리운 남쪽》, 작은 섬에 몰아닥쳤던 전쟁과 분단의 소용돌이를 그린 《그 섬에 가고 싶다》, 〈사평역〉 등의 작품을 출간했다. 《그 섬에 가고 싶다》는 1993년 영화로도 만들어졌다. 〈사평역〉은 작가가 곽재구의 시 〈사평역에서〉를 읽고 시를 토대로 쓴 소설이다. 〈아버지의 땅〉으로 한국창작문학상(1985년), 중편 〈붉은 방〉으로 이상문학상(1988년)을 받았다. 현재 한신대 문예창작학과 교수로 재직 중이다.

엉겅퀴 · 지느러미엉겅퀴 · 큰엉겅퀴 · 고려엉겅퀴 · 산비장이 · 뻐꾹채

상처의 피를 엉기게 하는 풀

엉겅퀴 ⓒ일리움

지느러미엉겅퀴 ⓒ일리움

큰엉겅퀴 ⓒ일리움

고려엉겅퀴 ⓒ일리움

엉겅퀴는 6~8월에 진한 자주색 꽃이 피고 가지와 줄기 끝에서 꽃송이가 하늘을 향해 달린다. 꽃송이는 작은 꽃들이 모여 지름이 3~5센티미터에 달하는 꽃차례를 이룬다. 긴 잎은 깊게 갈라지고, '가시나물'이라는 별칭을 가질 정도로 잎 끝과 가장자리에 삐죽삐죽 가시가 있다. 다 자라면 1미터 넘게까지 크는 여러해살이 식물이다. 줄기와 잎 등 전체적으로 거미줄 같은 털이 있다. 가을에 맺는 열매는 민들레 씨앗처럼 부풀어 하얀 솜털을 달고 바람에 날아간다. 엉겅퀴라는 이름은 엉겅퀴의 잎과 줄기를 짓찧어서 상처 난 곳에 붙이면 피가 엉긴다고 해서 붙여진 이름이다.

엉겅퀴는 비슷비슷하게 생긴 친구들이 많다. 일단 지느러미엉겅퀴는 줄기에 미역 줄기 같은 지느러미가 달려 있어서 쉽게 구분할 수 있다. 큰엉겅퀴도 이름 그대로 키가 1~2미터로 크고, 꽃송이가 고개를 숙인 채 피는 것으로 구분할 수 있다.

고려엉겅퀴는 잎이 달걀 모양으로, 다른 엉겅퀴에 비해 잎이 좀 넓고 갈라지지 않는다. 그래도 가장자리에는 가시 같은 톱니가 있다. 강원도에서 나물로 먹는 곤드레나물의 본래 이름이 바로 고려엉겅퀴다. '곤드레밥'은 고려엉겅퀴의 어린잎으로 만든 음식이다.

산비장이와 뻐꾹채도 엉겅퀴와 비슷한 시기에 피어 구분을 어렵게 하고 있다. 7~10월에 산에서 피는 산비장이는 엉겅퀴와 비슷한 꽃이 피고 잎도 갈라지지만 잎에 가시가 없다. 꽃이 산을 지키는 비장(조선의 하급 무관)과 닮았다고 붙여진 이름이다. 6~8월에 피는 뻐꾹채는 잎이 엉겅퀴를 닮았으나, 더 크고 가

시가 없다. 뻐꾹채도 엉겅퀴 비슷한 꽃이 피지만, 꽃송이가 지름 6~9센티미터로 크고 원줄기 끝에 하나의 큰 꽃송이만 달리는 것으로 구분할 수 있다.

엉겅퀴는 스코틀랜드 국화이기도 하다. 스코틀랜드의 전설적 영웅 윌리엄 월리스의 일생을 그린 영화 〈브레이브 하트〉(멜 깁슨 감독·주연) 초반에 주인공에게 엉겅퀴꽃을 선물하는 장면이 나오는 것은 이 때문이다.

산비장이 ©알리움

뻐꾹채 ©알리움

4·3 '도피자'들 한이 서린 청미래덩굴

현기영 〈순이삼촌〉

밥을 지을 때 연기가 나면 발각될까 봐
연기 안 나는 청미래덩굴로 불을 땠다.
청미래덩굴은 비에도 젖지 않아
땔감으로는 십상이었다.

현기영의 중편 〈순이삼촌〉을 읽기 전엔 순이삼촌이 당연히 남자인
줄 알았다. 그런데 책을 읽어보니 순이삼촌은 화자의 먼 친척인 아주
머니였다. 제주도에서는 아저씨, 아주머니를 구분하지 않고, 촌수 따
지기 어려운 먼 친척 어른을 흔히 '삼촌'이라 부른다고 한다.

화자는 음력 섣달 열여드렛 날, 할아버지 제사를 지내러 고향인

제주에 내려갔다가 순이삼촌이 자살했다는 소식을 접한다. 순이삼촌은 촌수는 멀지만 어려서부터 가깝게 지낸 사이였다. 더구나 순이삼촌이 화자의 집에 올라와 밥을 해주다 제주로 돌아간 지 얼마 되지 않았기 때문에 혹시 자신의 탓은 아닌지 자책감이 들지 않을 수 없었다.

순이삼촌은 서울에 온 지 며칠 만에 화자의 아내와 불화를 겪기 시작한다. 누군가 자신을 '밥 많이 먹는 제주도 식모'라고 동네에 소문을 냈다고 믿고, 아내가 "쌀이 벌써 떨어졌어요?"라며 묻는 말을 책망으로 받아들이고 눈물 바람까지 했다. 화자도 처음엔 순이삼촌 말을 듣고 아내를 나무랐으나 곧 순이삼촌의 사위로부터 삼촌이 환청 등에 시달리는 신경쇠약 환자라는 것을 전해 듣는다. 이후 약속한 일 년을 채우지 못하고 고향으로 내려간 지 한 달도 안 돼 스스로 목숨을 끊은 것이다. 4·3사건 때 구사일생으로 살아난 그 옴팡밭에 서였다.

집안 어른들은 순이삼촌이 그간 살아도 사는 것이 아니었다며 '그날'에 대해 한마디씩 회상하기 시작한다. 순이삼촌은 4·3사건의 연장선 상에서 마을에 학살이 있을 때 가까스로 살아남은 인물이었다. 당시 충격 때문에 정신적 상처가 깊어 군인이나 순경을 먼발치에서

청미래덩굴

만 보아도 기겁하는 신경쇠약 증세를 안고 평생을 살았다. 환청이나 음식을 많이 먹는 것도 당시 충격의 후유증이었다.

소설엔 4·3사건 당시 참상이 충격적일 정도로 자세히 나와 있다. '밤에는 부락 출신 공비들이 나타나 입산하지 않은 자는 반동이라고 대창으로 찔러 죽이고, 낮에는 함덕리의 순경들이 스리쿼터를 타고 와 도피자 검속을 하니' 중산간 마을 주민들은 낮이나 밤이나 숨어 지낼 수밖에 없었고, 할 수 없이 한라산 굴속으로 숨기도 했다. 행방을 모르는 남편 때문에 모진 고문을 당했던 순이삼촌도 따라 올라갔다.

> 솥도 저 나르고 이불도 가져갔다. 밥을 지을 때 연기가 나면 발각될까 봐 연기 안 나는 청미래덩굴로 불을 땠다. 청미래덩굴은 비에도 젖지 않아 땔감으로는 십상이었다. 잠은 밥짓고 난 잉걸불 위에 굵은 나무때기를 얼기설기 얹어 침상처럼 만들고 그 위에서 잤다.

현재까지 이어지는 제주의 비극

하필 순이삼촌이 오누이 자식을 데려가기 위해 산에서 내려온 날, '사건'이 터졌다. 군인들이 갑자기 마을 사람들을 국민학교에 모이라고 하더니 군경 가족만 제외한 다음, 오륙십 명씩 몰고 가 사격을 가하기 시작한 것이다.

소설은 이북 출신 서북청년단 소속으로 당시 토벌작전에 참여한 고모부 증언을 소개하는 방식으로 사건의 원인을 보다 심층적으로 보여주고 있다. 토벌군과 미군정은 제주도에서만 5·10선거가 무산되고 군대 반란이 잇따르자 제주도는 '남로당 빨갱이 천지'라는 선입견을 갖고 있었고, 당시는 군대도 경찰도 다 엉망이어서 작전명령을 잘못 해석했을 가능성도 있다는 것이다.

소설은 이 사건의 비극이 현재까지 이어지고 있음을 다음과 같은 문장으로 보여주고 있다.

> 이날 우리집 할아버지 제사는 고모의 울음소리부터 시작되곤 했다. 이어 큰어머니가 부엌일을 보다 말고 나와 울음을 터뜨리면 당숙모가 그 뒤를 따랐다. 아, 한날한시에 이집 저집에서 터져나오던 곡소리, 음력 섣달 열여드렛날, 낮에는 이곳저곳에서 추렴 돼지가 먹구슬나무에 목매달려 죽는 소리에 온 마을이 시끌쩍했고 5백위(位)도 넘는 귀신들이 밥 먹으러 강신하는 한밤중이면 슬픈 곡성이 터졌다.

이 소설은 한국 현대사에서 6·25 다음으로 인명피해가 극심했던 제주 4·3사건을 처음 본격적으로 다룬 소설로, 1978년 발표됐다. 특히 4·3사건 중에서도 단일 사건으로는 가장 희생자가 많은 '북촌사건'을 다루고 있다. 1949년 1월 17일 제주 조천읍 북촌리에서 육지에서 온 군인 두 명이 무장대 총에 맞아 죽는 사건이 발생한다. 이에 흥분한 군인들이 마을 주민들을 국민학교에 모이게 한 다음 소설에서처럼 50~60명 단위로 끌고 가 총살한 사건이다.

작가가 이 소설을 발표한 지 22년 후에, 사건이 발생한 지 52년 만인 2000년, 국회는 마침내 4·3사건 진상규명과 희생자·유족의 명예회복을 위한 제주 4·3특별법을 통과시켰다. 이 법에 따라 정부는 진상조사를 실시해 2003년 보고서를 발표했다. 이 보고서를 보면 4·3사건과 '북촌사건'의 진상을 어느 정도 파악할 수 있다.

우선 보고서는 제주 4·3사건을 "1947년 3월 1일 경찰의 발포사건을 기점으로 하여, 경찰·서청(서북청년단)의 탄압에 대한 저항과 단선·단정 반대를 기치로 1948년 4월 3일 남로당 제주도당 무장대가 무장봉기한 이래, 1954년 9월 21일 한라산 금족 지역이 전면 개방될 때까지 제주도에서 발생한 무장대와 토벌대 간의 무력 충돌과 토벌대의 진압 과정에서 수많은 주민들이 희생당한 사건"이라고 정의했다.

연기 안 나는 나무로 유명한 싸리나무

주민소개작전, 북촌사건에 대해선 다음과 같이 밝히고 있다.

"그해(1948년) 11월 17일 제주도에 계엄령이 선포되었다. 계엄령 선포 이후 중산간 마을 주민들이 많은 피해를 입었다. 중산간지대에서뿐만 아니라 해안변 마을에 소개한 주민들까지도 무장대에 협조했다는 이유로 죽음을 당했다. 그 결과 목숨을 부지하기 위해 입산하는 피난민이 더욱 늘었고, 이들은 추운 겨울을 한라산 속에서 숨어 다니다 잡히면 사살되거나 형무소 등지로 보내졌다. 1948년 11월부터 9연대에 의해 중산간 마을을 초토화시킨 강경진압작전은 가장 비극적인 사태를 초래하였다. 강경진압작전으로 중산간 마을 95퍼센트 이상이 불타 없어졌고 많은 인명이 희생됐다. 4·3사건으로 가옥 3만 9285동이 소각되었는데, 대부분 이때 방화되었다. 결국 이 강경진압작전은 생활의 터전을 잃은 중산간 마을 주민 2만 명가량을 산으로 내모는 결과를 빚었다. 대표적인 주민 집단총살 사건인 '북촌사건'은 남녀노소 가리지 않고 한 마을 주민 400명가량이 2연대 군인들에 의해 총살당한 사건"이라고 했다.

보고서는 "4·3사건에 의한 사망, 실종 등 희생자 숫자를 명백히 산출하는 것은 매우 어렵지만, 2만 5000명에서 3만 명으로 추정"했다.

'북촌사건'의 현장인 조천읍 북촌리 너븐숭이라는 곳에는 소설 〈순이삼촌〉의 문학비와 희생자 위령비를 세워놓는 등 기념공원을 조성해놓았다.

소설에서 청미래덩굴이 비중 있게 나오는 것은 아니다. 하지만 공비와 군경을 피해 한라산 굴속으로 피신한 '도피자'들이 밥을 지을 때 연기를 내지 않기 위해 쓴 나무여서 어느 정도 상징성이 있다고 보고 선택해보았다. 불을 지펴도 연기가 나지 않기로 유명한 나무로 싸리나무가 있고, 때죽나무, 붉나무도 연기가 적게 나는 것으로 알려져 있다. 조정래의 《태백산맥》에는 빨치산 정하섭이 찾아왔을 때 소화가 연기가 나지 않도록 싸리나무로 불을 지피는 장면이 나온다.

현기영(1941년생)은 제주 출신으로, 제주도의 역사와 4·3사건 전후에 발생한 비극에 대한 소설을 주로 썼다. 작가는 《나의 문학 이야기》라는 책에 실린 글에서 "나는 거의 이십 년 가까운 세월 동안 제주 4·3에 매달려왔다"며 "4·3은 나의 문학적 원죄이고, 그것을 회피하는 것은 범죄행위와 같기 때문"이라고 말했다. 그는 또 "(1979년 12월 〈순이삼촌〉 등 4·3을 다룬) 단행본을 출간한 즉시, 신군부의 정보기관에 끌려가 모진 고문을 받고, 전신을 뒤덮은 잉크빛 멍 자국이 사라질 때까지 25일 동안 구류를 살았다"고 밝혔다.

작가는 서울대 영어교육과를 졸업한 뒤, 이십여 년간 교직에 몸담 았다. 〈순이삼촌〉 외에 장편 《변방에 우짖는 새》, 《바람 타는 섬》 등 이 있다.

청미래덩굴 · 청가시덩굴
청미래는 붉은, 청가시는 검은 열매

청미래덩굴은 어느 숲에서나 흔히 볼 수 있는 친숙한 덩굴나무
다. 지역에 따라 망개나무, 맹감 혹은 명감나무라고 부른다.
청미래덩굴은 꽃보다 가을에 지름 1센티미터 정도 크기로 동그
랗고 반들반들하게 익어가는 빨간 열매가 인상적인 식물이다.
잎 모양은 둥글둥글한 원형에 가깝지만, 끝이 뾰족하고 반질거
린다. 잎겨드랑이에 달리는 덩굴손으로 다른 식물들을 붙잡으
며 자란다. 덩굴손이 두 갈래로 갈라져 꼬불거리며 자라는 모습
이 귀엽다. 봄에 연한 녹색과 노란색이 섞인 작은 꽃들이 둥그
렇게 핀다.

청미래덩굴

경상도에서는 청미래덩굴을 '망개나무'라고 부른다. 그래서 청
미래 잎으로 싸서 찐 떡을 망개떡이라 부른다. 떡장수가 밤에
"망개~떡"이라고 외치고 다니는 바로 그 떡이다. 망개떡은 청
미래덩굴 잎의 향이 베어들면서 상큼한 맛이 나고, 여름에도 잘
상하지 않는다고 한다.

청가시덩굴

청미래덩굴과 비슷하게 생긴 식물로 청가시덩굴이 있다. 청가
시덩굴도 숲에서 어렵지 않게 만날 수 있다. 둘 다 가시가 있고,
잎과 꽃도 비슷하다. 둥글게 휘어지는 나란히맥을 가진 것도 같
다. 그러나 청미래덩굴 잎은 반질거리며 동그랗지만 청가시덩
굴 잎은 계란형에 가깝고 가장자리가 구불거린다. 열매를 보면
확실하게 구분할 수 있다. 청미래덩굴은 빨간색, 청가시덩굴은
검은색에 가까운 열매가 달린다. 청가시덩굴은 개체 수는 많은
데 암수딴그루이고 수나무들이 많아 열매 구경을 하기가 쉽지
않다. 청가시덩굴과 비슷한데, 줄기에 가시가 없는 민청가시덩
굴도 있다.

달콤한 여인의 살내음, 치자꽃 향기

정미경 〈달은 스스로 빛나지 않는다〉

물이 끓기를 기다리며 치자꽃을 오래 바라보았다.
어지러울 만큼 다디단 향을 내뿜는 데도
꽃은 어딘가 처연해 보였다.

꽃에 관심을 갖기 전, 치자에 대한 인상은 열매를 노란 물을 들이
는 염료로 사용하는 식물이라는 정도였다. 그러다 꽃이 눈에 들어오
면서부터 아름다운 하얀 꽃과 함께 강렬한 꽃향기에 관심을 가졌다.
초여름 치자꽃은 신선하면서도 달짝지근한 향기를 갖고 있다. 그런
데 다음 두 소설을 읽고 치자꽃 향기가 여인의 향기임을 알았다.

정미경의 단편 〈달은 스스로 빛나지 않는다〉 주인공은 아동도서 편집자다. 두세 달 후 치과의사인 윤조와 결혼할 예정이다. 윤조는 시댁에서 마련해놓은 아파트로 미리 들어오라고 하지만, 주인공은 자존심 때문에 시장 골목 끝에 자리 잡은 방을 얻어 머물기로 했다.

그 방에선 첫날부터 옆방에서 싸우는 소리가 들렸다. 어느 날 남녀가 크게 다투는 소리가 들리더니 여자가 주인공 방으로 도망쳐 들어온다. 여자의 이름은 미옥으로, 백수 남편의 의처증 때문에 매맞고 사는 여성이었다. 알고 보니 주인공과 동갑내기인 미옥은 큰 입을 벌려

헤퍼 보이게 웃지만, 눈웃음이 예쁘고 '화장품 냄새와 섞인 아릿한 살냄새'로 육감적인 데가 있는 여자였다. 미옥의 부엌에선 치자꽃 향기가 떠돈다.

> 선반엔 깨소금 한 톨 떨어져 있지 않았고 좁은 공간에 달콤한 향내까지 떠돌고 있었다. 싱크대 위, 목이 긴 유리컵에 흰 치자꽃 가지 하나가 꽂혀 있었다. 마당가에서 꺾어 온 것일 게다. 물이 끓기를 기다리며 치자꽃을 오래 바라보았다. 어지러울 만큼 다디단 향을 내뿜는 데도 꽃은 어딘가 처연해 보였다. 찢어진 여자의 눈두덩이 떠올랐다. 미옥이라고 했던가. 방을 나가기 전 미안한 듯 살짝 웃던 여자를 닮은 꽃이다.

의처증 시달리는 미옥의 살내음

그 집 건넛방에는 비슷한 또래의 영화감독 승우도 살고 있다. 그는 캠코더를 들고 다니며 골목길 사람들의 삶을 담고 있다. 주인공은 승우의 도움을 받고 그와 대화를 나누면서 서서히 승우를 알아간다. 승우는 미옥의 귀에 치자꽃을 꽂아주고 캠코더를 찍는다.

주인공은 미옥과 승우를 만나면서 시장골목에서 사는 것이 '진짜 살아 있는 것 같다'고 느끼고, 윤조와는 교집합이 없다는 사실을 새

삼스레 깨닫는다. 다정다감한 승우에게도 서서히 끌린다.

어느 날 미옥과 남편이 심하게 다투다 방에 들어간 날, 미옥은 어이없이 남편에게 살해당한다. 승우는 그런 장면까지 캠코더로 담지만, 결국 자신이 찍고 싶은 건 이런 것이 아니라며 필름을 주인공에게 맡긴다. 필름 제목이 '달은 스스로 빛나지 않는다'였다.

주인공이 그 집을 떠나는 날, 승우는 "대부분의 우린, 별이 아니라, 스스로는 빛나지 못하는 차갑고 검은 덩어리예요. 존재란 스스로 빛날 수 없는 것. 누군가의 시선 속에서 타인과의 관계 속에서 만월도 되고 때론 그믐달도 되고, 그런 것 같아요"라고 말한다. 그러면서 승우는 "우리는, 서로를 비추어줄 수 있을까요?"라고 묻는다. 일종의 프로포즈를 한 것이다. 주인공은 "모르겠다"고 대답하지만, 다시는 동화를 쓸 수 없을 것 같은 생각이 스쳤다.

이청준의 단편 〈치자꽃 향기〉에서 이 꽃향기는 더 에로틱하다.

소설의 화자인 남편은 어느 날 아내에게 황당한 부탁을 한다. 자기의 절친 중에 한 달에 한 번쯤 여자 알몸을 훔쳐보지 못하면 정상 생활이 불가능한 친구가 있는데, 벌써 몇 달째 여자 알몸을 보지 못해 거의 미쳐가고 있다는 것이다. 그러면서 그 친구를 위해 보름달이 뜬 밤에 마당 우물가에서 한 번만 멱을 감아달라고 부탁했다. 아내는 처음에 펄펄 뛰며 미친놈 취급을 했으나, 계속 절실하게 부탁하자 마침내 승낙한다. 드디어 약속한 날, 우물가에 치자꽃이 피어 있다.

> 아내는 역시 실오라기 하나 걸치지 않은 알몸으로 우물 곁 치자꽃나무 곁에 뽀얀 달빛을 받고 서 있었다. 달빛에 젖은 아내의 알몸은 짐작했던 대로 그 생김이나 곡선이 훨씬 부드럽고 유연해 보였다. (중략) 그녀는 그냥 온몸으로 달빛을 빨아들이며 입상처럼 묵연한 자세로 환한 밤 치자꽃을 향해 서 있을 뿐이었다. 그러다가 생각이 난 듯 이따금 한 번씩 그 번쩍거리는 달빛을 향수처럼 어깨에서 조용히 씻어 내리곤 할 뿐이었다.
> 비로소 그 아내로부터 훈훈한 치자꽃 향기가 지욱의 코를 찔러오기 시작했다. 그것은 물론 밝은 달빛으로 하여 더욱 흐드러져 보이는 그 샘가의 치자꽃으로부터였을 것이다. 하지만 지욱에겐 그게 또한 여인의 밤냄새였다.

이청준의 치자꽃 향기는 이처럼 여인의 향기를 넘어 여인의 밤 냄새로까지 나아간 것이다. 친구는 핑계일 뿐 관음증 환자는 남편 자신이었다. 그는 어려서 치자꽃 필 무렵 동네 처녀들이 동네 우물가에서

밤목욕을 할 때 파수꾼 역할을 했었다. 그래서 은은한 치자꽃 향기 속에서 여인들의 알몸을 훔쳐보는 버릇이 있는 것이다. 그러고 보니 조정래의 《태백산맥》에서도 가장 육감적인 등장인물인 외서댁이 처녀 시절 유달리 좋아한 꽃이 치자꽃이었다.

이 소설은 지금으로부터 사십여 년 전인 1976년 발표한 작품이다. 이런 파격적인 내용에 당시 반응이 어땠는지 궁금했다. 그 당시 기사를 찾아보니 '환상의 중요성을 보여준 작품', '이른바 심미적 거리를 다룬 것으로, 이것은 어떤 의미에서는 독자가 작품을 대하는 태도로 대치시킬 수도 있다'고만 평했다(《동아일보》, 1976년 11월 22일자).

다양한 전문직을 다루는 정미경 작가의 소설들

정미경(1960년생)은 경남 마산 출신으로 이화여대 영문과를 졸업했다. 2001년 41세에 뒤늦게 소설에 등단했지만 그동안 《장미빛 인생》 등 장편 세 권, 《나의 피투성이 연인》 등 소설집 다섯 권을 내는 등 왕성한 작품 활동을 하는 작가다.

정미경 소설을 읽으면 참 깔끔하다는 생각이 든다. 불필요한 문장이나 단어가 하나도 없는 것 같다. 주인공의 행동이나 생각도 예리하면서도 충분히 공감할 수 있게 자연스럽다. 또 한번 읽기 시작하면 다음 장면이 궁금해 책을 놓을 수 없게 만드는 힘도 좋다. 문학평론가 김미현 이화여대 교수는 작가론에서 "거의 완벽에 가까운 구도와 설계, 균형잡힌 골조와 부대(附帶), 속도감 있고 자연스러운 문장이나 대화, 생생한 디테일 등도 정미경 소설의 장점들"이라고 말했다. 이런 점들로 미루어 작가는 예민하고, 인간에 대한 이해의 폭이 깊은 것 같다.

다양한 전문직을 다루는 것도 정미경 소설의 특징이다. 〈달은 스스로 빛나지 않는다〉에서는 아동물 편집자, 2006년 이상문학상 수상작 〈밤이여, 나뉘어라〉에서는 영화감독, 〈나의 피투성이 연인〉에서는 도서관 사서가 주인공이다. 이 밖에도 《이상한 슬픔의 원더랜드》에서는 펀드매니저를 주인공으로 내세우는 등 매번 작품을 쓸 때마다 다른 전문직을 등장시키고 있다. 김미현 교수는 "무엇보다도 읽은 사람들을 놀라게 하는 것은 거의 전문가 수준에 육박하는 디테일의 묘사"라며 "정미경은 그것이 무엇이 되었든 자신이 소재 또는 배경으로 삼은 영역에 대해 치밀하게 취재한 후 육화시켜서 소설에 반영한다"고 말했다. 작가는 한 인터뷰에서 "현대인의 삶에서 직업과 존재는 서로 영향을 미친다. 직업 자체가 인간성을 보여줄 수도 있다"고 말했다.

치자꽃

치자의 네 가지 아름다움은?

조선 세종 때 강희안이 쓴 《양화소록》은 "치자는 네 가지 아름 다움이 있다. 꽃 색깔이 하얗게 윤택한 것이 첫째요, 꽃향기가 맑고 부드러운 것이 둘째요, 겨울에도 잎이 시들지 않는 것이 셋째요, 열매로 노란색을 물들이는 것이 넷째이다. 치자는 꽃 중에서 가장 귀한 것"이라고 했다. 치자나무의 특징을 잘 보여 주는 글이다.

치자꽃

치자나무는 꼭두서니과에 속하는 상록 작은키나무이다. 우리나 라에 자생하는 나무가 아니라 중국이 원산지다. 그래서 누가 심 지 않으면 이 땅에서 절로 자라지는 않는다. 제주도 등 남쪽지 방에 가면 밖에서도 잘 자라지만, 중부지방에서는 밖에서 겨울 의 추위를 이기지 못해 대개 화분에 심어 가꾼다.

여름에 피는 꽃은 꽃잎이 대개 여섯 개로 갈라지는데, 꽃 색깔 은 약간의 우윳빛이 나는 듯한 흰색이고, 꽃잎이 좀 두텁다. 꽃 은 흰색이다가 점점 노래지는데, 이해인 수녀는 시 〈7월은 치 자꽃 향기 속에〉에서 '7월은 나에게/ 치자꽃 향기를 들고 옵니 다/ 하얗게 피었다가/ 질 때는 고요히/ 노란빛으로 떨어지는 꽃'이라고 잘 묘사했다.

가을에 익는, 주홍색의 껍질을 가진 열매는 우리나라 전통 염료 중 대표적인 황색 염료다. 치자(梔子)라는 이름은 열매 모양이 손잡이가 있는 술잔 '치(巵)'와 닮았다고 여기에 '나무 목(木)' 자 를 붙인 것이다.

5부

꽃,

인생을

그리다

양귀자 〈한계령〉

김동리 〈역마〉

조정래 《정글만리》

윤성희 〈부메랑〉

한강 《채식주의자》

윤대녕 〈탱자〉

공선옥 〈영희는 언제 우는가〉

강신재 〈젊은 느티나무〉

이십여 년 전 언론사 입사 때 보는 작문 시험의 단골 주제는 '어머니'였다. 당연히 '어머니'가 나올 것으로 생각하고 대비했는데 막상 시험장에 가보니 주제가 '아버지'였다. 순간 난감했지만, 다행히 양귀자의 단편 〈한계령〉이 떠올랐다. 당시 우리 아버지도 고생고생해 키운 자식들이 모두 품에서 떠나자 허탈해하셔서 자식 입장에서 어떻게 해야 할지 모르고 송구스럽기만 한 상황이었다. 이 소설 속 큰오빠와 우리 아버지를 대비시켜 글을 쓴 기억이 있다.

온 산에 붉은 꽃무더기, 진달래

양귀자 〈한계령〉

🌿

진달래는 망원경의 렌즈 속에서
흐드러지게 피어났고
새순들이 돋아난 산자락은
푸른 융단처럼 부드러웠다.

　이십여 년 전, 언론사 입사 때 보는 작문 시험의 단골 주제는 '어머
니'였다. 당연히 '어머니'가 나올 것으로 생각하고 대비했는데 막상
시험장에 가보니 주제가 '아버지'였다. 순간 난감했지만, 다행히 양귀
자의 단편 〈한계령〉이 떠올랐다.
　이 소설은 아버지가 일찍 세상을 떠난 집안에서 동생들을 책임지

느라 숨 가쁘게 살아온 큰오빠가 동생들이 모두 자립하자 허망해하는 것이 주요 뼈대 중 하나다. 당시 우리 아버지도 고생고생해 키운 자식들이 모두 품에서 떠나자 허탈해하셔서 자식 입장에서 어떻게 해야 할지 몰라 송구스럽기만 한 상황이었다. 이 소설 속 큰오빠와 우리 아버지를 대비시켜 글을 쓴 기억이 있다.

소설에서 작가인 여주인공은 이십오 년 만에 고향 친구 박은자의 전화를 받는다. 은자는 여주인공에게 고향을 떠올리는 출발점 같은 존재였다. 은자만 떠올리면 고향 기억들이 '손에 잡힐 듯' 다가온 것이다. 은자는 부천의 한 나이트클럽에서 노래 부르는 '미나 박'으로 나름 성공했다며 꼭 한번 찾아오라고 했다. 은자는 여주인공이 자신을 과거 찐빵집 딸로만 기억하고 있는 것을 몹시 안타깝게 생각하면서 지금은 얼마나 달라졌는지, 얼마나 성공했는지 보여주고 싶은 것이다. 그러나 여주인공은 현실의 은자를 만나면 고향의 추억으로 가는 표지판마저 사라지지 않을까 하는 불안감에 만나는 것을 망설인다.

이즈음 여주인공은 '항상 꼿꼿하기가 대나무 같고 매사에 빈틈이 없는' 50대 큰오빠의 말수가 점점 줄어들고 있다는 소식을 듣고 있었다. 동생들이 성장해 자리를 잡아 '장남의 멍에'를 벗자 허탈해하면서 술로 세월을 보내고 있다는 소식이었다. 아버지가 찌든 가난과,

빚, 일곱 자녀를 남겨놓고 갑자기 세상을 떠나자 큰오빠가 어머니와 함께 안간힘을 쓰며 동생들을 거둔 것이다.

은자는 곧 클럽 가수 생활을 그만두고 카페를 차릴 것이라며 그만두기 전에 꼭 한번 오라고 거듭 전화한다. 하지만 여주인공은 은자를 만나지 않고 노래만 듣고 올 수는 없을까 궁리한다. 작가는 이런 마음을 원미산 진달래꽃을 통해 절묘하게 담았다.

> 진달래가 흐드러지게 피었더라고, (중략) 남편은 원미산을 다녀와서 한껏 봄소식을 전하는 중이었다. 원미동 어디에서나 쳐다볼 수 있는 길다란 능선들 모두가 원미산이었다. 창으로 내다보아도 얼룩진 붉은 꽃무더기가 금방 눈에 띄었다. 진달래꽃을 보기 위해서는 꼭 산에까지 가야만 된다는 법은 없었다. 나는 딸애 몫으로 사준 망원경을 꺼내어 초점을 맞추었다. (중략) 진달래는 망원경의 렌즈 속에서 흐드러지게 피어났고 새순들이 돋아난 산자락은 푸른 융단처럼 부드러웠다. (중략) 망원경으로 원미산을 보듯, 먼 곳에서 은자의 노래만 듣고 돌아온다면……

서민의 삶과 애환을 담은 《원미동 사람들》

마침내 주인공은 미나 박 공연 마지막 날 나이트클럽에 간다. 은자로 보이는 여가수가 부르는 노래는 '아, 그러나 한줄기 바람처럼 살다 가고파. 이 산 저 산 눈물구름 몰고 다니는 떠도는 바람처럼. 저 산은 내게 내려가라, 내려가라 하네. 지친 내 어깨를 떠미네……'라는 가사가 나오는 양희은의 〈한계령〉이었다. 여주인공은 노래를 들으며 큰오빠의 지친 뒷모습이 떠올라 눈물을 흘린다.

〈한계령〉은 소설집 《원미동 사람들》에 나오는 단편 중 하나다. 《원미동 사람들》은 작가가 1986년 3월~1987년 8월 발표한 열한 편의 소설을 담고 있는데, 경기도 부천 원미동을 무대로 1980년대 서민들의 애환과 삶을 잘 형상화했다는 평을 받았다. 예를 들면 이런 식이다.

이층이므로 창에 서면 원미동 거리가 한눈에 내려다보였다. 행복사진관 엄씨가 세 딸을 거느리고 시장길로 올라가고 있는 게 보였다. 써니전자의 시내 아빠는 요즘 새로 산 오토바이 때문에 늘 싱글벙글이었다. 지금도 그는 시내를 태우고 동네를 몇 바퀴씩 돌고 있었다. 냉동오징어를 궤짝째 떼어 온 김반장네 형제슈퍼는 모여든 여자들로 시끄러웠다. 김반장의 구성진 너스레에 누가 안 넘어갈 것인가. 오늘 저녁 원미동 사람들은 모두 오징어요리를 먹게 될 모양이었다.

이 책은 100쇄 넘게 발행되었을 정도로 사랑을 받아 우리 시대의 고전 중 하나로 자리매김하고 있다. 부천시 원미구는 2007년 원미 산 입구에 양귀자 '글비'를 세우면서 위에 인용한, 진달래가 나오는 소설 대목을 새겨 넣었다. 부천종합운동장 뒤 원미산 진달래공원엔 10~20년생 진달래 수만 그루가 군락을 이루고 있다. 야생화에 관심 있는 사람이라면 '한계령' 하면 4~5월 강원도 깊은 산에서 만날 수 있는 노란 한계령풀도 떠오를 것이다.

먹을 수 있는 '참꽃'

진달래 없이 봄을 얘기하기 힘들 정도로, 예나 지금이나 진달래는 우리와 가까운 꽃이다. 꽃은 초봄에 목련·개나리와 경쟁하듯 비슷한 시기에 피는데, 서울의 경우 대개 진달래가 개나리보다 2~3일 늦게 핀다. 진달래는 볼 수 있는 기간이 열흘에서 보름 정도로 길지 않아 '화무십일홍(花無十日紅)'이라는 말에 가장 잘 들어맞는 꽃이다.

진달래는 잎이 나기 전에 꽃이 먼저 피어 철쭉과 쉽게 구분할 수 있다. 철쭉은 꽃과 잎이 함께 피고, 진달래보다 연한 분홍색이다. 철

진달래   철쭉 ©알리움

쭉은 진달래와 달리 꽃잎 안쪽에 붉은 반점이 있다.

진달래꽃은 한자 이름이 두견화(杜鵑花)다. 진달래꽃이 필 무렵이
면 소쩍새(두견)가 날아와 슬프게 울기 때문에 붙은 이름이다. 두견은
중국의 촉나라 임금 망제의 죽은 넋이 환생해 슬피 운다는 전설을 가
진 새다. 망제는 '벌령'이란 신하에게 왕위를 빼앗기고 추방당한다.
그는 억울하고 원통함을 참을 수 없어서 죽어서 두견새로 촉나라 땅
을 돌아다니며 목구멍에 피가 나도록 울어댔다. 그 피가 나뭇가지 위
에 떨어져 핀 꽃이 두견화라는 것이다. 진달래 꽃잎을 따서 빚은 술

을 두견주라고 한다.

진달래꽃이 만발한 음력 3월 3일 삼짇날, 진달래꽃으로 화전을 부쳐 먹는 풍습이 있었다. 화전은 찹쌀가루 반죽에 꽃잎을 얹어서 지진 부침개를 말한다. 진달래는 먹을 것이 없던 시절 꽃잎을 따서 허기를 채운 꽃이기도 하다. 그래서 진달래는 먹을 수 있어 참꽃, 철쭉은 독성 때문에 먹을 수 없어 '개꽃'이라 불렀다. 진달래꽃을 본 김에 꽃잎을 따 먹어 보니 약간 시큼한 맛이 났다.

진달래는 우리 숲이 점점 우거지면서 소나무와 함께 점차 밀려 나고 있다. 이유미 국립수목원장은 "이것이 꼭 나쁜 일만은 아니다"라고 말한다. 이는 숲이 잘 보전되면서 우리 강산이 그만큼 푸르고 비옥해져서 생긴 자연스러운 현상이며, 과거에는 숲이 우거지지 않아 척박한 토양이 산성을 띠고 있어 소나무와 진달래가 상대적으로 많았다는 것이다.

작가 양귀자(1955년생)는 전북 전주 출신으로 원광대 국문과를 졸업했다. 1978년 등단한 이후 작품집 《원미동 사람들》, 《지구를 색칠하는 페인트 공》, 《슬픔도 힘이 된다》, 장편 《나는 소망한다 내게 금지된 것을》, 《천년의 사랑》, 《모순》 등을 냈다. 〈한계령〉으로 1989년 유주현문학상, 〈숨은 꽃〉으로 1992년 이상문학상, 〈곰 이야기〉로 1996년 현대문학상을 받았다.

진달래 · 철쭉 · 산철쭉

진달래는 잎보다 꽃이 먼저 피어

동요 〈고향의 봄〉에도 나오지만, 진달래는 시골에서 자란 사람들에겐 고향의 꽃이다. 전국 어디서나 자라는 데다, 진달래에 얽힌 추억이 한둘은 있을 것이기 때문이다. 봄이면 사람 키 정도로 자라는 나무에서 잎보다 먼저 가지 가득 진분홍 꽃송이들이 피어난다. 드물게 흰 꽃이 피는 진달래도 있다.

진달래

다섯 장의 꽃잎이 벌어져 있지만 아래는 붙어 있는 통꽃으로, 가지 끝에서 3∼6개의 꽃송이가 모여 다른 방향을 향해 핀다. 나무껍질은 매끄러운 회백색이다. 잎은 긴 타원형으로 양 끝이 좁고 가장자리가 밋밋하다.

철쭉, 산철쭉, 영산홍은 모두 진달래과에 속하며 봄을 대표하는 꽃들이다.

철쭉 ⓒ알리움

진달래는 잎보다 꽃이 먼저 피기 때문에 진달래와 나머지 철쭉류를 구분하는 것은 비교적 쉽다. 또 진달래는 꽃잎이 매우 얇다. 철쭉은 꽃과 잎이 함께 핀다. 철쭉은 '연한' 분홍색으로, 진달래와 달리 꽃잎 안쪽에 붉은 갈색 반점이 있다. 진달래는 잎이 길쭉하고, 철쭉은 주름이 있는 둥근 잎이 다섯 장씩 돌려난다. 진달래는 3∼4월에 피지만, 철쭉은 5∼6월에 핀다.

산철쭉

산철쭉은 꽃이 철쭉보다 색깔이 '진한' 분홍색이고, 잎은 진달래와 비슷한 긴 타원형이다. 피는 시기는 진달래, 산철쭉, 철쭉 순이다.

진달래꽃으로 유명한 곳은 여수 영취산, 강화 고려산, 대구 비슬산, 창녕 화왕산 등이다.

칡처럼 얽힌 3대에 걸친 가족 인연

김동리 〈역마〉

먹을수록 목이 마른 딸기를
계연은 그 새파란 산복숭아서껀, 둥그런 칡잎으로
하나 가득 따서 성기에게 주었다.

전라도와 경상도 경계에 자리 잡은 화개장터는 '꽃이 피는 장터'라는 낭만적인 지명이다. 초봄에 인근에서 매화, 벚꽃, 산수유 축제가 열리는 곳이지만, '화개'라는 지명 자체는 칡꽃에서 유래했다. 하동군지(郡誌)에 따르면, 화개장터 인근에 있는 옥천사(玉泉寺, 쌍계사의 전신) 창건 설화에 이곳이 '겨울에도 따뜻해서 칡꽃이 핀다'고 '화개(花開)'

라고 명명했다고 나온다. 칡꽃은 원래 한여름인 7~8월에 피는 꽃인데, 그만큼 따뜻하고 살기 좋은 곳이라는 의미일 것이다.

김동리의 대표적인 단편 중 하나인 〈역마(驛馬)〉는 이 화개장터를 주무대로 하고 있는데, 칡이 많이 나오고 있다.

화개장터에서 주막을 하는 옥화는 아들 성기의 역마살을 없애려고 아들을 쌍계사에 보낸다. 성기는 사주에서 역마살이 떠나지 않았다. 떠돌이의 운명을 타고난 팔자였다. 역마살은 한곳에 오래 정착하지 못하고 떠도는 액운을 가리키는 사주학 용어다.

옥화는 그의 어미가 젊은 남사당의 진양조 가락에 빠져 하룻밤 풋사랑을 해서 낳은 딸이었고, 아들 성기는 옥화가 구름같이 떠도는 중과 인연을 맺어 낳은 자식이었다.

어느 날, 체장수 영감이 딸 계연을 데리고 와서 딸을 맡기고 장삿길을 떠난다. 옥화는 '갸름한 얼굴에 꽃같이 선연한 눈이 예쁜' 계연을 성기와 맺어주면 역마살이 사라지지 않을까 하는 생각을 갖는다. 그래서 계연에게 화개 장날엔 내려와 책을 파는 성기 시중을 들게 하는 등 가깝게 지내도록 유도한다. 자연스럽게 성기와 계연은 서로 연정을 품는다. 다음은 성기가 칠불암에 책값을 받으러 갈 때 계연을 데려가는 장면이다.

성기는 제 손으로 다듬은 퍼런 아가위나무 가지로 앞에서 칡덩굴을 헤쳐가며 가고 있는데, 계연은 뒤에서, 두릅을 꺾는다, 딸기를 딴다, 하며 자꾸 혼자 처지곤 하였다.

"빨리 오잖고 뭘 하나?"

성기가 걸음을 멈추고 서서 나무라면 계연은 딸기를 따다 말고, 두릅을 꺾다 말고, 그 조그맣고 도톰한 입술을 꼭 다물고 뛰어오는 것인데, 한참만 가다 보면 뒤에 떨어지곤 하였다. (중략) 먹을수록 목이 마른 딸기를 계연은 그 새파란 산복숭아서껀, 둥그런 칡잎으로 하나 가득 따서 성기에게 주었다. 성기는 두 손바닥 위에다 그것을 받아서는 고개를 수그려 물을 먹듯 입을 대어 먹었다. 먹고 난 칡잎은 아무렇게나 넌출 위로 던져버린 채 칡넌출이 담뿍 감겨 있는 다래 넝쿨 위에 비스듬히 등을 대고 누웠다.

토속적인 의식 세계를 담은 수작, 〈역마〉

이처럼 칡넝쿨이 많은 숲에서 둘은 입술을 포갰고, 그녀의 입술에서는 '딸기, 오디, 산복숭아, 으름 등의 달짝지근한 풋내와 함께, 황토흙을 찌는 듯한 향긋하고 고소한 고기(肉) 냄새'가 났다. 아가위나무는 산사나무의 다른 이름이다.

그러던 어느 날 옥화는 우연히 계연의 귓바퀴에 난 사마귀를 보고 계연이 자신의 동생일지 모른다는 예감이 든다. 체장수 영감이 36년 전 자기 어머니와 하룻밤을 보낸 남사당패 우두머리일 수 있다는 생각에 이른 것이다. 옥화의 예감은 사실로 드러난다. 계연은 성기의 이모뻘이어서, 둘은 맺어질 수 없는 운명이었다.

결국 체장수와 계연은 떠나고 성기는 가슴앓이에 시달린다. 옥화는 성기에게 "차라리 몰랐으면 또 모르지만 한 번 알고 나서야 인륜이 있는듸 어찌겠냐"고 위로한다. 앓고 난 성기는 엿판을 메고 계연이 떠나간 구례 쪽을 등지고 하동 쪽으로 떠난다. 자신의 운명대로 떠돌이의 삶을 선택한 것이다. 성기는 운명에 순응하기로 하면서 정서적인 안정을 되찾은 듯 집에서 멀어졌을 즈음, '육자배기 가락으로 제법 콧노래까지 흥얼거리며 가는' 것으로 소설이 끝나고 있다.

이처럼 소설에는 칡은 물론 다래·머루·으름·두릅·오디·산딸기 등 한여름 산에서 볼 수 있는 먹을거리들이 거의 다 등장하고 있다.

〈역마〉는 옥화의 어미와 아들 등 삼대에 걸친 가족 인연을 바탕으로 한국적이고 토속적인 의식 세계를 보여주는 수작(秀作)으로 꼽힌다. 김동리가 서른다섯이었던 1948년에 발표한 초기작이다.

김동리(1913~1995)는 경북 경주 출신으로, 서울에서 활동했는데

칡꽃

어떻게 화개장터를 무대로 한 소설을 이처럼 리얼하게 쓸 수 있었을까. "칠불은 아직 멀지라?", "샘물이 있어야 쓰겄는듸" 같은 계연의 전라도 사투리는 구수하기 그지없다. 선생은 1938년 친구 초대로 화개마을을 찾은 적이 있었다. 또 1942년 태평양전쟁의 소용돌이에 화개마을로 6개월가량 피신한 적이 있다고 한다. 이때 관찰과 경험을 바탕으로 〈역마〉를 쓴 것이다. 김동리는 나중에 "내가 〈역마〉를 쓴 것은 모두 (화개마을에 사는) 친구 덕택일 것"이라고 회고했다고 한다.

화개장터에는 〈역마〉의 줄거리를 담은 조형물을 설치해놓았고, 소설에 나오는 '옥화주막'도 있다. 소설 속 주인공 옥화가 운영하는 주막을 본떠 만든 술집이다.

〈소나기〉에서 소녀가 끊으려다 다친 꽃

칡은 우리나라 전역의 그리 높지 않은 산과 들에서 흔히 볼 수 있는 덩굴성 식물이다. 그래서 경기도 양평이 배경인 황순원의 단편 〈소나기〉에도 칡꽃이 상당히 비중 있게 나온다. 소년과 소녀가 산 너머로 놀러간 날 장면 중 하나다.

"저건 또 무슨 꽃이지?"
적잖이 비탈진 곳에 칡덩굴이 엉키어 끝물꽃을 달고 있었다.
"꼭 등꽃 같네. 서울 우리 학교에 큰 등나무가 있었단다. 저 꽃을 보니까 등나무 밑에서 놀던 동무들 생각이 난다."
소녀가 조용히 일어나 비탈진 곳으로 간다. 꽃송이가 달린 줄기를 잡고 끊기 시작한다. 좀처럼 끊어지지 않는다. 안간힘을 쓰다가 그만 미끄러지고 만다. 칡덩굴을 그러쥐었다.
소년이 놀라 달려갔다. 소녀가 손을 내밀었다. 손을 잡아 이끌어 올리며, 소년은 제가 꺾어다 줄 것을 잘못했다고 뉘우친다. 소녀의 오른쪽 무릎에 핏방울이 내맺혔다.

칡은 알면서도 칡꽃은 잘 모르는 사람들이 많다. 눈여겨보면 7~8월 한여름에 자주색 꽃잎에 노란 무늬가 아주 인상적인 꽃이 핀다. 2014년 7월에 칡꽃이 너무 예뻐서 페이스북과 카카오스토리에 올렸더니, "칡도 꽃이 피느냐", "처음 보았다"는 반응이 많았다.
요즘에는 칡 뿌리를 캐는 사람이 드물어서인지 칡이 너무 번성해 다른 식물들에게 피해를 주는 것 아닌가 하는 생각도 든다. 살아가면서 생기는 '갈등'이라는 단어에서 갈(葛)은 칡이고, 등(藤)은 등나무로, 두 나무가 서로 복잡하게 뒤얽혀 있는 것을 의미한다. 그러나 이우상 씨는 《숲에는 갈등이 없다》에서 "십 년 넘게 산을 헤집고 다녔지만, 실제 칡과 등이 서로 얽혀 있는 모습은 보기 힘들다. 칡은 칡대로, 등나무는 등나무대로 자기 삶을 살고 있다. 숲에는 칡과 등나무만 있고 갈등은 없었다"고 했다.

김동리 선생은 1934년 조선일보 신춘문예에 시로 등단했고 이후 소설로 전향했다. 선생은 미당 서정주와 함께 각각 소설과 시에서 우리 문학의 양대 산맥을 형성한 거목이다. 대표작으로는 샤머니즘과 기독교의 대립에서 생긴 갈등을 그린 〈무녀도〉, 소신공양(燒身供養)으로 등신불이 된 만적선사를 통해 인간적 고뇌와 종교적 구원 문제를 다룬 〈등신불〉, 예수와 사반을 통해 종교의 이상과 현실의 괴리 문제를 탐구한 장편 《사반의 십자가》, 낡은 관념에 사로잡힌 양반 계층의 허위를 폭로한 〈화랑의 후예〉 등이 있다. 서라벌예대 학장과 문예지 추천위원으로 활동하며 박경리 등 수많은 문인들을 발굴한 한국 문학의 대부이기도 하다.

칡 · 칡꽃
와인향처럼 달콤한 칡꽃의 향기

칡은 우리나라 어디서든 산과 언덕의 양지바른 곳에서 흔히 볼
수 있는 식물이다. 순식간에 주변 숲을 덮어버릴 만큼 세력이
좋아 산을 깎은 자리에 산사태를 막기 위해 일부러 심기도 했
다. 칡이 도로변 등의 경사면을 온통 뒤덮고 있는 모습은 흔히
볼 수 있는 풍경이다. 생명력이 강하지만 울창한 숲에서는 햇볕
을 볼 수 없어 잘 자라지 못한다.

칡

칡은 우리 조상들이 유용하게 쓴 식물이다. 뿌리는 식용이나 한
약재로, 넝쿨은 바구니나 소쿠리를 만드는 데, 꽃은 잘 말려서
차 · 술과 발효액을 만들 때 사용했다.

칡은 뿌리에 전분 등의 영양분을 저장한다. 이 뿌리에 다량의
에너지를 축적해두었다가 무서운 속도로 자라는 것이다. 먹을
것이 부족한 옛날에는 뿌리를 식량으로 이용했다. 지금도 갈아
서 국수나 차 등을 만든다. 칡 뿌리는 어린 시절 최고의 간식이
기도 했다. 뿌리를 씹으면 단맛이 난다. 요즘은 '칡즙 팝니다'라
는 간판을 단 리어카나 트럭에서 칡 뿌리를 볼 수 있다.

칡꽃

칡은 7~8월 넝쿨을 따라 자주색 꽃잎에 노란 무늬가 예쁜 꽃
이 핀다. 꽃향기도 아주 맑고 달콤하다. 십여 미터 떨어진 곳에
서도 주변에 칡꽃이 핀 것을 짐작할 수 있을 정도로 진하다. 어
떻게 표현할지 난감하지만, 아주 싱그러운 향이다. "와인향처럼
좋은 향"이라고 표현한 사람도 있었다. 콩과 식물이므로, 꽃이
지면 꼬투리 형태의 열매가 달린다. 열매는 줄기와 꽃에 비해
좀 보잘 것 없는 크기로, 노란 솜털이 가득 달려 있다.

한국에선 배꽃, 중국에선 '돈꽃'
조정래 《정글만리》

"거기 이화가 그려진 벽 앞에서
사진을 찍어야만 직성이 풀리는 거예요."

조정래 소설 《정글만리》는 2013년 유일하게 100만 부 넘게 팔린
책이다. 급성장하는 중국을 무대로 한국·미국·일본 등 비즈니스맨
들이 벌이는 치열한 각축전을 그렸다. 종합상사 부장 전대광과 김현
곤, 중국의 세관 고위 관료 샹신원과 신흥부자 리완싱, 동양계 미국인
젊은 여회장 왕링링과 한국계 건축가 앤디 박 등이 주요 등장인물이

다. 여기에 베이징대 유학생 송재형이 리완싱의 딸인 리옌링과 만들어가는 로맨스를 더했다. 이런 이야기들이 기존 소설의 틀이 아닌, 옴니버스 형식으로 펼쳐진다. 제목은 약육강식을 상징하는 '정글'과 만리장성의 '만리'에서 따온 것이다.

이 소설에는 중국에 대한 많은 정보가 담겨 있다. 중국의 눈부신 발전상과 함께 빈부 격차, 관리들의 부정부패, 난개발, 짝퉁, 환경오염 등 어두운 면들을 볼 수 있다. 특히 '정치만 제외하고 자본주의보다 더한 자본주의적'인 중국의 모습이 생생하게 담겨 있다. 마오쩌둥과 함께 돈은 중국의 2대 신(神)이라고 한다. 그걸 보여주는 대표적인 장면이 배꽃에 얽힌 이야기다.

"아빠, 우리 중국 관광객들이 서울에 가면 꼭 빼먹지 않고 들리는 필수 코스가 있어요. 그곳이 어딘지 아세요? 이화여자대학교예요. 거기 이화가 그려진 벽 앞에서 사진을 찍어야만 직성이 풀리는 거예요."

광저우의 큰손 리완싱은 딸 리옌링의 이 같은 귀띔에 프랑스 명품 회사와 함께 배꽃을 그려 넣은 고급 지갑을 만들어 대성공을 거둔다.

중국에선 부귀번영 상징하는 배꽃

필자도 이화여대 앞을 지나다 이대 정문에 그려진 배꽃 앞에서 사진을 찍는 중국인 관광객들을 본 적이 있다.

중국에서는 이화(梨花, 중국 발음 리화)가 '돈이 벌리다' '돈이 불어나다'라는 뜻의 '利發(리파)'의 발음과 너무 닮아 부귀와 번영을 상징하는 '돈꽃'이라고 한다. 그런 배꽃을 중국인이 좋아하는 새빨간 바탕에 황금빛으로, 역시 중국에서 돈을 뜻하는 여덟(八) 송이를 옆으로 누운 8자로 그려 넣자 중국인이 열광한 것이다. 돈을 좋아하는 중국인의 욕망을 파고든 상술이다. 작가 조정래는 한 인터뷰에서 "돈지갑, 배꽃, 이화 등은 다 제 아이디어"라고 말했다.

배꽃을 배경으로 넣은 이화여대 교표

우리나라에서 배꽃은 고려 말 이조년의 시조 〈이화(梨花)에 월백(月白)하고〉에서처럼 봄을 알리는 아름다운 흰 꽃 정도의 이미지다. 배꽃은 과일 꽃이지만, 순백의 꽃잎 다섯 장에 검은 점을 단 꽃술이 조화를 이루어 품격을 느끼게 하는 꽃이다. 은은한 향기도 좋고, 특히 5월 산들바람

배나무

에 하얀 꽃잎들이 흩날리는 모습은 환상적이다. 그런데 중국에서는 배꽃이 전혀 다른 이미지인 것이다.

소설에는 '문제 삼지 않으면 아무 문제가 없는데 문제 삼으니까 문제가 된다', '중국의 과거는 시안에, 중국의 현재는 베이징에, 중국의 미래는 상하이에 있다', '중국에서 6개월을 살면 중국을 잘 안다 하고, 일 년을 살면 자기 분야에서만 안다 하고, 십 년을 넘어서는 아무것도 모른다' 등과 같이 작가의 취재와 통찰력이 빛나는 대목이 한둘이 아니다. 작가는 1990년대 초반 중국을 무대로 소설을 써봐야겠다고 마음먹고 이십여 년 동안 꾸준히 자료를 모은 결과물이라고 했다.

《태백산맥》,《아리랑》,《한강》 등의 대하소설을 낸 작가(1943년생, 전남 순천 출신)는 설명이 필요없는 우리나라 대표 작가다.

그렇지만 《정글만리》를 읽은 소감을 말하라면, 중국에 대한 이해를 높이는 데는 도움을 받았지만 소설로는 아쉬운 점이 많았다고 말할 수밖에 없다. 자료집에 약간의 스토리를 가미한 것 같다는 느낌을 받았기 때문이다. 스토리가 약하니 책을 한번 잡으면 놓지 않게 만드는 흡인력도 약한 편이었다. 그래서 이 책을 '소설의 형식을 빌린 중국 소개서'라고 평하는 사람도 있다. 중국을 좀 아는 사람들은 일반적으로 아는 내용에 너무 많은 지면을 할애했다는 것이다.

'배꽃 같은 여자', 소희

공지영 소설 《높고 푸른 사다리》에서는 배꽃이 《정글만리》와는 전혀 다른 이미지로 나온다. 이 소설은 신부 서품을 앞둔 젊은 수사(修士) 요한이 세속 여성과 사랑에 빠져 방황하다가 한 단계 성숙해가는 과정을 담고 있다. 젊은 수사를 사랑에 빠지게 한 주인공은 아빠스(Abbas, 대수도원 원장)의 조카로, '배꽃 같은 여자' 소희였다. 요한 수사가 소희를 처음 만나는 장면은 다음과 같다. '불암산 자락 요셉 수도원 한 마당 가득 흰 배꽃'이 필 때였다.

불암산, 요셉 수도원, 흰 배꽃……. 그래, 그녀의 이름을 여기에서 처음 발음해보기로 한다. 김소희, 소화 데레사. 처음 보았을 때 그녀는 헐렁한 완두콩빛 스웨터에 무릎까지 오는 나풀거리는 흰 스커트를 입고 납작하고 세련된 연둣빛 데크슈즈를 신고 있었다. 내가 멀리서 그 아름답고 하늘하늘한 실루엣을 처음 바라보았을 때 그녀는 다른 수사와 배꽃 사이를 걷고 있었다. 어깨까지 오는 생머리를 쓸어 올리다가 함께 걷던 수사의 무슨 말인가에 그녀는 고개를 뒤로 젖히고 웃어댔다. 내가 처음 본 것은 그런 그녀의 모습이었다.

배꽃

　그 뒤로 검은 수도복을 입었지만 스물아홉 살 젊은이인 요한 수사
에게 '흰 배꽃 사이로 걸어가던 그녀의 무릎 아래서 흔들리던 흰 스
커트'가 자꾸 떠오르는 것은 자연스러운 현상일 것이다.

　소희는 미국에서 석사과정을 마치고 종교인의 스트레스에 대한 논문을 쓰러 왔는데, 요한 수사가 있는 W시 수도원에 내려온다. 요한 수사는 아빠스의 지시에 따라 소희의 논문 연구를 도와주면서 자연스럽게 가까워지며 사랑에 빠진다.

그러나 요한 수사는 신부 서품을 앞둔 '하느님의 사람'이었다. 더구나 소희에게는 어릴 때 약속한 헌신적인 약혼자가 있었다. 결국 소희는 떠나고 요한은 이별의 고통을 겪는다.

여기에다 독일 출신 토마스 수사가 겪은 북한 자강도 옥사덕 수용소 이야기, 요한의 할머니가 6·25 전후 겪은 전쟁과 흥남 철수 이야기, 흥남 철수 당시 1만 4000여 명의 피난민을 안전하게 태우고 거제도로 온 미국 화물선 선장 이야기 등이 나오고 있다. 흥남 철수는 천만 관객을 돌파한 영화 〈국제시장〉에도 나오는 얘기다. 이 선장은 미국으로 돌아가 뉴저지 뉴튼 수도원에서 마리너스 수사로 살았는데, 요한은 이 수도원 인수를 위해 뉴튼 수도원에 갔다가 이 수사를 만나 흥남 철수 당시 '기적'을 전해 듣는다. 소설 제목 '높고 푸른 사다리'는 흥남 철수 당시 화물선 높은 난간에서 내려온 사다리를 말하는 것 같다.

작가가 더 전하고 싶은 이야기는 마리너스 수사 등의 스토리일지 모른다. 그러나 필자는 속인이라 그런지, 배꽃이 흩날리는, 요한 수사와 소희의 러브스토리에 더 관심이 갔다.

이 소설을 읽고 배꽃이 필 무렵 불암산 기슭에 있는 요셉 수도원 (경기도 남양주시)에 가봐야겠다고 마음먹었는데, 어찌어찌하다 보니 아직 가지 못했다. 수도원에 다음 주말엔 배꽃이 만개하겠느냐고 묻기까지 했는데, 정작 그 주말이 오자 다른 일이 생긴 것이다. 다가오는 봄엔 배꽃이 화사할 때 잊지 않고 가볼 생각이다. 혹시 아는가? 나풀거리는 흰 스커트를 입고, 흰 배꽃 사이를 걸으며 희고 긴 손가락으로 머리카락을 쓸어 올리는 아가씨를 보는 행운이 있을지.

배꽃·오얏나무꽃
이화(梨花)와 이화(李花)

이화(梨花)는 배꽃이고 이화(李花)는 오얏나무꽃이다. 그런데 한자 독음이 같아 같은 꽃으로 오해하는 사람들이 의외로 많다.

배꽃

배꽃은 하얀 꽃잎 다섯 장에 검은 점을 단 꽃술이 조화를 이룬다. 꽃 안쪽은 연두색을 띠고 꽃자루가 길고 튼튼하다. 배꽃은 수술이 붉은색이거나 검은색이다. 배 과수원 하는 분에게 문의했더니, 개화 직후에는 붉은색이다가 일정한 시간이 지나면 꽃밥이 터지면서 검은색으로 변한다고 설명해주었다.

오얏나무꽃 ⓒ박다리

오얏나무는 일찍부터 우리나라 전역에서 재배했다. 좀 익숙하지 않은 나무인데 "오얏나무 아래에서 갓끈을 고치지 말라"는 옛말에 나오는 바로 그 나무다. 자두나무의 순우리말이라고 할 수 있는데, 오늘날 우리가 보는 자두나무는 대부분 개량종이기 때문에 오얏나무는 재래종 자두나무라고 할 수 있겠다.

조선 황실 문장

4월과 5월 사이에 피는 꽃은 꽃잎이 다섯 장으로 흰색이다. 이(李)씨 할 때 '이'는 '오얏 리' 자다. 그래서 오얏은 이성계가 세운 조선왕조를 상징하기도 했다.

실제로 조선 왕실이 오얏나무를 특별히 대접했다는 기록은 없다. 그러다 고종이 대한제국을 선포하면서 황실을 상징하는 무늬로 오얏꽃을 사용하기 시작했다. 이후 황실용품 등에 두루 쓰였고, 창덕궁 인정전 용마루와 덕수궁 석조전의 삼각형 박공지붕 등 건축물에도 오얏꽃 무늬가 남아 있다.

요즘 실제 오얏나무를 만나는 것은 어려운데, 덕수궁미술관 앞에 가면 오얏나무를 볼 수 있다. 석조전에 있는 오얏꽃 무늬를 설명하면 어떤 나무인지 궁금해하는 사람들이 많아서 4~5년 전 심은 것이라고 덕수궁 관리사무소 관계자는 전했다.

백합, 50대 여성의 참회를 자극하다

윤성희 〈부메랑〉

꽃집 여자가 그녀에게 꽃다발을 건네주었다.
백합이었다.
그녀는 숨을 깊게 들이마셨다.
향이 심장까지 전해지는 것 같았다.

장미·국화와 함께 세계 3대 절화(折花) 중 하나인 백합은 순수와 순결, 참회를 상징하는 꽃이다. 특히 흰 백합은 성모마리아를 상징하는 꽃이다. 그래서 대천사 가브리엘이 마리아에게 처녀 잉태를 알리는 수태고지를 담은 그림에는 흰 백합이 있는 경우가 많다. 이브가 금단의 열매를 따 먹고 에덴동산에서 쫓겨날 때 흘린 눈물에서 백합이 생겼다는 전설은 잘 알려져 있다. 이처럼 백합은 순수와 참회의 의미를 담은 꽃으로 쓰이는 경우가 많다.

윤성희의 단편 〈부메랑〉에서는 백합이 속죄하는 50대 여성의 감정선을 자극하는 꽃으로 등장하고 있다. 2011년 황순원문학상 수상작인 이 소설의 주인공은 자서전을 쓰는 50대 여자다.

그녀는 자서전에 "봄이면 사과나무 아래 돗자리를 펴고 누워 하늘을 보았다"고 썼다. 왜 그런 문장을 썼는지 본인도 어리둥절했지만, 이상하게도 지우기 싫었다. 그때부터 부모님이 사과농장을 했으며, 가을엔 인부를 열 명 고용했다는 거짓말을 추가해야 하는 등 자서전 쓰기가 꼬이기 시작했다. 그렇게 큰 농장을 했다면 가정부가 있어야겠다는 생각이 들어 가정부 이야기도 꾸민다. 자서전에 어린 시절 피아노학원에 다녔고, 지금도 외로울 때 옛 노래를 연주하곤 한다고 적은 후 중고 피아노를 한 대 사야 했다. 거짓말 자서전이 그녀의 삶까지 바꾸는 지경에 이른 것이다.

그녀는 또 자서전에 십여 년 전 돈을 빌리러 온 동창에게 십만 원을 던지며 "기미나 수술해라. 얼굴이 그게 뭐냐"고 모욕을 준 것을 후회한다고 적었다. 그러자 묻어둔 기억들이 떠오른다. 그 일이 있기 삼십 년 전에 동창은 그녀의 집에 돈을 받기 위해 찾아왔었다. 동창의

백합 ©알리움

엄마가 죽기 전, 주인공의 엄마에게 받지 못한 돈이 있다고 알려준 것이다. 그러나 그녀의 엄마는 시치미를 뗀다. 그때 동창이 던진 말이 "기미 잔뜩 낀 마귀할멈처럼 늙어버려라!"였다. 그 말을 삼십 년 뒤에 동창에게 되돌려준 것이다.

그녀의 가슴을 울린 백합 향기

이렇게 자서전을 쓰는 과정에서 그녀는 뒤늦게라도 동창에게 사과하고 싶다. 어렵게 번호를 찾아 전화를 걸지만 받지 않는다. 그때 그녀는 마침 꽃집에 갔다. 꽃집 주인이 그녀가 주문한 '거실에는 피아노가 한 대 있고, 소파는 와인색'인 곳에 어울리는 꽃다발을 만들고 있을 때, 동창에게서 전화가 온다. 그러나 그녀는 자신이 누구인지 밝히지 못하고 사과의 말을 건네지도 못한다. 소설의 마지막 장면은 다음과 같다.

"자, 다, 되었어요."
꽃집 여자가 그녀에게 꽃다발을 건네주었다. 백합이었다. 그녀는 숨을 깊게 들이마셨다. 향이 심장까지 전해지는 것 같았다.
"왜 울어요?" 꽃집 여자가 말했다.
그제야 그녀는 자신이 울고 있다는 것을 알았다. 눈물은 닦을

수록 자꾸 흘렀다. 우는 동안 그녀는 온몸이 뿔뿔이 흩어지는 느낌을 받았다. (중략) 그제야 그녀는 자서전의 시작이 잘못되었다는 것을 깨달았다.

"나는 가을에 태어났다. 태몽은……."

그녀는 집으로 돌아가거든 그 첫 문장을 지울 것이다. 그리고 이렇게 쓸 것이다.

"내가 죽은 지 일 년이 지났다."

그래 거기서부터 다시 써야 해. 꽃집 여자가 그녀에게 손수건을 건네주었다. 그녀는 눈물을 닦았다. 손수건에서 생선 비린내가 났다.

그녀가 우는 것은 동창을 모욕한 것을 후회하고 속죄하는 것으로 볼 수 있다. 이 속죄의 계기는 자서전 쓰기를 통한 인생 회고겠지만, 직접적인 도화선은 백합이었다. 순수와 순결을 상징하는 백합 꽃송이와 진한 향기가 그녀의 감정선을 건드린 것이다.

평론가들은 이 마지막 부분을 중시하면서 그녀가 우는 이유, 그녀의 온몸이 흩어지는 느낌을 받은 이유, 손수건에서 나는 생선 비린내의 의미 등에 대해 다양한 해석을 내놓고 있다. 백합 향기가 속죄를 의미한다면, 손수건에서 나는 생선 비린내는 과거에 대한 그리움 정도 아닐까 하는 생각도 해보았다.

작가는 이와 비슷한 상황을 어떻게 봐야 할지 말한 적이 있다. 작가는 황순원문학상 수상작가 인터뷰에서 "어느 날 길을 가다가 개나리라도 핀 걸 봤는데 갑자기 눈물이 났다면 내가 왜 그랬는지 꼭 캐물어야 할까요? 그냥 그 상태를, 그때의 기분을 기억하는 게 중요하죠"라고 말했다. 따라서 상징이나 의미를 의식할 필요 없이, 그냥 글을 읽으며 받는 느낌 그대로 읽어도 좋을 것 같다.

우연, 유머, 속도감 있는 문장

윤성희(1973년생)는 몇 줄 읽어보면 윤성희 글이라는 것을 알 수 있는, 개성 있는 작품들을 발표하는 작가다. 1999년 동아일보 신춘문예로 등단했고, 현대문학상·이수문학상·이효석문학상 등을 받았다. 장편《구경꾼들》과 소설집《레고로 만든 집》,《거기, 당신?》등이 있다.

그의 소설을 더 잘 이해하는 데 도움을 줄 수 있는 키워드가 몇 개 있다.

우선 '우연'이다. 윤성희 소설에는 우연에 의해 생기는 일들이 많다. 그 우연도 다소 엉뚱한 경우가 많다. 〈부메랑〉도 한 소품에서 다른 소품으로 계속 이어지면서 연관 이야기들을 들려주는 방식이다.

고장난 선풍기를 고치다 행주를 쓰고, 행주 때문에 동창이 생각나고, 그래서 십여 년 전에 쓴 휴대폰을 찾기 시작하는 식이다. 그래서 다음에는 '무슨 일(우연)이 생길까' 하는 기대감이 윤성희 소설을 읽는 재미 중 하나다. 작가는 "우연이라는 게 이야기가 할 수 있는 가장 멋진 일 중 하나인 것 같다"며 "그래서 소설에서 우연을 많이 쓰고 많이 받아들이는 것"이라고 말했다.

두 번째는 '유머'다. 유머 중에서도 좀 뜬금없는 유머라 할 수 있다. 문학평론가 강동호는 작가와 인터뷰에서 "(윤성희 소설에서) 가난하고 비참하고 불행한 인물들의 고단한 삶을 바라보고 있는데, 그들의 얼토당토않은 행동들을 살피다가 어느새 빙그레 웃고 있는 나 자신을 발견하곤 했다"고 말했다. 예를 들면 〈부메랑〉에서 '결혼을 한 뒤 그녀는 자주 물건을 훔쳤다. 남편은 그녀가 훔친 넥타이를 매고, 훔친 양말을 신고 출근을 했다. 그리고 술에 취해 돌아와 자주 소리를 질렀다. 절대 허리띠는 훔쳐다 주지 않을 거야. 그녀는 귀를 막으면서 생각했다'와 같은 대목이다.

단문 위주의 속도감 있는 문장도 윤성희 소설의 특징이다. 작가는 부사·형용사를 잘 쓰지 않고, 짧은 문장을 연이어 쓰면서 빠르게 장면을 전개하는 경향이 있다. 위에 인용한 대목만 다시 읽어도 작가의 문체를 짐작할 수 있을 것이다. 평론가들은 "이 방식이 윤성희 소설에 경쾌한 느낌을 준다"고 말했다. 다만 독자 입장에서는 앞뒤 맥락에 대한 설명을 생략하면서 빠르게 전개하는 스타일 때문에 글이 어렵다고 느낄 수 있다.

소설 제목인 '부메랑'이라는 단어는 소설에 나오지 않는다. 작가는 인터뷰에서 "부메랑의 원리를 소설 안에서 살려보고 싶었다"며 "먼 곳으로 이야기를 던져놓고 그것이 서서히 다가오게 하고 싶었는데, 늘 그렇듯이 의도의 반 정도만 살린 것 같다"고 말했다. 작가는 경기도 수원 출생으로 청주대 철학과에 이어 서울예대 문예창작학과를 졸업했다.

백합·참나리·하늘말나리·땅나리·털중나리·솔나리

백합의 우리말은 '나리'

백합 ©알리움

참나리

하늘말나리

땅나리

백합은 장미, 프리지아, 국화, 안개꽃과 함께 우리나라 국민들이 가장 좋아하는 꽃 중 하나다(2011년 한국갤럽 조사).

백합은 백합과 백합속의 여러해살이풀을 통틀어 이르는 말이다. 나팔꽃처럼 생긴 꽃은 여섯 개로 갈라지는데 향기가 진하다. 흔히 백합이라는 이름 때문에 '백합은 하얀 꽃'이라고 생각하는데, 백합의 '백' 자는 '흰 백(白)' 자가 아니고 '일백 백(百)' 자다. 백합은 알뿌리(구근)의 비늘줄기가 약 백여 개 모여 있다는 의미로 백합이라는 이름을 붙인 것이다.

백합과 나리는 원래 같은 말이다. 차이가 있다면 백합은 한자어이고 나리는 우리말이라는 점밖에 없다. 그러나 사람들 인식이 변하면서 향기가 진한 개량종 원예종만을 따로 백합이라 부르는 경우가 많아졌다. 요즘에는 울긋불긋하고 모양도 다양한 외래종 백합이 셀 수 없이 들어와 있다. 이런 백합 중에는 우리 자생 나리들을 가져가 개량한 꽃도 적지 않다고 한다.

원예종 백합은 도심에서 흔히 볼 수 있지만, 산에 가면 더 예쁜 우리 자생 나리들을 볼 수 있다. 주변에서 가장 흔히 볼 수 있는 대표적인 나리는 참나리다. 7~8월 꽃에 검은빛이 도는 자주색 반점이 많아 호랑 무늬를 이루고, 잎 밑부분마다 까만 구슬(주아)이 주렁주렁 달리는 것이 특징이다.

나머지 나리들도 접두사가 붙어 있는데, 꽃이 피는 방향에 따라 하늘나리는 하늘을 향해, 땅나리는 땅을 향해 핀다. 여기에다 '말'이라는 단어가 있으면 줄기 아래쪽에 여러 장의 잎이 수레바퀴 모양으로 돌려나는 것을 뜻한다. 따라서 하늘말나리는 꽃이 하늘을 향해 피고 잎이 돌려나는 나리를 가리키는 것이다.

야생 나리 중에선 주황색 꽃이 피는 털중나리가 가장 먼저(6월) 피고, 잎이 솔잎처럼 가늘고 분홍색 꽃이 피는 솔나리가 가장 늦게(7~8월) 핀다.

털중나리

솔나리

처제의 몸에 그린 주황색 원추리

한강 《채식주의자》

❀

주황색 원추리는 오목한 배에 피어났고.
허벅지로는 크고 작은 황금빛 꽃잎들이
분분히 떨어져내렸다.

한강의 소설 《채식주의자》는 육식을 거부하다가 나중에는 자신이
식물로 변해가는 것으로 생각하는 여자가 주인공이다. 〈채식주의자〉,
〈몽고반점〉, 〈나무 불꽃〉 등 세 편의 중편소설을 한데 엮은 연작소설
이다.
　1부에 해당하는 〈채식주의자〉는 어린 시절의 끔찍한 기억 때문에

고기를 먹지 못하는 영혜의 이야기다. 영혜의 행동을 이해하지 못하는 남편 관점에서 서술했다.

영혜는 어린 시절 자신의 다리를 문 개를 아버지가 끔찍하게 죽인 기억을 갖고 있다. 이 때문에 어느 날 무서운 꿈을 꾼 것을 계기로 육식을 거부하기 시작한다. 영혜는 냉장고의 모든 고기를 내다버리고, 식탁에 고기반찬을 올리지 않을 뿐 아니라 고기 냄새가 난다며 섹스에도 응하지 않는다. 이 같은 사실을 안 장인(영혜의 아버지)이 영혜의 입에 고기를 강제로 집어넣자 영혜는 필사적으로 저항하며 끝내 자해를 한다.

2부 〈몽고반점〉은 영혜의 형부인 비디오 아티스트 관점에서 서술하고 있다. 영혜는 이혼 당해 혼자 살고 있다. 형부인 '나'는 어느 날 아내로부터 처제 엉덩이에 몽고반점이 남아 있다는 말을 듣고 갑자기 못 견디게 처제의 몸을 갈망하기 시작한다. 그러다 처제에게 비디오 작품의 모델을 해달라고 부탁해 허락을 받는다. '나'는 처제의 몸에 꽃을 그리기 시작한다.

먼저 그녀의 어깨까지 흘러내린 머리카락을 쓸어올리고, 목덜미에서부터 꽃을 그리기 시작했다. 자주와 빨강의 반쯤 열린 꽃봉오리들이 어깨와 등으로 흐드러지고, 가느다란 줄기들은 옆구리를 따라 흘러내렸다. 오른쪽 엉덩이의 둔덕에 이르러 자줏빛 꽃은 만개해, 샛노란 암술을 도톰하게 내밀었다. 몽고반점이 있는 왼쪽 엉덩이는 여백으로 남겼다. (중략) 그는 이번에는 노랑과 흰빛으로 그녀의 쇄골부터 가슴까지 커다란 꽃송이를 그렸다. 등 쪽이 밤의 꽃들이었다면, 가슴 쪽은 찬란한 한낮의 꽃들이었다. 주황색 원추리는 오목한 배에 피어났고, 허벅지로는 크고 작은 황금빛 꽃잎들이 분분히 떨어져 내렸다.

그는 여기에 만족하지 않고 후배 작가인 J에게 남자 모델을 해달라고 부탁한다. J의 등에는 푸른빛 계열을 택해 '연보랏빛 수국이 후두두 떨어지는 느낌'으로, 'J의 성기를 중심으로 선혈 같은 진홍의 거대한 꽃'을 그렸다. 처제는 남자 몸에 그린 꽃에 민감한 반응을 보인다. 그러나 J는 교합에 가까운 장면을 요구하는 그의 요구를 거부한다. 그는 과거의 연인인 작가에게 부탁해 자신의 몸에 꽃을 그리고 돌아와 처제와 격렬한 성관계를 갖는 장면을 비디오에 담는다.

모든 것이 완벽했다. 그려왔던 대로였다. 그녀의 몽고반점 위로 그의 붉은 꽃이 닫혔다 열리는 동작이 반복되었고, 그의 성기는 거대한 꽃술처럼 그녀의 몸속을 드나들었다. 그는 전율했다. 가장 추악하며, 동시에 가장 아름다운 이미지의 끔찍한 결합이었다.

그리스신화 요정 다프네 닮은 여주인공

그러나 이 장면을 부인인 인혜에게 들키면서 파국을 맞는다. 이 순간에 처제는 베란다로 가 '난간 너머로 번쩍이는 황금빛 젖가슴'을 내밀었고, 주황빛 꽃잎이 분분히 박힌 가랑이를 활짝 벌렸다. 흡사 햇빛이나 바람과 교접하려는 것 같았다. 밤사이 그가 찍은 어떤 장면보다 강렬한 이미지였다. 2009년 같은 제목으로 나온 영화는 이 장면을 포스터로 사용했다.

〈채식주의자〉 영화 포스터

3부 〈나무 불꽃〉은 남편이 사라진 다음 영혜를 돌보며 살아가는 인혜의 관점에서 쓴 것이다. 영혜는 식음을 전폐하고 링거조차 받아들이지 않아 나뭇가지처럼 말라간다. 그러면서 영혜는 자신이 곧 나무가 될 거라고 말한다. 인혜는 동생이 죽음에 가까이 가는 모습이 안타까울 뿐이다.

나무가 되고 싶은 영혜는 그리스신화에 나오는 요정 다프네 (Daphne)를 닮았다. 다프네는 자신을 사랑하는 아폴론에게 쫓겨 붙잡힐 위기에 처하자 아버지인 '강의 신' 페네이오스에게 도움을 요청해 월계수로 변했다. 절망한 아폴론은 다프네가 변한 월계수를 자신을 상징하는 나무로 삼는다. 그리고 그녀를 잊지 않기 위해 월계수 잎으로 관을 만들어 머리에 썼다. 올림픽 우승자에게 주는 월계관은 다프네와 아폴론의 신화에서 비롯한 것이다.

이처럼 《채식주의자》는 몸에 그린 꽃들의 결합이라는 강렬한 이미지를 담고 있는 소설이다. 형부가 처제의 몸에 그린 꽃 중에 이름이 나오는 것은 원추리밖에 없다. 원추리는 여름에 진한 노란색 꽃이 피는 꽃이다. 남자 몸에 그린 꽃 중에서는 유일하게 수국 이름이 나온다.

그러나 이 소설에서 특정 꽃이 의미를 갖는 것 같지는 않다. 꽃이라는 것만이 의미를 갖고, 처제의 몽고반점 위에 그린 꽃 위로, 남자 몸에 그린 붉은 꽃이 드나드는 듯한 이미지가 있을 뿐이다. 꽃을 특정했다면 그 꽃의 이미지 때문에 전체적인 이미지가 반감했을지도

원추리 ⓒ알리움

모르겠다.

 이 소설에서 주요 소재나 상징으로 쓰인 것과 관계없이, 원추리는 꼭 한번 소개하고 싶었다. 어릴 적 우리 밭으로 가는 산길 가에는 여름마다 노란 원추리가 피었다. 그래서 내게 야생화 하면 가장 먼저 떠오르는 꽃이 원추리였다. 짓궂기만 했던 그 시절에도 원추리가 너무 예뻐서 한 번도 꽃을 따고 싶다는 생각이 들지 않았다.

작가가 8년간 천착해온 주제

《채식주의자》 중 2부인 〈몽고반점〉은 2005년 육체적인 욕망과 예술혼의 승화를 절묘하게 결합시킨 수작이라는 평가를 받으며 이상 문학상을 받았다.

작가는 '작가의 말'에서 "세 편의 중편소설은 따로 있을 때는 저마다의 이야기를 하고 있는 것처럼 보이지만, 합해지면 그중 어느 것도 아닌 다른 이야기-정말 하고 싶었던 이야기-가 담기는 장편소설"이라고 말했다.

《채식주의자》는 한강이 1997년 발표한 단편소설 〈내 여자의 열매〉가 원형인 것 같다. 〈내 여자의 열매〉는 체념 속에서 살아가는 여자가 베란다에서 식물로 변해가는 과정을 그린 소설로, 전체적인 인상이 《채식주의자》와 비슷하다. 《채식주의자》의 마지막 부분인 〈나무 불꽃〉이 나온 것은 2005년이다. 따라서 작가는 〈내 여자의 열매〉를 쓴 후 8년 동안이나 비슷한 주제 또는 소재에 천착해온 것이다.

한강은 한 인터뷰에서 "대학생 때 읽었던 이상(李箱)의 시작(詩作) 메모 중 '나는 인간만은 식물이라고 생각한다'는 문장이 오랫동안 기억에 남았다가 결국 식물이 되고 싶어 하는 인간의 이야기를 쓰고 말았다"고 말했다. 이 소설에서 육식은 폭압적인 세상과 인간을 상징하고, 채식은 그곳에서 벗어나기 위한 몸부림이라는 것이 작가의 설명이다.

한강은 실제로 채식주의자는 아니다. "고기를 아주 좋아하지는 않지만, 가끔 먹는다"는 것이다. 개인적으로 《채식주의자》 중 3부 〈나무 불꽃〉은 없는 편이 더 여운을 남기면서 작품성을 높일 수 있지 않을까 하는 생각도 해보았다.

한강(1970년생)은 광주에서 태어나 연세대 국문과를 졸업했다. 소설가 황석영은 '문학동네 카페' 글에서 한강의 글에 대해 "나직나직하고 그렇지만 해야 할 말은 꼼꼼하게 다하는 부드러운 바람결 같은 문장"이라고 말했다. 한강은 2014년 5·18 광주민주화운동을 다룬 장편 《소년이 온다》를 냈다. 현재 서울예술대 문예창작학과 교수로 재직 중이다.

작가 한강의 아버지는 소설가 한승원, 오빠는 소설가 한동림, 남편은 문학평론가 홍용희인 '문인 가족'이다. 아버지 한승원은 한 인터뷰에서 "전생에 지은 업이 많아 자식들에게까지 글 쓰는 일을 대물림하는 것 같다"며 "특히 딸 한강은 무척 섬세한 성격이고, 전통사상을 바탕에 깔고 요즘 감각을 발산해내는 작가"라고 말했다. 그는 "그

아이가 잘 쓴 문장을 보면 깜짝 놀라서 질투심이 동하기도 한다"고
말했다.

원추리·홑왕원추리·왕원추리
꽃 말려 지니면 아들을 낳는다는 속설

원추리는 우리 산과 들에서 흔하게 자생하는 백합과 여러해살
이풀이다. 줄기 없이 잎이 아래쪽에서부터 서로 포개져 부챗살
처럼 올라오면서 양쪽으로 퍼진다. 그 사이에서 긴 꽃대가 올라
와 다시 여러 갈래로 갈라져 꽃송이를 매단다.

원추리

꽃은 여름이 시작되는 6월부터 시작해 8월까지 볼 수 있다. 원
추리는 아름다운 꽃과 오랫동안 볼 수 있는 장점 때문에 관상
용으로도 인기가 높다. 그래서 요즘에는 도심 공원이나 길가 화
단에서도 원추리를 흔히 볼 수 있다.

원추리도 종류가 많다. 아침에 진한 노란색 꽃이 피었다가 저녁
에 시드는 것이 그냥 원추리다. 한 송이의 수명이 하루라고 영
어 이름이 데이릴리(Day lily)다. 도심에서 가장 흔히 볼 수 있는
것은 꽃이 좀 크고 주황색 꽃이 피는 홑왕원추리다. 홑왕원추리
의 겹꽃인 왕원추리, 저녁에 꽃을 피웠다가 아침에 지고 꽃색이
좀 연한 노랑원추리도 있다. 홑왕원추리를 그냥 왕원추리라 하
고, 왕원추리를 겹왕원추리라고 하는 것이 더 자연스러울 것 같
다. 원추리는 봄에 살짝 데쳐 무쳐 먹기도 하고 국을 끓여 먹기
도 하는 좋은 나물이다.

홑왕원추리

원추리라는 이름 유래는 여러 가지 설이 있지만 중국 이름인
훤초(萱草)에서 왔다는 설이 가장 설득력 있다. '훤초'가 '원초'로
바뀌고 접미사 '리'가 붙으면서 '원추리'가 되었다는 것이다. 민
간에서는 꽃을 말려 몸에 지니면 아들을 낳는다는 속설이 있어
득남초라는 별명도 있다. 이 속설은 원추리 꽃봉오리가 아기의
고추를 닮았기 때문에 생겼을 것이다. 또 근심을 잊게 할 만큼
아름다운 꽃이라고 '망우초(忘憂草)'라고도 불렸다.

왕원추리

고모의 사랑과 회한 담은 탱자

윤대녕 〈탱자〉

탱자나무 ⓒ금사매

　윤대녕 소설 〈탱자〉를 읽고 여운이 오래 남았다. 좋은 소설, 수작이
이런 것이구나 하는 생각이 절로 들었다. 이 소설에서 제목인 탱자는
큰고모의 사랑과 회한을 상징하고 있다.

　'나'는 삼십 년 동안 연락이 없던 늙은 고모로부터 제주도에 보름
정도 머물 생각이니 방을 좀 구해달라는 편지를 받는다.

고모는 '깨알처럼 작은 얼굴에 타고난 박색에다 마르고 키까지 작아' 어려서부터 사람대접을 제대로 받지 못했다. 그러다 중학교 졸업도 하기 전(열여섯에) 절름발이 담임선생과 눈이 맞아 야반도주했다. 그러나 담임선생 어머니의 완강한 반대에 부딪혀 집으로 돌아올 수밖에 없었다. 집에서 기다리는 것은 냉대와 부엌데기 생활이었다. 5년 후 다시 찾아가보니 담임선생은 이미 다른 여자와 결혼해 있었다. 그는 고모에게 퍼런 탱자를 몇 개 따주면서 "이것이 노랗게 익을 때 한번 찾아가마"라고 했다. 그는 찾아오긴 했지만 한숨만 내쉬다 돌아갔다.

고모는 스물여덟에 다른 남자와 결혼했다. 남편이 한센병에 걸려 자살한 후 서울로 올라가 생선 장사를 시작으로 분식집, 포목점 등을 하며 자식을 키워냈다. 아들은 잘 성장해 결혼도 하고 대기업에 취업해 미국으로 떠났다. 이제 나이가 들어 분당에 40평 아파트에서 살 정도로 생활에 여유가 생겼지만, 혼자 사는 게 힘들어 제주에 들른 것이다.

고모는 간간히 '나'에게 자신의 신산(辛酸)한 인생을 털어놓는다. 제주에 오기 전 고모는 이제는 늙은 그 담임선생을 다시 찾아갔다. 그리고 "다시 합쳐 살자"는 말을 뿌리치고 옛날에 퍼런 탱자를 받았던 학교에 찾아가 탱자를 한 보따리 따 온다. 고모는 "내 부질없는 마음엔 탱자를 갖고 물을 건너면 혹시 귤이 되지 않을까 싶어 들고 왔더니라"고 말한다.

고모는 이런 얘기를 들려준 다음 집으로 돌아오는 밤길에 배추밭에 들어가 곡을 하듯 운다. '배추밭에 와서 급기야 고모는 오랜 세월 울혈졌던 마음을 힘겹게 풀어내고 있었던' 것이다. 고모가 담임선생과 야반도주를 언약한 곳이 배추밭이었다.

고모는 육지로 떠나며 "탱자를 가져왔으니 귤로 바꿔 가려는 것"이라며 노지 귤 몇 개만 구해달라고 부탁한다. 고모가 다시 육지로 떠난 지 석 달 후, 나는 아버지로부터 고모의 부음 소식과 함께, 고모가 이미 5개월 전 폐암 진단을 받은 사실을 듣는다.

귤이 회수를 건너면 탱자가 되는 이유는?

이 소설에서 탱자와 귤이 각각 무엇을 상징하는지 명확하지는 않다. 다만 가시 돋친 나무에 열리는 탱자는 험한 고모의 삶과 사랑을, 귤은 보다 평탄한 삶과 사랑을 상징하지 않을까 짐작해보았다. 탱자는 신맛이 나고 귤은 달콤한 맛이 난다는 것까지 감안하면 이같이 해석해도 큰 무리는 없을 것이다.

탱자나무는 어릴 적 남쪽 고향 마을에선 과수원이나 집 울타리로 쓰인 흔한 나무였다. 요즘은 벽돌 담장에 밀려 시골에 가도 흔히 볼 수 있는 나무가 아니다.

5월에 피는 하얀 탱자꽃은 향기가 은은하다. 그러나 탱자나무는 꽃이 피었을 때보다 잎이 다 떨어지고 탁구공만 한 노란 열매가 수없이 달려 있을 때가 더 돋보인다. 어릴 적 가시에 찔려가며 노란 탱자를 따서 향긋한 냄새를 맡으며 갖고 놀거나 간간히 맛본 기억이 있다. 잘 익은 노란 탱자도 상당히 시지만 약간 달짝지근한 맛도 있다. 탱자를 따기 위해 아무리 조심스럽게 손을 집어넣어도 여지없이 가시에 찔렸다.

이 소설에서 고모가 말한 귤과 탱자 얘기는 '귤화위지(橘化爲枳)', 즉 귤이 회수(淮水, 중국 황하와 양자강 사이에 있는 강)를 건너면 탱자가 된다는 고사성어에 기반을 둔 것이다.

춘추시대 제나라의 명재상 안자가 초나라에 찾아갔을 때 이야기다. 초나라 왕은 안자를 골려주기 위해 제나라 출신 도둑을 끌고온 다음 "왜 제나라 사람들은 도적질만 일삼느냐"고 했다. 이에 안자는 "귤이 회남에서 자라면 귤이 되고, 회북에서 자라면 탱자가 됩니다. 그 까닭은 물과 땅이 다르기 때문입니다. 사람도 마찬가지입니다. 제나라 사람은 초나라에 오기만 하면 도적질을 하는 것은 초나라 물과 땅이 백성들로 하여금 도적질을 하도록 만들기 때문일 것입니다"라고 했다. 왕은 파안대소하며 안자에게 사과했다는 고사성어다.

탱자나무 ⓒ알리움

　환경의 중요성을 말하는 이야기지만, 과학적으로도 설명할 수 있다. 탱자나무는 귤나무의 대목(臺木)으로 많이 쓴다. 그래서 북쪽지방에 귤을 심었더니 접목한 귤나무는 죽고 대목으로 쓴 탱자나무만 살아남은 것으로 해석할 수 있는 것이다.

"세상은 참 어여쁜 것이더구나."

윤대녕(1962년생)은 충남 예산 출신으로, 〈은어낚시통신〉 등을 쓴 우리나라 대표 작가 중 한명이다. 〈탱자〉는 2004년 발표한 것으로, 시적이고 몽환적인 분위기, 섬세한 감수성 등 기존 윤대녕 소설의 특징이 어느 정도 남아 있으면서도 여자의 일생을 잔잔하게 담아 또 다른 느낌을 주고 있다. 작가는 2003년 4월부터 2년간 제주도에 내려가 살았는데, 이때 경험이 소설에 녹아 있는 것 같다. 1996년 〈천지간〉으로 이상문학상을, 1998년 〈빛의 걸음걸이〉로 현대문학상을 받았다.

여행은 윤대녕 소설을 설명하는 중요한 키워드 중 하나다. 여행 중 겪는 일과 만나는 사람들을 소설 소재로 쓰는 경우가 많기 때문이다. 〈탱자〉는 화자가 여행하는 다른 소설과 달리, 고모가 경주 등을 거쳐 화자가 있는 제주도로 여행을 오는 구조다.

이 소설이 주는 감동은 고모의 인생에 대한 안쓰러움과 함께, 죽음을 앞두고도 경우를 잃지 않는 고모의 처신에서 오는 것 같다. 고모가 한 말, "누가 만드신 것인지 세상은 참 어여쁜 것이더구나. 눈에 보이는 것들이 이제는 모두 마지막이라는 생각이 들 때가 있다. 참으로 눈물겹도록 아름답구나"도 두고두고 기억에 남는다.

〈탱자〉에 나오는 고모 이야기도 애잔하지만, 조정래 대하소설《태백산맥》1권에 나오는 탱자나무 전설은 더 슬프다. 옛날에 자식 다섯을 데리고 사는 과부가 아무리 뼈가 휘도록 일해도 자식들 입에 풀칠조차 어렵자, 열다섯 살 큰딸을 논 닷 마지기에 해당하는 쌀을 받고 산 너머 부잣집에 소실로 보낸다. 처녀는 늙은 부자와 첫날밤을 지낸 다음 날 뒤뜰 감나무에 목을 매고 말았다. 늙은 부자는 속았다며 쌀 가마를 찾아오라고 했지만 식구들은 이미 떠난 뒤였다. 더욱 화가 난 늙은 부자는 처녀의 시체를 산골짜기에 내다버리라고 했다. 그날 밤 칠흑 같은 어둠 속에서 처녀의 시체를 업고 가는 그림자가 있었다. 처녀와 남몰래 사랑을 나누어온 사내였다. 다음 해 봄, 사내가 처녀를 묻은 자리에 연초록 싹이 터 올랐고, 차츰 자라면서 몸에 가시를 달기 시작했다. 사내는 애인의 한스런 혼백이 아무도 자기 몸을 범하지 못하게 온몸에 가시를 단 나무로 변한 것을 알았다. 여인의 정절에 감복한 사내는 평생 혼자 살았다는 내용이다. 지주들에게 착취를 당하는 민중들의 억울한 삶을 보여주는 전설이다.

탱자나무
귤나무·유자나무의 대목(臺木)

탱자나무는 유자나무·감귤나무 등과 함께 운향과(芸香科)에 속하는 나무다. 중국이 원산지로 우리나라엔 중부 이남에 주로 분포한다. 높이는 3~4미터 정도 자라며, 길이 3~5센티미터의 가시가 달린다. 줄기가 항상 푸르러 상록수로 알기 쉽지만 잎이 떨어지는 낙엽성 나무다. 잎은 손바닥 모양의 3출엽이며 잎자루에 좁은 날개가 있다.

탱자나무

5월에 잎보다 먼저 꽃잎이 다섯 장 달린 흰 꽃이 잎겨드랑이에 달린다. 꽃이 피면 향기가 은은하다. 꽃이 지고 나면 9월에 둥글고 노란 열매가 달리는데, 시어서 먹지는 못하지만 독특하고 강한 향기가 오래 가 자동차 같은 곳에 놓아두면 방향제 역할을 할 수 있다.

나무는 과수원이나 집의 울타리로 쓰였고, 귤나무·유자나무의 대목(臺木)으로도 쓴다. 탱자나무를 대목으로 쓰면 나무가 빨리 자라고 열매도 빨리 맺으며 면역성도 생겨 병충해에도 강해지는 장점이 있다. 감나무의 대목으로 고욤나무를, 사과나무 대목으로 아그배나무 등을 쓰는 것과 마찬가지다. 탱자나무 근처에서는 호랑나비를 흔히 볼 수 있다. 호랑나비 애벌레가 운향과의 탱자나무, 산초나무 어린잎을 갉아 먹고 살기 때문이다.

강화도 갑곶리와 사기리 탱자나무는 병자호란 때 청나라 침입을 막기 위해 성벽을 쌓고 그 아래 울타리로 심은 것 중에서 살아남은 것으로, 각각 천연기념물로 지정돼 있다. 탱자나무는 추운 곳에서 자라지 못해 주로 중부 이남 지역에 자라므로 강화도 탱자나무들은 북방한계선에 있는 것이다.

벼랑 끝에 몰린 여성들의 망초 같은 생명력

공선옥 〈영희는 언제 우는가〉

✿

"알아요? 이제 방금 망초꽃이 피었어요."
나는 깜짝 놀랐다.
자고 있는 줄 알았던 남자가 고요하게.
그러나 열에 들뜬 목소리로 내게 말을 했기 때문이었다.

꽃과 식물에 대해 좀 알고 싶은데 어디서부터 시작해야 좋을지 모르겠다는 사람들이 많다. 꽃 공부도 무엇보다 관심을 갖는 것이 출발점이다. 도심이든, 산길이든 다니면서 주변 식물에 관심을 가져야 꽃이나 식물에 대해 알아갈 수 있다. 관심을 가지면 자연스럽게 식물 이름이 궁금해질 것이다.

그런데 주변 식물에 관심을 갖다 보면 가장 먼저 눈에 들어오는 것이 잡초다. 주변에 워낙 많기 때문이다. 식물에 대한 관심을 가지면 한 번쯤 정리해보고 넘어가야 할 것이 잡초이기도 하다.

공선옥 소설 〈영희는 언제 우는가〉에는 망초가 나온다. 망초는 햇볕이 잘 드는 길가나 빈터에서 흔히 볼 수 있는 대표적인 잡초다.

'나'의 남편은 경마장이나 카지노를 떠도는 백수건달이다. 어젯밤 나는 남편에게 나가라고 악을 썼고, 남편은 나에게 폭력을 가하고 집을 나갔다. 오늘 새벽녘 전화벨이 울렸는데, 영희 남편이 결국 병에 시달리다가 죽었다는 전화였다.

나는 상가로 가기 위해 탄 광주행 고속버스에서 낯선 남자를 만난다. 그는 몸 상태가 좋지 않은 나에게 따뜻한 커피를 건네주고, 자신의 코트도 덮어준다. 그 남자의 코트 냄새는 오래된 기억 하나를 선명히 떠오르게 했다. 예전에 똑같은 코트 냄새를 맡은 적이 있었다. 스무 살 시절, 나는 담양 영희 집에 놀러 간 적이 있었다. 밤에 영희 남자친구, 그의 친구 등 네 명이 계곡으로 놀러 갔다가 깜박 잠들었을 때였다.

내게는 특별히, 남자의 옷이 덮여 있었다. 나는 내게 옷을 덮어준 남자가 무릎을 세워 얼굴을 묻은 채 자고 있는 것을 남자의 옷에서 나는 냄새를 맡으며 지켜보았다.

"알아요? 이제 방금 망초꽃이 피었어요."

나는 깜짝 놀랐다. 자고 있는 줄 알았던 남자가 고요하게, 그
러나 열에 들뜬 목소리로 내게 말을 했기 때문이었다. 남자가
내게 가까이 다가왔다. 그러곤 내 손을 꼬옥 쥐었다. 조금
만 움직여도 가슴이 팡, 하고 터져버릴 것 같은 느낌에 나는
꼼짝도 할 수 없었다.

'방금 망초꽃이 피었다'는 말은 무엇을 의미하는 것일까. 알듯 말
듯 아리송하다. 그리고 계곡이라면 다른 예쁜 꽃들도 많았을 텐데 왜
하필 잡초인 망초일까. 망초는 양지성 식물이라 계곡 등 숲 속보다는
밭이나 길가 등 사람 손이 닿은 곳에서 더 흔히 볼 수 있다.

여성들의 생명력을 생동감 있는 문체로

나는 영희 남편 상가에서 버스에서 나에게 코트를 덮어준 남자를
다시 만난다. 그 남자는 영희 남편 친구였고, 스무 살 시절에도 코트
를 덮어주며 망초꽃 얘기를 한 그 남자였던 것이다. 나는 그것을 깨
달았을 때, 가슴 저 밑바닥에서 무슨 소린가가 울리다가 사라졌다. 그
것은 '세월 저편의 기억이 화들짝 깨어나는 소리. 그것은 망초 꽃가

나란히 자라는 개망초(왼쪽)와 망초

루 화르르 떨어지는 소리. 그것은 바람에 별이 씻기는 소리'였다.

그 남자는 계곡에서 코트를 덮어준 일을 기억하지 못하지만 나는 묘한 설렘을 느낀다. 그러면서 나는 그 밤 이후 '그를 한 번도 잊어본 적이 없다'고 우기고 싶다. 사실, 그날 밤 그가 옷을 덮어준 것 말고는 특별한 일이 없었는데도 말이다.

그런데 남편을 잃은 영희는 울지 않는다. 영희 시고모가 새된 목소리로 곡을 하라고 닦달하는데도 영희는 잠잠하다. 주변 사람들은 그런 영희의 모습을 안 좋게 바라본다. 대신 아버지를 잃은 삼 남매가 서럽게 운다.

장례가 끝나자, 그 남자도 떠난다. 나는 그 남자가 가지 않기를 바라는 '내 감정이 기막혀' 운다. 영희는 조문객이 다 돌아가고 난 뒤에야 소복을 벗어 던지고 울기 시작했다. 시고모는 '우는 것이 목숨 줄'이라며 "더도 말고 덜도 말고 석 달 열흘간을 션허게 울러부러라"고 말한다. 나도 영희 옆에서 '힘차게' 운다.

공선옥은 '우리 시대 가난한 여성들의 삶과 그 속에서 용솟음치는 생명력을 생동하는 문체로 써내는 작가'라는 평을 듣고 있다.

이 소설에서도 '나'와 영희는 삶의 벼랑 끝에 몰린 여성이다. 그렇지만 그런 상황에서도, 짓밟혀도 놀라운 생명력으로 다시 살아나는 잡초처럼, 삶에 대한 의지를 언뜻언뜻 보여주고 있다. '방금 망초꽃이 피었다'가 그런 것을 보여주는 문장이 아닌가 싶다. 문학평론가 백지연은 "공선옥 소설의 등장인물들은 사랑의 환상이 사라진 냉엄한 현실을 날카롭게 자각하면서도 그 속에서 삶을 지속하는 근원적 활기와 낙천성을 잃지 않는다"고 말했다. 공선옥은 한때 '생계에 대한 살인적 공포를 느꼈을 정도'로, 팍팍한 삶을 살았다고 한다. 작가의 이런 경험이 소설 곳곳에 묻어나는 것 같다.

우리 주변에 흔한 잡초는?

오영수의 〈갯마을〉에는 잡초 중에서도 가장 흔한 바랭이가 나온다. 주인공 해순은 갯마을에서 자란 해녀다. 열아홉에 착한 성구와 살림을 차렸지만, 폭풍이 몰아친 후 성구가 탄 배는 돌아오지 않는다. 시어머니는 해순을 상수에게 개가시킨다. 해순은 상수와 함께 산골로 떠났지만, 상수마저 징용에 끌려가자 바다가 그리워 견딜 수 없다. '오뉴월 콩밭에 들어서면 깝북 숨이 막혔다. 바랭이풀을 한골 뜯고 나면 손아귀에 맥이 탁 풀렸다. 수수밭에 가면 수숫대가 모두 미역발 같고, 콩밭에 가면 콩밭이 왼통 바다만 같고……' 마침내 해순은 갯마을로 돌아와 아낙네들과 함께 멸치떼 그물을 끌어올린다.

바랭이는 밭이나 과수원, 길가 등에서 흔히 볼 수 있는 대표적인 잡초다. 지면을 기면서 마디마다 뿌리를 내리는 방식으로 빠르게 퍼지는 식물이다. 일본 잡초생태학자 이나가키 히데히로는《풀들의 전략》에서 "바랭이의 부드러운 기품은 여성답고, 또한 세력에서도 여왕이라는 말에 손색이 없다"며 바랭이를 '잡초의 여왕'이라고 했다.

바랭이는 밭에서 뽑아도 뽑아도 계속 생기는 잡초다. 베거나 뽑혀도 한 마디만 남아 있으면 다시 살아나기 때문이다. 박완서 작가는 산문집《못 가본 길이 더 아름답다》에서 뽑아도 다시 자라나는 마당 잡초를 얘기하며 "내 끝없는 노동에 맥이 빠지면서 '내가 졌다' 백기

왕바랭이와 바랭이(오른쪽)

를 들고 마당에 벌렁 드러누워 버릴 적도 있다"고 했다.

　망초, 바랭이 외에 대표적인 잡초들은 어떤 것들이 있을까. 잡초(雜
草)의 사전적 의미는 '가꾸지 않아도 저절로 나서 자라는 여러 가지
풀'이다. 인간이 경작지에 목적을 갖고 재배하는 작물(作物) 이외의
식물을 말한다. 그러나 이 같은 구분은 인간 입장에서 한 것이라 자
의적이다. 또 계절에 따라, 논인지, 밭인지, 도로변인지 등 장소에 따
라 흔히 볼 수 있는 우점종 잡초도 각각 다르다.

그럼에도 농촌진흥청 이인용 잡초연구실장의 조언을 참고해 '도시인들이 흔히 볼 수 있는 7대 잡초'를 꼽아보자면 바랭이, 왕바랭이, 망초, 개망초, 명아주, 쇠비름, 환삼덩굴을 들 수 있다. 이 일곱 가지 잡초만 잘 기억해도 주변에서 이름을 아는 풀이 크게 늘어날 것이다. 사실 강아지풀, 쑥, 서양민들레도 흔하디흔하다. 다만 이들 세 가지는 사람들이 어느 정도 이름을 아는 잡초들이다. 이들까지 포함해 '10대 잡초'라고 할 수도 있겠다.

잡초의 특징은 무엇보다 강인한 생명력이다. 아무리 가혹한 환경이어도, 작은 틈만 있어도 싹을 틔우고 자라 꽃을 피워 씨앗을 퍼트린다. 흙이라고는 전혀 없을 것 같은 시멘트 건물 틈, 보도블록 작은 틈에서도 꿋꿋하게 자란다. 작고 가벼운 씨앗을 대량 생산해 주변에 맹렬하게 퍼뜨리는 것도 잡초의 특징 중 하나다.

바랭이 · 왕바랭이 · 망초 · 개망초 · 명아주 · 쇠비름 · 환삼덩굴

7대 잡초

바랭이

왕바랭이

망초

개망초

'잡초의 여왕' 바랭이는 꽃대가 실처럼 가늘고, 꽃대에 작은 이삭이 띄엄띄엄 달린다. 아이들이 이 꽃대로 우산을 만들며 놀기도 하기 때문에 '우산풀'로도 부른다.

왕바랭이는 여러 줄기가 뭉쳐서 나 튼튼하고 다부지게 생겼다. 땅속으로 뻗는 뿌리도 깊어 여간해선 잘 뽑히지도 않는다. 꽃대가 다소 두껍고, 꽃이삭도 두 줄로 촘촘하게 달리기 때문에 바랭이와 구분할 수 있다.

개망초도 잡초지만 꽃의 모양을 제대로 갖춘, 그런대로 예쁜 꽃이다. 하얀 꽃 속에 은은한 향기도 신선하다. 흰 혀꽃에 가운데 대롱꽃 다발이 노란 것이 계란 프라이 같아 아이들이 '계란꽃' 또는 '계란후라이꽃'이라 부른다. 반면 망초는 꽃이 볼품없이 피는 듯 마는 듯 지는 식물이다. 망초라는 이름은 개화기 나라가 망할 때 전국에 퍼진 풀이라 붙여진 것이다. 보통 '개' 자가 들어가면 더 볼품없다는 뜻인데, 개망초꽃은 망초꽃보다 더 예쁘다.

망초와 개망초는 가을에 싹이 터, 잎이 나와 땅 위를 덮은 상태로 겨울을 난 다음 봄에 줄기가 나면서 크는 두해살이풀이다. 초봄 아직 줄기가 자라기 전에 살펴보면, 망초는 길쭉한 잎에 가운데 검은색 줄이 선명하고, 개망초는 넓은 잎이 둥글둥글 부드럽고 잎자루에 날개가 있는 점이 다르다.

명아주도 어디에나 흔하디흔한 잡초이다. 줄기 가운데 달리는 어린잎에 붉은빛이나 흰빛이 있는 것이 특징이다. 높이가 2미터까지 자란다. 다 자란 명아주를 말려 만든 지팡이를 청려장(靑藜杖)이라 하는데, 가볍고 단단해 지팡이로 제격이다.

쇠비름은 가지를 많이 치면서 사방으로 퍼져 땅을 방석 모양으로 덮는다. 채송화와 비슷하게 생겼는데, 같은 쇠비름과 식물이다. 뽑았더라도 그대로 두면 다시 살아날 정도로 생명력이 강하다.

환삼덩굴은 황폐한 곳에서 흔히 자라는 외래종 덩굴식물이다. 왕성한 생장력으로 토종식물을 감거나 덮으면서 자라 큰 피해를 주는 식물이다. 환경부가 지정한 생태교란식물은 아니지만, 서울시가 제거 목록에 올려놓았다. 잎 양쪽 면에 거친 털이 있어서 옷에 잘 붙는다. 그래서 아이들이 가슴에 훈장처럼 붙이며 놀아 '훈장풀'이라고도 부른다.

명아주

쇠비름 ⓒ박다리

환삼덩굴

숙희가 느티나무를 붙든 이유는?

강신재 〈젊은 느티나무〉

나는 젊은 느티나무를 안고 웃고 있었다.
펑펑 울면서 온 하늘로 퍼져 가는
웃음을 웃고 있었다.

'그에게서는 언제나 비누 냄새가 난다.'

강신재의 단편 〈젊은 느티나무〉의 첫 문장이다. 1960년 이 소설이
나오자 한동안 젊은 연인들 사이에서는 '비누 냄새'가 유행어가 됐다
고 한다. '비누 냄새'에서 풍기는 신선하면서도 성적인 연상 작용 때
문이었을 것이다. 이 소설은 이처럼 첫 문장부터 싱그럽고 감각적이

다. 작가는 "버스 안에서 우연히 스친 젊고 건강한 청년에게서 어느 순간 슬쩍 풍겼던 비누 냄새의 감각을 몇 줄 메모해두었다가 소설화한 것"이라고 밝혔다.

열여덟 살 여고생 숙희와 스물두 살 대학생 현규는 두 사람의 부모가 재혼하는 바람에 맺어진 오누이다. 법적으로는 남매지만 한집에 살면서 사랑이 싹튼다. 아무리 의남매라 해도 남매간 사랑은 지금도 흔치 않은 소설 소재인데, 오십여 년 전에는 충격적인 내용이었을 것 같다.

숙희는 재작년 오빠 현규를 처음 보았을 때부터 사랑의 감정을 느꼈다. 어색한 시간이 흐르고 서로 친해지자 애정은 더욱 깊어가지만, 숙희는 오빠도 자기를 사랑하는지 너무 궁금하다. 그런데 어느 날 숙희가 오빠 친구로부터 러브레터를 받자, 오빠는 숙희에게 화를 낸다. 숙희는 오빠도 자신을 사랑하고 있다는 것을 깨닫고 이루 말할 수 없는 환희에 휩싸인다.

하지만 사회 통념상 이루어질 수 없는 사랑이었기에 숙희의 번민은 깊어간다. 그런 와중에 어머니가 미국에 있는 아버지에게 가서 일 년쯤 살고 올 것이라고 말한다. 두 사람은 이미 어두운 숲 속에서 서로를 안은 사이였다. 친척 할머니가 함께 산다고 하지만 사실상 오빠와 단둘이 한집에서 살아야 할 처지였다.

숙희는 '아무도 막아낼 수 없는, 운명적인 사건'이 일어날 것 같은 예감에 세상과 등지려고 마음먹고 시골집으로 내려간다. 숙희는 날마다 뒷산에 올랐다. 거기엔 '젊은 느티나무 그루 사이로 들장미의 옅은 훈향이 흩어지곤 하는' 곳이 있었다. 며칠 후 현규가 그곳으로 올라오는 것이 보였다.

그가 이삼 미터의 거리까지 와서 멈추었을 때 나는 내 몸이 저절로 그 편으로 내달은 것 같은 착각을 느꼈다. 사실은 그와 반대로 젊은 느티나무 둥치를 붙든 것이었다.

"그래, 숙희, 그 나무를 놓지 말어. 놓지 말고 내 말을 들어."

(중략)

"이제는 집에 돌아오겠다고 약속해 주겠지? 내일이건 모레건 되도록 속히……."

나는 또 끄덕여 보였다.

"고마워, 그럼."

그는 억지로처럼 조금 미소하였다. 그리고 빙글 몸을 돌려 산비탈을 달려 내려갔다. 바람이 마주 불었다.

나는 젊은 느티나무를 안고 웃고 있었다. 펑펑 울면서 온 하

늘로 퍼져가는 웃음을 웃고 있었다. 아아, 나는 그를 더 사랑
하여도 되는 것이다…….

이 소설의 마지막 장면이다. 현규가 "우리에겐 길이 없지 않어. 외
국엘 가든지……"라고 말하자 숙희가 너무 기뻐하면서 끝나는 내용
이다. 느티나무를 붙들고 자신의 감정을 다스리는 숙희의 모습은 좀
코믹하면서도 애절하다. '젊은 느티나무'는 소설 속 주인공들의 젊음
과 건강함을 상징하면서, 두 사람의 사랑이 앞으로 느티나무처럼 커
갈 것임을 암시하는 것 같다.

느티나무는 숲 속에서 자라는 자생나무보다는 정자나무나 가로수
로 더 친근하다. 줄기가 튼튼하고 잎과 가지가 넉넉해 정자나무 · 가
로수로 제격이다. 오래된 마을 입구에 있는 정자나무는 대개 느티나
무다. 그래서 오랜 세월 아주 크게 자란 노거수(老巨樹) 중에는 느티나
무가 특히 많다. 또 서울 시내 가로수 열 그루 중 한 그루는 느티나무
일 정도로 가로수로도 많이 쓰고 있다. 느티나무 가로수길은 깔끔하
면서도 세련된 인상을 준다.

강신재(1924~2001)는 서울 출신으로, 1943년 이화여전에 입학하
지만 이듬해 결혼하면서 학교를 중퇴했다. 1949년 김동리 추천으로
등단한 이후 1950~60년대엔 〈젊은 느티나무〉 같은 파격적인 소재

느티나무

로 수많은 애정소설을 발표했다. 1957년 아들의 친구와 불륜에 빠지
는 여인을 그린 〈표 선생 수난기〉를 내기도 했다. 그러나 〈임진강의
민들레〉 등 6·25나 4·19 같은 역사적 사건을 바탕으로 한 소설들도
적지 않게 냈고, 1980~90년대엔 《명성황후》 같은 역사소설도 많이

썼다. 한국문학가협회상, 여류문학상, 예술원상, 중앙문화대상 등을 받았고 여류문학인회 회장을 맡기도 했다.

〈세계의 끝 여자친구〉엔 메타세쿼이아

김연수 단편 〈세계의 끝 여자친구〉에는 요즘 가로수로 많이 심고 있는 메타세쿼이아가 나온다. 이 소설은 젊은 나이에 죽은, 시인의 이루지 못한 사랑을 담은 작품이다.

화자는 어느 6월 도서관 게시판에서 '세계의 끝 여자친구'라는 제목의 시를 읽는다. 시인이 걸어가는 길의 끝에 메타세쿼이아 한 그루가 서 있는데, 거기가 바로 세계의 끝이라는 내용의 시였다. 시인은 사랑하는 여자친구를 데리고 세계의 끝까지 가고 싶었지만, 그녀는 이미 다른 남자의 아내여서 차마 함께 도망가자는 말을 하지 못했다. 그래서 둘이서 함께 갈 수 있었던 가장 먼 곳이 호수 건너편 메타세쿼이아 나무였다. 시인은 암으로 죽어가고 있었고, 그녀에게 다 하지 못한 이야기를 편지에 써서 그녀와 함께 간 메타세쿼이아 나무 아래 묻어놓았다. 화자는 이 같은 사실을 시인이 기증한 책《메타세쿼이아, 살아 있는 화석》에 있는 메모, 시인의 고교 국어교사였던 할머니 '희선 씨'를 통해 안다. 화자와 희선 씨는 함께 메타세쿼이아 아래서 그 러브레터를 꺼내 시인의 여자친구에게 전해주기로 하는 내용

남이섬 메타세쿼이아 길 ©알리움

이다. 〈젊은 느티나무〉에서 느티나무가 커가는 사랑을 상징하고 있다면 〈세계의 끝 여자친구〉에서 메타세쿼이아는 이루지 못한 사랑을 상징하고 있는 것이다.

메타세쿼이아에 대해서는 이 소설에도 자세히 나와 있다. 이 나무는 백악기에 공룡과 함께 살았던 나무였는데 빙하기를 거치면서 멸종된 것으로 알려져 있었다. 그런데 1946년 중국의 한 나무학자가 쓰촨(四川)성 동부 작은 마을에 있는 거대한 나무의 표본을 보고 메타세쿼이아임을 직감하게 된다. 이 나무는 워낙 성장 속도가 빠르고 형태도 아름다워 전 세계로 보급됐다.

지금은 우리나라 곳곳에도 메타세쿼이아 숲이 있고, 메타세쿼이아를 가로수로 심은 곳도 많다. 서울 서대문구 안산에는 메타세쿼이아 산림욕장이 있고, 난지도공원 메타세쿼이아 숲도 명소로 떠올랐다. 강서구청 앞 화곡로, 양재천 메타세쿼이아 가로수도 유명하다. 서울에서 메타세쿼이아가 늘어난 것은 고건 서울시장 때였다. 키가 큰 (180센티미터) 고 시장은 시원하게 자라는 메타세쿼이아를 좋아했다. "난지도 쓰레기장이 안 보이도록 키가 큰 메타세쿼이아를 심으라"고 지시하고 본인이 직접 심기도 했다.

서울 가로수 66퍼센트는 은행나무·버즘나무

느티나무나 메타세쿼이아처럼 가로수로 쓰려면 몇 가지 조건을 충족해야 한다. 나무가 아름다우면서 사람에게 해롭지 않아야 하고, 도시 매연과 병충해를 잘 견뎌야 한다. 또 가지가 간판을 가리지 않고, 나뭇잎이 넓어 여름에 시원한 그늘을 만들어주면 더욱 좋다. 주로 직경 10~12센티미터 이상, 높이 3.5미터 이상, 낮은 가지까지 높이 2미터 이상인 나무를 쓰고 있다.

은행나무와 버즘나무(플라타너스, 정확히는 양버즘나무)는 비교적 이 조건에 잘 맞는 나무였다. '꿈을 아느냐 네게 물으면/ 플라타너스'로 시작하는 김현승 시인의 시 〈플라타너스〉가 나온 것은 1953년이었다. 1980년대 초엔 양버즘나무가 서울 가로수의 절반 가까이를 차지했으나, 1988년 서울올림픽을 앞두고 가을 단풍이 좋다고 은행나무를 대대적으로 심으면서 은행나무가 1위에 올랐다.

1990년대 중반 두 나무의 비중은 90퍼센트에 육박했다. 보통 사람들이 가을 하면 붉은 단풍과 함께 노란 은행잎, 거리에 흩날리는 플라타너스 잎을 연상하는 것도 이 때문이다. 버즘나무는 이 나무의 껍질이 둥글게 떨어지는 모습이 살갗에 피는 버짐(버즘)과 닮았다고 붙인 이름이다.

그러나 두 나무는 조금씩 문제가 있었다. 은행나무는 열매가 떨어

은행나무 ⓒ알리움

지면 도로가 지저분해지고 악취가 났다. 버즘나무는 성장이 빨라 가지치기를 자주 해야 하는 데다, 봄에 꽃가루가 날리고 흰불나방 등의 벌레가 꼬이는 편이다. 이에 따라 1990년대 들어 서울시는 이 같은 단점이 적은 느티나무와 벗나무를 대체 수종으로 많이 심었다. 이렇게 해서 은행나무, 버즘나무, 느티나무, 벗나무 등이 서울의 4대 가로수를 형성하고 있다.

은행나무 · 버즘나무 · 느티나무 · 벚나무 · 이팝나무 · 회화나무 · 메타세쿼이아

서울 7대 가로수

은행나무 ⓒ알리움

버즘나무

느티나무 ⓒ알리움

벚나무

은행나무, 버즘나무, 느티나무, 벚나무 등의 4대 가로수가 가로수의 '훈구파'라면, 2000년대 들어 '사림파' 가로수들이 본격적으로 서울에 진출하기 시작했다. 바로 이팝나무 · 회화나무 · 메타세쿼이아다.

서울시는 청계천을 복원할 때 가로수로 이팝나무를 선택했다. 이팝나무는 꽃이 피면 꼭 이밥(입쌀밥)을 얹어놓은 모양이다. 또 개화기간도 긴 편이고 봄꽃이 들어가는 초여름에 꽃을 볼 수 있는 장점이 있었다. 박정희 전 대통령 생가가 있는 경북 구미 '박정희로'의 가로수도 이팝나무다.

회화나무는 서원을 열면 임금이 하사한 나무로, 학자나무라고도 불렀다. 그런데 서울 올림픽대로를 건설할 때 가로수로 괜찮다는 점을 인정받았다. 당시 강변에 버즘나무를 심었더니 모래땅이라 여름 가뭄에 말라죽었는데, 혹시나 하고 회화나무를 심었더니 잘 자랐다. 그 후 강남구 압구정역~갤러리아백화점 구간, 서초구 반포대로, 마포구 서강로 등에 이 나무를 심었다. 회화나무는 언뜻 보면 아카시아(정식 이름은 아까시)나무와 비슷하게 생겼다. 회화나무는 아카시아나무에 비해 가시가 없고 잎이 좀 작은 편이다.

메타세쿼이아는 낙우송과 비슷하게 생겼다. 낙우송은 잎이 어긋나게 달리지만 메타세쿼이아는 잎이 마주나게 달리는 점이 다르다. 잎이 달린 가지도 마찬가지다. 낙우송은 밑동 주변에 목질의 공기뿌리(기근)가 혹처럼 솟는 것이 특징이다.

이렇게 해서 현재 서울 가로수는 은행나무(40.3퍼센트) · 버즘나무(25.7퍼센트) · 느티나무(11.3퍼센트) · 벚나무(9.2퍼센트)가 주류를

이루는 가운데, 이팝나무·회화나무·메타세쿼이아가 2∼3퍼센트를 차지해 '7대 가로수'를 형성하고 있다. 전국적으로 볼 때는 지방마다 벚꽃 축제를 유치하려고 벚나무를 대거 가로수로 심는 바람에 벚나무가 1위이고, 나머지 분포는 비슷하다.

이팝나무

회화나무

메타세쿼이아 ⓒ알리움

도심에 가장 흔한 '5대 길거리 꽃'은?

팬지 · 피튜니아 · 마리골드 · 베고니아 · 제라늄

도심에서 가장 흔하게 만날 수 있는 꽃을 꼽으라면 팬지, 피튜니아, 마리골드, 베고니아, 제라늄을 들 수 있다. 이 다섯 가지 꽃이 도시를 장식하는 '5대 길거리 꽃'이다. 꽃 이름을 잘 모르는 사람도 사진을 보면 "아 이게 그 꽃이야?"라고 할 정도로 길거리에 흔하다.

이들 꽃의 공통점은 개화기간이 길다는 것이다. 짧게는 2~3개월, 길게는 100일 이상 핀다. 팬지는 3월부터 두세 달, 베고니아는 4월 말 심으면 늦여름까지 피어 있다. 피튜니아, 마리골드, 제라늄도 개화기간에서 둘째가라면 서러워할 꽃들이다.

길거리 꽃답게, 매연과 건조한 조건 등 척박한 환경에서도 잘 자란

팬지

다. 꽃값도 대부분 본당 300원대로 다른 꽃에 비해 싸다. 이런 장점들 때문에 우리나라만 아니라 세계 어느 도시를 가더라도 이 꽃들을 볼 수 있다. 2008년 베이징올림픽 때도 시내 곳곳을 베고니아·마리골드로 장식한 것을 볼 수 있었다. 이들 다섯 가지 꽃은 흔한 만큼 현실을 반영하는 소설이나 시, 대중가요에서도 자주 등장하고 있다.

이 중 가장 먼저 도심거리에 등장하는 것은 팬지다. 저온에서도 잘 자라기 때문에 찬바람이 가시자마자 등장하는 봄의 전령이다. 도시 화단에 팬지가 등장하면 '봄이 왔구나'라고 느낄 수 있다.

팬지는 유럽 원산의 제비꽃을 개량한 꽃이다. 여러 가지 색깔로 개량했지만, 흰색·노란색·자주색 등 3색이 기본색이라 삼색제비꽃이라고도 부른다. 꽃잎 다섯 개의 잎 모양이 각각 다른 특징이 있다. 팬지(Pansy)라는 이름은 프랑스어의 '팡세' 즉 명상이라는 말에서 온 것인데, 꽃 모양이 명상에 잠긴 사람의 얼굴을 닮았다고 해서 붙여진 이름이라고 한다.

팬지는 조세희 소설 《난장이가 쏘아올린 작은 공》에서 난장이의 딸 영희를 상징하는 꽃으로 나온다. 소설에서 영희는 팬지꽃 앞에서 '줄 끊어진 기타'를 치는 열일곱 살 아가씨다. 난장이 가족이 아파트 입주권을 팔 때도 '영희는 팬지 꽃 두 송이를 따서 하나는 기타에 꽂고 하나는 머리'에 꽂았다. 영희가 입주권을 되찾기 위해 집을 나갔을 때 오빠 영호는 '영희가 팬지꽃 두 송이를 공장 폐수 속에 던져 넣는' 꿈을 꾼다. 영희를 상징하는 팬지꽃이 폐수 속에 던져지는 것은 영희의 순수성이 훼손될 것임을 암시하는 것이다.

피튜니아(Petunia)도 도심 화단에 흔하다. 4월쯤 서울 시내 곳곳에 등장해 더운 바람이 불기 시작하면 이 꽃으로 장식하는 곳이 점점 늘어난다. 나팔처럼 생긴 꽃이 피는데 주름진 꽃잎이 다섯 갈래로 갈라

지며 핀다. 줄기를 길게 늘어뜨리는 식물이어서 자랄수록 꽃줄기가 폭포수처럼 흘러내려 장관을 이룬다. 남태령고개를 넘어 과천에 들어가는 길에서는 해마다 도로 양쪽 백여 미터를 붉은 피튜니아 꽃터널로 장식해놓는다.

피튜니아는 세계적으로 가장 많이 심고 있는 화단용 화초라고 한다. 화단나팔꽃이라고도 부르는데, 남미가 고향인 이 꽃은 원주민이 담배꽃과 닮았다고 '피튠'이라고 부른 데서 이 같은 이름을 얻었다. 줄기와 잎에 난 털에서 냄새가 좋지 않은 끈끈한 진이 나온다.

꽃 색깔은 품종에 따라 다른데, 우리나라에서는 분홍색·흰색·보라색 품종을 많이 심는다. 도심에서 걸이용 화분에 약간 꽃이 작은, 화사한 진홍색 피튜니아가 핀 것을 볼 수 있는데, 이 꽃을 따로 사피니아(피튜니아를 개량한 꽃으로 육종명)라고 부르기도 한다.

피튜니아는 우장춘 박사를 세계적인 육종학자로 알린 꽃이기도 하다. 우 박사는 일본 농림성 농사시험장에서 육종학 연구를 시작해 1930년 겹꽃 피튜니아꽃의 육종 합성에 성공했다. 이 발견을 계기로 '종의 합성'이라는 논문을 발표했고 도쿄대 박사학위를 받았다.

마리골드(Marigold)는 노란색 또는 황금색 잔물결 무늬 꽃잎이 겹겹이 펼쳐진 모양이다. 마리골드는 '처녀 마리아의 금색 꽃'이란 뜻으로, 서양에서 여자 이름으로 많이 쓰인다. 〈매리골드〉라는 영화도 있고, 마리골드라는 이름을 가진 호텔도 세계 곳곳에 많다. 봄부터 가을까지 꽃이 피고 독특한 향이 있는 것이 특징이다. 역시 다양한 색과 품종의 꽃이 있다. 꽃이 활짝 피면 반구(半球) 형태인 프렌치마리골드는 만수국, 꽃잎의 끝이 심하게 꼬불꼬불한 아프리칸마리골드는 천수국이라는 별칭을 가진다. 일반적으로 천수국이 만수국보다 꽃이 크다.

마리골드

　조용필 노래 〈서울서울서울〉에는 '베고니아 화분이 놓인 우체국
계단~'이라는 가사가 있다. 베고니아(Begonia)도 거의 일 년 내내 꽃
이 피는 원예종이다. 특히 한여름에 물기가 바짝 마른 화단에서도 꿋
꿋하게 버티는 베고니아를 볼 수 있다. 역시 다양한 종이 있는데, 모

베고니아

두 잎의 좌우가 같지 않아 비대칭인 점이 특징이다.

　평양 시내 풍경에서 자주 나오는 북한의 붉은 '김정일화'도 베고니아를 개량한 꽃이다. 조총련계로 알려진 일본 원예학자가 남아메리카 원산의 베고니아를 개량해 1988년 북한에 선물한 꽃으로 알려져 있다. 베고니아는 그 발음 때문에 아이들이 쉽게 흥미를 갖는 꽃이다. 베고니아라고 이름을 알려주었더니 발음을 잘못 알아듣고, "이거 진짜 백 원이에요?"라고 묻는 아이가 있었다.

제라늄

제라늄(Geranium) 역시 꽃이 화려한 데다 개화기간도 길어 화단, 건물 베란다를 장식하는 꽃이다. 원래는 남아프리카에 자생했는데, 물만 주면 잘 자라고 병충해에도 강한 장점 때문에 세계적으로 퍼졌다.

지름 3센티미터 정도의 작은 꽃이 꽃줄기 끝에 모여 피며, 빨강, 분홍, 흰색이 주종이다. 종에 따라 꽃 색깔과 모양, 잎 모양이 조금씩 다르고 줄기나 잎을 만지면 사과·레몬 등 과일, 장미 등 꽃, 허브 향기가 묻어나는 종들도 있다. 우리나라에 자생하는 쥐손이풀이나 이질풀과 가까운 식물이다.

유럽에 가면 집집마다 창문 앞에 제라늄 화분을 놓은 것을 볼 수 있다. 창가에 제라늄을 놓아두는 이유는 화사한 꽃을 보기 위한 목적도 있지만, 꽃을 이용해 방충 효과까지 얻기 위한 것이다. 제라늄은 모기가 싫어하는 냄새를 갖고 있기 때문이다. 모기를 쫓는 식물이라고 '구문초(驅蚊草)'라고 부르기도 한다. 모기는 제라늄 향기를 싫어하지만 사람들에게는 오히려 상쾌한 기분이 들게 한다. 우리나라에서도 제라늄을 베란다에 심는 사람들이 늘고 있지만 길거리 작은 화단에서 더 흔히 볼 수 있다.

제라늄이라는 이름은 그리스어의 '게라노스(Geranos)'에서 유래한 것으로 '학'을 뜻한다. 제라늄의 열매가 학의 긴 부리를 닮아 비유한 것이라고 한다.

제라늄은 서양문화에 많이 등장하는 꽃이다. 생텍쥐페리 소설 《어린 왕자》에도 "어른들에게 '창가에는 제라늄 화분이 있고, 지붕에는 비둘기가 앉아 있는 예쁜 장밋빛 벽돌집을 보았어요' 하고 말하면, 그들은 그 집이 어떤 집인지 상상하지 못한다. 하지만 대신 '10만 프랑짜리 집을 보았어요'라고 말하면, 그들은 '야, 정말 멋진 집을 보았구나' 하며 감탄했다"라는 대목이 있다.

몽고메리의 소설 《빨간 머리 앤》에서 앤이 사는 집 창가에도 제라늄 화분이 놓여 있다. 모든 것에 이름 붙이기가 취미인 앤은 이 꽃을 보고 "전 단지 제라늄이라 해도 이름이 있는 게 좋아요. 사람처럼 느껴지니까요. 전 보니(Bonny)라고 부르겠어요"라고 말한다.

이 같은 풍경 때문에 소설가 윤후명은 《꽃: 윤후명의 식물이야기》에서 파리 생활을 회상하면서 "파리의 겨울은 집집마다 창가에 놓인 제라늄꽃으로 내게 다가왔다. 집집마다 창가에 놓인 겨울 제라늄꽃을 보며 이곳저곳 돌아다니다가 숙소에 돌아와 기울이는 보졸레 누보는 제라늄꽃같이 밝은 위안이었다"고 했다.

5대 길거리 꽃이 도심 화단에서 차지하는 비중이 궁금해 서울시에 문의해보았다. "그런 통계는 없다"는 답이 돌아왔다. 그래서 한국화훼협회에 문의한 결과, 장만형 사무총장은 "팬지 등 다섯 가지 꽃 비중이 70퍼센트가 넘을 것"이라고 말했다.

이들 5대 길거리 꽃들을 심으면 도시가 금방 화사해지는 장점이 있다. 그러나 고급스러운 분위기와는 좀 거리가 있어서 그런 분위기가 필요할 때는 다른 꽃들을 심는 경우가 많다.

꽃에 대해서 알고 싶다면, 우선 주변에서 흔히 볼 수 있는 꽃부터 눈여겨보는 것이 좋다. '5대 도시 길거리 꽃'이 대표적으로 주변에 많은 꽃들이다. 이 꽃들만 잘 기억해도 도심을 지날 때 느낌이 전과는 많이 다를 것이다.

| 참고도서 목록 |

1부 꽃, 청춘을 기억하다
- '벚꽃 새해'에 만난 연인들 _김연수 〈벚꽃 새해〉
  _김연수 저, 《사월의 미, 칠월의 솔》, 문학동네(2013)
- 도라지꽃을 바탕화면으로 깐 아이 _김애란 《두근두근 내 인생》
  _김애란 저, 《두근두근 내 인생》, 창비(2011)
- 무규칙 이종 작가가 선택한 쥐똥나무 _박민규 《삼미 슈퍼스타즈의 마지막 팬클럽》
  _박민규 저, 《삼미 슈퍼스타즈의 마지막 팬클럽》, 한겨레출판(2003)
- "환경오염의 상징이라고?" 억울한 미국자리공 _김형경 《꽃피는 고래》
  _김형경 저, 《꽃피는 고래》, 창비(2008)
- 무녀 월에게서 나는 은은한 난향 _정은궐 《해를 품은 달》
  _정은궐 저, 《해를 품은 달》, 파란미디어(2011)

2부 꽃, 사랑을 간직하다
- 여성 감성을 자극하는 장미 _정이현 《달콤한 나의 도시》
  _정이현 저, 《달콤한 나의 도시》, 문학과지성사(2006)
- 구불구불 약한 듯 강한 모성, 용버들 _구효서 〈소금가마니〉
  _구효서 《시계가 걸렸던 자리》, 창비(2005)
- 신부의 녹의홍상 닮은 협죽도 _성석제 〈협죽도 그늘 아래〉
  _성석제 저, 《홀림》, 문학과지성사(1999)
- 자귀나무 꽃빛의 홍조를 띤 소녀 _윤후명 〈둔황의 사랑〉
  _윤후명 저, 《둔황의 사랑》, 문학과지성사(2005)
- 금지된 사랑과 관능 담은 영산홍 _오정희 〈옛 우물〉
  _오정희 저, 《옛 우물》, 청아출판사(1994)
- 끝내 이를 수 없는 지점, 비자나무 숲 _권여선 〈끝내 가보지 못한 비자나무 숲〉
  _권여선 저, 《비자나무 숲》, 문학과지성사(2013)
- 자주색 비로드 치마 펼쳐놓은 듯한 함초밭 _권지예 〈꽃게 무덤〉
  _권지예 저, 《꽃게 무덤》, 문학동네(2005)
  _윤대녕 저, 《반달》, 문학동네(2014)
  _윤후명 저, 《협궤열차》, 책만드는집(2012)

3부 꽃, 추억을 떠올리다

- 시큼한 싱아 줄기의 맛 _박완서 《그 많던 싱아는 누가 다 먹었을까》
  _박완서 저, 《그 많던 싱아는 누가 다 먹었을까》, 웅진지식하우스(2005)
- 그리운 아빠의 냄새, 배초향 _김향이 《달님은 알지요》
  _김향이 저, 《달님은 알지요》, 비룡소(2004)
- 조숙한 소녀의 풋사랑, 사과꽃 향기 _은희경 《새의 선물》
  _은희경 저, 《새의 선물》, 문학동네(2010)
  _윤대녕 저, 《도자기 박물관》, 문학동네(2013)
- 민들레처럼 피어나는 달동네 아이들 _김중미 《괭이부리말 아이들》
  _김중미 저, 《괭이부리말 아이들》, 창비(2001)
- 낙원 체험의 상징, 굽은 사철나무 _전경린 〈강변마을〉
  _전경린 저, 《2011년 제56회 현대문학상 수상소설집》, 현대문학(2010)
- 아홉 살 아이가 인생 배운 놀이터, 상수리나무 _위기철 《아홉 살 인생》
  _위기철 저, 《아홉살 인생》, 청년사(2010)
- 모진 겨울 견디는 냉이 같은 몽실 언니 _권정생 《몽실 언니》
  _권정생 저, 《몽실 언니》, 창비(2012)

4부 꽃, 상처를 치유하다

- 홍자색으로 피어나는 부푼 꿈, 박태기나무꽃 _문순태 〈생오지 가는 길〉
  _문순태 저, 《생오지 뜸부기》, 책만드는집(2009)
  _박완서 저, 《친절한 복희씨》, 문학과지성사(2007)
- 흰 구름처럼 풍성한 조팝나무꽃 _이혜경 〈피아간〉
  _이혜경 저, 《틈새》, 창비(2006)
  _이혜경 저, 《그 집 앞》, 문학동네(2012)
- 낮은 목소리로 고민 나눈 추억의 등나무 그늘 _이금이 《유진과 유진》
  _이금이 저, 《유진과 유진》, 푸른책들(2004)
- 험한 세상에서 스러져간 사람들의 상징, 엉겅퀴 _임철우 〈아버지의 땅〉
  _임철우 저, 《아버지의 땅》, 문학과지성사(1996)
  _송기원 저, 《다시 월문리에서》, 창비(1993)